À L'ENCRE DÉLIÉE

MONTGOMERY INK

CARRIE ANN RYAN

À L'ENCRE DÉLIÉE

Montgomery Ink
tome 1

Carrie Ann Ryan

À l'encre déliée
Montgomery Ink
Par Carrie Ann Ryan
© 2014 Carrie Ann Ryan
ISBN : 978-1-950443-08-6
Couverture par Jaycee DeLorenzo
Traduit de l'anglais par Viviane Faure pour Valentin Translation

Pour plus d'informations, abonnez-vous à la LISTE DE DIFFUSION de Carrie Ann Ryan.
Pour communiquer avec Carrie Ann Ryan, vous pouvez vous inscrire à son FAN CLUB.

À L'ENCRE DÉLIÉE

Montgomery Ink
tome 1

Austin Montgomery, célibataire endurci, se sent prêt à se poser. Aîné des huit Montgomery, c'est un grand barbu taciturne, et pourtant il lui suffit d'un coup d'œil à la nouvelle gérante de la boutique de l'autre côté de la rue pour savoir exactement ce qu'il veut. Elle.

Trouver un homme est bien la dernière chose à laquelle aspire Sierra Elder. En cherchant à masquer des cicatrices profondément ancrées dans sa chair, elle va découvrir chez Austin un homme qui lui fait ressentir de réelles émotions – à de nombreux égards.

Malgré leur méfiance, ils embarquent ensemble dans une passion houleuse et progressive. Cependant, lorsque les ondes de choc de leurs passés respectifs font irruption dans leurs présents, il va leur falloir bien plus qu'une vague promesse d'avenir pour rester soudés.

CHAPITRE UN

— SI TU NE DESCENDS PAS LE volume de ta putain de musique, je vais te foutre cette machine à tatouer quelque part qu'il ne vaut mieux pas mentionner.

Austin Montgomery leva l'aiguille du bras de son client et retint un ricanement. Il laissa son pied glisser de la pédale afin de garder sa contenance. Seigneur, à l'évidence sa sœur Maya avait besoin de prendre un peu plus de café.

Ou bien que quelqu'un baisse le volume de la musique dans le salon.

— Tu ne travailles même pas, Maya. Laisse-moi ma musique, marmonna Sloane, un autre tatoueur.

Il n'éleva pas la voix. Il n'en avait pas besoin. Personne n'avait envie de crier sur la sœur d'Austin. Sloane était peut-être taillé comme un géant et composé de cent pour cent de muscles, mais il valait mieux ne pas chercher de noises à Maya.

Pas si vous aviez envie de rester en vie.

— Je fais des croquis, abruti, rétorqua-t-elle même si le sourire dans son regard faisait mentir sa colère apparente.

Sa sœur aimait Sloane comme un frère. Non qu'elle n'ait pas assez de frères et sœurs comme ça, mais les Montgomery avaient toujours accueilli à bras ouverts ceux qui se cherchaient une famille.

Austin leva les yeux au ciel devant leur petit jeu et il quitta son tabouret, le corps perclus d'être resté plié en deux trop long-temps. Il se retint de le dire à voix haute, car Maya et Sloane se seraient moqués. Normalement, il préférait que ce soit sa parte-naire qui se plie en deux au lit – ou dans la cuisine, le bureau, l'encadrement d'une porte –, mais il ne laissa pas son cerveau s'aventurer trop loin dans cette direction. Quoi qu'il en soit, il était trop vieux pour rester assis dans cette position longtemps, mais il tenait à finir cette manche pour son client.

— Attends une seconde, Rick, dit-il à l'homme assis sur la chaise. Tu veux un jus de fruits ou quelque chose ? Je vais m'étirer un peu et m'assurer que Maya n'assassine pas Sloane.

Il finit cette déclaration sur un clin d'œil, juste au cas où le client n'aurait pas saisi la blague.

Les gens se montraient parfois perturbés quand des frangins et frangines se balançaient des menaces de meurtre, même s'ils le faisaient avec le sourire.

— Un jus de fruits ça serait sympa, répondit Rick d'une voix traînante, avec un sourire béat. Ne laisse pas Maya te trucider.

Rick ouvrit les yeux. L'adrénaline qui courait dans ses veines était comme une drogue pour certains clients, une fois qu'ils avaient passé quelques heures sous l'aiguille. Laisser Maya encrer sa peau – ou le faire lui-même – et sentir l'aiguille opérer, c'était la chose au monde qu'Austin préférait. Il n'était pas accro à la douleur, loin de là pour être honnête, mais il aimait l'adrénaline qui laissait place à des œuvres d'art incroyables. Certains esti-maient que le corps était sacré et que les tatouages ne faisaient que le souiller, mais il savait que c'était faux. L'art sur une toile, n'importe laquelle, valait parfois que l'on saigne. Pour cette raison, il se montrait difficile quant au choix de la personne qui avait le droit d'approcher une aiguille de sa peau. Il ne se laissait tatouer que par Maya s'il ne pouvait le faire lui-même. Maya était pareille. Ce qu'elle ne pouvait pas faire sur elle-même, elle le lui déléguait.

Ils étaient frère et sœur, amis, et co-propriétaires de Montgomery Ink.

Lui et Maya avaient ouvert ce studio de tatouage une décennie plus tôt quand elle avait fêté ses vingt ans. Il aurait sans doute pu l'ouvrir un peu avant, vu qu'il avait huit ans de plus qu'elle, mais il voulait attendre qu'elle soit prête. Ils étaient associés. Ça n'avait jamais été son salon à lui, et elle son employée. Ils avaient tous les deux leur mot à dire, même si, à en juger par la façon dont Maya s'exprimait, la voix de la jeune femme paraissait parfois plus forte. Pourtant sa tessiture plus grave portait tout aussi bien et il ne criait pas autant.

Presque pas.

Bien sûr, il ne se montrait pas aussi tonitruant que Maya, mais il se faisait comprendre quand c'était nécessaire. Il savait faire preuve de contrôle et d'autorité.

Il prit une brique de jus de fruits pour Rick dans le mini frigo et baissa le volume de la musique en revenant. Sloane lui adressa un regard noir, mais le coin de sa bouche frémit comme s'il retenait un rire.

— Dieu merci, l'un de vous deux est pourvu d'un cerveau, marmonna Maya dans la pièce soudain moins bruyante.

Elle leva les yeux au ciel alors que son frère et Sloane lui adressaient tous les deux un doigt d'honneur, puis elle se remit à son croquis. Certes, elle aurait pu se lever et baisser le volume elle-même, mais alors, elle n'aurait pas pu passer ses nerfs sur eux. C'était le mode de fonctionnement de sa sœur, et ça ne risquait pas de changer.

Il revint à son poste de travail, situé au fond de façon à avoir le fauteuil d'angle, donna son jus de fruits à Rick, puis se frotta le dos. Bon sang, il se faisait vieux. Trente-huit ans, ce n'était pas tant que ça, mais depuis qu'il était revenu de La Nouvelle-Orléans il n'avait pas réussi à se débarrasser d'un poids qu'il avait sur le cœur.

Il fallait qu'il soit honnête. Ça avait commencé avant La Nouvelle-Orléans. Il était parti là-bas rendre visite à son cousin Shep et essayer de se sortir de son marasme. Il avait rompu avec Shannon juste avant. Cela dit, en réalité, ce n'était pas tant une rupture qu'un manque de connexion et de communication. Ils ne tenaient pas assez l'un à l'autre pour passer la vitesse supérieure dans leur histoire, et même si c'était triste, ça lui convenait. S'il n'avait pas l'énergie de s'occuper d'une femme au-delà des quelques premières semaines ou premiers mois d'enthousiasme, alors le problème venait de lui. Seulement, il n'en connaissait pas la solution. Shannon n'avait pas été la première à mettre fin à une relation de cette façon. Avant elle, il y avait eu Brenda, Sandrine, et une certaine Maggie.

Il tenait à chacune d'elle sur le moment. Il n'était pas un total enfoiré, mais il savait au fond de lui qu'elles ne resteraient pas pour toujours, et elles en pensaient autant de leur côté. Il savait aussi qu'il était temps de trouver une femme avec qui se poser pour de bon. Il voulait un futur, une famille, et l'horloge tournait.

Son séjour à La Nouvelle-Orléans n'avait pas fonctionné vu qu'à cette époque, Shep était en train de tomber amoureux d'une jolie blonde du nom de Shea. Austin ne lui en voulait pas. Shep était son meilleur ami quand il était gamin, il était plus proche de lui que de ses quatre frères et ses trois sœurs. Il faut dire qu'ils avaient le même âge, alors qu'après lui, c'étaient les jumeaux Storm et Wes, de quatre ans de moins que lui.

Ses parents avaient pris leur temps pour faire leurs huit enfants, si bien qu'il y avait une différence de quinze entre lui et la petite dernière, Miranda, mais cela n'avait pas d'importance. Tous les huit, la plupart de leurs cousins et quelques pièces rapportées étaient aussi proches qu'il était possible de l'être. Il avait aidé à élever les plus jeunes en tant que grand frère, mais il n'avait jamais eu l'impression que c'était une obligation. Ses parents, Marie et Harry, aimaient tous leurs enfants du même amour et ils s'étaient entièrement impliqués dans leur rôle de parents. Il y avait toujours eu au moins l'un des deux pour venir à leurs concerts, matches, cérémonies ou rencontres parents-profs. Quand c'était possible, que leur père pouvait s'absenter du travail et que leur mère était en congé de Montgomery Inc., ils venaient tous les deux. Ils adoraient leurs enfants.

Et Austin adorait être un Montgomery.

Le bourdonnement de l'aiguille de Sloane, tandis qu'il chantait la chanson qu'il avait dans la tête, fit sourire Austin.

Il adorait aussi son studio de tatouage.

La moindre brique apparente, le moindre morceau de bois poli, le moindre éclat noir et rose vif – des couleurs sur lesquelles il s'était longtemps pris la tête avec Maya avant de se laisser convaincre – lui donnaient le sentiment d'être chez lui. Il avait pris les armoiries familiales, le grand « MI » entouré d'un cercle floral inachevé, et il en avait fait son logo. Ses frères, Storm et Wes, possédaient Montgomery Inc., une entreprise de BTP familiale que leur père avait autrefois dirigée tandis que leur mère travaillait à ses côtés, avant leur retraite. Eux aussi utilisaient ce logo, symbole de leur famille.

Pour tout dire, le MI était tatoué sur chacun des membres de la famille – y compris ses parents. Le sien était sur son avant-bras droit et se mêlait au reste de la manche, mais avec un emplacement significatif. Cela voulait dire Montgomery Iris – *ouvre les yeux, contemple la beauté, rappelle-toi qui tu es*. Il était parfaitement logique qu'ils l'utilisent pour les deux entreprises.

Bien sûr, le Ink versus Inc. prêtait à confusion, mais quoi qu'il en soit, c'étaient des Montgomery. Ils pouvaient bien faire ce qu'ils voulaient. Tant qu'ils étaient ensemble, ils s'en sortiraient.

Montgomery Ink était autant son chez-lui que sa maison au

bord du ravin. Shep était parti travailler à Midnight Ink et s'était créé une autre famille là-bas, mais Austin avait toujours voulu posséder son propre salon. Le fait qu'en grandissant, Maya ait éprouvé l'envie de faire la même chose l'avait aidé dans cette direction.

Montgomery Ink marchait bien et avait pignon sur rue dans la 16th Street Mall, la rue commerçante de Denver. Ils étaient à côté d'un parking, de restaurants et de cafés. Il n'avait franchement pas besoin de plus. La route le matin pouvait être une vraie galère quand il arrivait sur l'autoroute 25, mais c'était le prix à payer pour vivre à Arvada. La banlieue autour de Denver permettait de vivre dans une zone de la ville et de travailler dans une autre.

Les trajets, même si c'était pénible à l'heure de pointe, n'étaient pas aussi atroces qu'ailleurs. Ainsi, il profitait de la vie citadine en ce qui concernait le travail et les loisirs, avec la possibilité de se replier dans les arbres au pied des Rocheuses quand il rentrait chez lui.

C'était le meilleur des deux mondes.

En tout cas pour lui.

Austin se réinstalla sur son tabouret et se concentra sur la manche de Rick pour une heure supplémentaire avant de s'arrêter. Il avait besoin de faire une pause pour ses lombaires, et Rick à cause de la douleur. Cela dit, son client ne se plaignait pas, au contraire, on aurait dit qu'il venait de tirer son coup. Austin appréciait les amoureux de la douleur, mais il ne voulait pousser ni Rick ni personne au-delà de ses limites. Et puis, le bras de Rick avait commencé à enfler légèrement à cause de l'application des ombres et des couleurs multiples. Ils feraient une autre session, la dernière avec un peu de chance, d'ici un mois quand ils trouveraient un créneau dans leur emploi du temps.

Austin fronça les sourcils devant l'écran installé à l'entrée du salon. Ses doigts étaient trop gros pour le clavier de l'ordi de midinette que Maya avait réclamé.

— Putain !

Il venait carrément d'effacer le compte de Rick parce qu'il n'avait pas réussi à trouver la bonne touche.

— Maya, ramène tes fesses et viens régler ça. Je ne sais pas ce que j'ai foutu.

Sa sœur haussa un sourcil piercé alors qu'elle tatouait les reins d'une ado qui ne semblait même pas en âge de se faire encrer.

— Je suis occupée, Austin. Tu n'es pas idiot, même si je suis tentée de croire le contraire en ce moment. Débrouille-toi tout seul. Je n'y peux rien si tu as des mains de gorille.

Austin lui fit un doigt d'honneur et prit une gorgée de Coca. Il aurait voulu un remontant plus fort : il détestait la paperasse.

— Je m'en sortais très bien avec le vieil ordi, Maya. C'est toi qui as voulu un Mac parce que c'est joli.

— Va te faire, Austin. J'ai voulu un Mac parce que j'aime leur OS.

Austin renifla en essayant de comprendre comment retrouver le dossier de Rick. Il était à peu près sûr que c'était peine perdue.

— Tu détestes l'OS autant que moi. Tu cliques sur la croix rouge et tu fermes des fichiers par erreur plus souvent que moi. Rien n'est au bon endroit et le clavier est tout minus.

— Je suis du côté d'Austin, là, intervint Sloane en levant ses grosses pattes.

— Tu vois ? Il n'y a pas que moi.

Maya poussa un soupir.

— On t'achètera un autre clavier pour toi et tes mains de Yéti, mais on doit garder le Mac.

— Et pourquoi ça ?

— Parce qu'il nous a coûté très cher. Quand il sera mort, on pourra reprendre un PC. L'idée du tout-en-un, c'est nul. Je ne m'en sors pas non plus.

Elle leva la main.

— Et ne va pas t'amuser à le casser. Je le saurai, Austin. Je *sais* toujours tout.

Austin retint un sourire. Il n'aurait pas été surpris que l'ordinateur connaisse une fin malheureuse maintenant que Maya avait admis qu'elle ne l'appréciait pas plus que ça.

Mais pour l'instant, ça ne l'aidait pas. Il avait besoin de retrouver le dossier de son client.

— Callie ! cria-t-il par-dessus le bourdonnement des aiguilles et la musique douce que Maya les avait autorisés à passer.

— Quoi ? demanda son apprentie en sortant de la salle de pause, un carnet de croquis à la main et un sourire sardonique aux lèvres.

Elle s'était de nouveau teint les cheveux, avec des mèches noires et rouges. Ça lui allait bien, mais franchement, il ne savait jamais à quelle couleur s'attendre avec elle.

— Tu as encore fait des bêtises sur l'ordi avec tes paluches ? demanda-t-elle.

— La ferme, sous-fifre, la taquina-t-il.

Callie était une artiste prometteuse, et si elle continuait comme ça, Maya et lui savaient qu'elle aurait bientôt son propre fauteuil à Montgomery Ink. Cependant, il ne comptait pas le dire à Callie. Il préférait lui mettre un peu la pression. Elle lui faisait tellement penser à sa petite sœur Miranda que parfois il ne pouvait pas s'empêcher de la traiter de la même manière.

Elle le poussa de devant l'écran et gronda :

— Tu étais obligé d'appuyer sur *tous* les boutons et de tout casser sur ton passage ?

Austin aurait pu jurer qu'il sentait ses joues le chauffer mais il savait qu'avec sa barbe épaisse, personne n'en verrait rien.

Avec un peu de chance.

Il détestait avoir l'impression de ne pas maîtriser quelque chose. Ce n'était pas comme s'il ne savait pas utiliser un ordinateur. Il n'était pas idiot. Seulement, il ne savait pas utiliser cet ordinateur-là. Et pour tout dire, ça le faisait suer.

Callie tapota sur quelques touches, ajouta quelques clics de souris, puis se recula avec un sourire satisfait.

— Voilà patron, c'est tout bon et le dossier de Rick est de retour là où il faut. Autre chose ?

Il lui donna une petite tape sur le crâne et ébouriffa les mèches noires et rouges qu'elle passait une heure à lisser chaque matin. C'était trop tentant.

— Va donc laver les chiottes.

Callie leva les yeux au ciel.

— Je vais faire des croquis. Et pour ton service, il n'y a pas de quoi.

— Merci d'avoir réglé ce bordel. Mais vraiment, va nettoyer les toilettes.

— Dans tes rêves, chantonna-t-elle en repartant vers la salle de pause.

— Tu ne te fais vraiment pas respecter de ton apprentie, commenta Sloane depuis son poste de travail.

Parce qu'il ne voulait pas la contrôler de cette manière-là. Bon sang, son esprit semblait déterminé à revenir à des idées glauques toutes les cinq minutes.

— La ferme, Ducon.

— Je vois que ton vocabulaire ne s'est pas amélioré, lança alors Shannon depuis le seuil.

Il ferma les yeux et fit appel à toute sa patience. Bon, d'accord, peut-être s'était-il menti à lui-même en disant que c'était mutuel et facile de rompre avec elle. Elle n'arrêtait pas de revenir. Elle ne voulait pas être avec lui, mais elle ne voulait pas non plus qu'il l'oublie.

Il ne comprenait pas les femmes.

En particulier celle-ci.

— Qu'est-ce que tu veux, Shannon ? demanda-t-il d'une voix mordante.

Il aurait vraiment besoin d'un truc à boire, là. Elle avança jusqu'à lui d'une démarche féline et fit courir ses longs ongles rouges sur son torse. Ça lui avait plu, à une époque. Maintenant, plus du tout. Leur relation s'était passée plutôt bien, mais il avait dû lui cacher une grande part de lui-même. Elle n'avait jamais goûté aux lanières de son fouet ni à ses claques sur les fesses, allongée en travers de ses genoux. Ce n'était pas ce qu'elle voulait et Austin avait des goûts particuliers qui le poussaient à désirer certaines choses à certains moments. À savoir, pas tout le temps.

Mais Shannon ne l'aurait jamais compris.

— Oh, mon cœur, tu sais ce que je veux.

Il résista à grand-peine à l'envie de lever les yeux au ciel. Il fit un pas en arrière, vit la lueur dans ses yeux et décida d'accélérer le mouvement. Il n'était pas d'humeur pour ses petits jeux ou ce qu'elle avait envie de faire ce soir. Il voulait rentrer chez lui, boire une bière et oublier cette journée qui lui tapait sur les nerfs.

— Si tu ne veux pas de tatouage, je ne sais pas ce que tu fais ici, Shannon. C'est fini.

Il essaya de le dire doucement, mais sa voix était grave et portait trop.

— Comment peux-tu être aussi cruel ? demanda-t-elle avec une moue.

— Oh, pour l'amour de Dieu, renifla Maya. Rentre chez toi, miss. C'est fini entre toi et Austin, et je suis à peu près sûre que c'était mutuel. Oh, et tu ne te feras pas tatouer ici. Hors de question qu'Austin te touche, et ne compte pas sur moi. On dirait que ça te plaît d'emmerder un mec avec qui tu n'avais pas vraiment envie de sortir à la base.

— Sal…

Shannon s'interrompit sous le regard mauvais d'Austin. Personne ne traitait sa sœur de salope. Personne.

— Au revoir, Shannon.

Bon Dieu, il était trop vieux pour ces conneries.

— Très bien. Je vois. Tant pis. Tu n'étais même pas si bon que ça au lit de toute façon.

Elle roula des hanches en partant et percuta une femme vêtue d'un chemisier et d'une jupe en lin.

La nouvelle venue haussa un sourcil. Elle avait les cheveux d'un châtain aux reflets de miel qui descendaient en vagues jusqu'à sa poitrine.

— Je vois que vous avez une clientèle... intéressante, déclara-t-elle.

La mâchoire d'Austin se crispa. Ce n'était franchement pas le genre de trucs à dire devant Shannon.

— Si tu as un problème avec ma clientèle, tu peux repartir d'où tu viens, Gambettes, déclara-t-il d'une voix plus dure qu'il n'en avait l'intention.

Elle se raidit et leva le menton. Un dédain palpable se dégageait de sa personne.

Oh oui, il savait qui elle était, gambettes comprises. Mademoiselle Elder. Il ne connaissait pas son prénom. Il ne voulait pas le connaître. Elle devait approcher de la trentaine et elle était la propriétaire d'une boutique de vêtements qui devait ouvrir bientôt en face du studio de tatouage. Il l'avait vue se pavaner sur ses talons trop hauts avec ses mini-jupes, mais ils n'avaient pas été officiellement présentés.

Il n'avait pas spécialement envie de lui être présenté, d'ailleurs.

Elle était trop guindée, trop rupine à son goût. Pas juste sa boutique, mais elle en tant que personne. Le mépris affiché sur son visage lui donnait envie de l'envoyer se faire voir et de ne jamais la laisser rentrer à nouveau.

Il était conscient de l'impression qu'il donnait aux gens. Des cheveux bruns mi-longs, une barbe drue, des muscles couverts de tatouages et d'autres dessins qui dépassaient de son encolure. Pour les profanes, il avait l'air d'un repris de justice, même s'il n'avait jamais mis les pieds dans une prison de sa vie. Mais il connaissait les gens du type de Mademoiselle Elder. Ils jugeaient. Et ce sourcil hautain le foutait en rogne.

Il ne voulait pas de la boutique de cette femme en face de la sienne. Il préférait quand c'était un magasin de disques. Les gens ne jetaient pas des regards mauvais à son studio à l'époque. Maintenant, il fallait qu'il se faufile entre des mannequins aux fringues de luxe et petits bouts de dentelle s'il voulait prendre un café en face.

Bon sang, cette femme l'énervait et il ne savait même pas pourquoi.

— Ravi de vous rencontrer. Callie ! appela-t-il, les yeux toujours posés sur Mademoiselle Elder comme s'il était incapable de détacher son regard d'elle.

Ses yeux verts restèrent plantés dans les siens et la sensation étrange dans son ventre refusait de partir. Callie le doubla et tendit la main à leur visiteuse.

— Bonjour, je suis Callie. Comment puis-je vous aider ?

Mademoiselle Elder cligna des yeux. Deux fois.

— Je crois que j'ai fait une erreur, murmura-t-elle.

Putain. Maintenant il se faisait l'impression d'être un salaud. Sans trop savoir pourquoi, il ne pouvait pas s'empêcher d'agir comme un enfoiré avec elle. Elle n'avait rien fait d'autre que de hausser un sourcil vers lui, et il était déjà décidé à la détester.

Callie secoua la tête et prit le coude de Mademoiselle Elder.

— Je suis sûre que non. Ignorez donc le barbu grognon là-bas. Il est en manque de caféine. Et son ex vient de passer ; rien que ça, ça donnerait envie à n'importe qui de se jeter du Royal Gorge

Bridge. Alors, dites-moi, comment puis-je vous aider ? Oh ! Et comment vous vous appelez, au fait ?

Mademoiselle Elder suivit Callie vers les canapés en cuir et la table basse où étaient disposés des portfolios. Elle s'assit.

— Je m'appelle Sierra et je veux un tatouage.

Elle regarda par-dessus son épaule, jetant un regard noir à Austin.

— En tout cas, je pensais que j'en voulais un.

Austin retint une grimace quand elle porta son attention sur lui et se maudit intérieurement. Putain. Il fallait qu'il apprenne à ne pas mettre les pieds dans le plat comme ça, mais comment était-il censé deviner qu'elle voulait un tatouage ? Pour ce qu'il en savait, elle venait juste pour regarder son studio de haut. C'étaient ses propres préjugés qui s'exprimaient. Il fallait qu'il se rattrape. Après tout, ils étaient voisins désormais. Mais à en juger par sa mine énervée et l'atmosphère dans la pièce, ce ne serait pas pour aujourd'hui. Il allait laisser Callie voir avec elle pour commencer, et ensuite il ferait en sorte de la tatouer lui-même.

Après tout, c'était la moindre des choses. Et puis, ses mains avaient soudainement – ou pas si soudainement que ça, s'il y réfléchissait – envie de toucher cette peau délicate et de découvrir ses secrets.

Austin jura. Il ne pouvait pas laisser ses pensées prendre ce chemin. Elle se briserait sous la force de ses désirs. Sierra Elder était peut-être canon, mais elle n'était pas la femme qu'il lui fallait.

De cela, il en était certain.

CHAPITRE DEUX

SIERRA ELDER JETA son sac à main sur le comptoir et fit claquer ses talons sur le carrelage. Le culot de ce type. Le putain de *culot*.

Franchement ? Cette espèce de montagne à barbe pensait avoir le droit de la juger, *elle* ? De quel droit se permettait-il de ricaner et de la regarder de haut avec ses magnifiques yeux bleus, de lui faire sentir qu'elle n'était pas à sa place dans son studio ?

Attendez.

Ses magnifiques yeux bleus ?

Qu'est-ce qui clochait chez elle ? Il l'avait jugée et ne l'avait pas trouvée à la hauteur, et elle, voilà qu'elle pensait à ses beaux yeux ?

Elle avait vingt-neuf ans, bon sang. Elle n'était plus une ado. Les beaux yeux n'auraient pas dû rentrer en ligne de compte. Cela dit, ils étaient superbes.

Il fallait qu'elle mange quelque chose parce qu'elle devait être au bord de la syncope pour penser ainsi. Ce type lui avait fait perdre ses moyens et elle n'était pas d'humeur à gérer cela. Elle avait dû faire appel à tout son courage pour traverser la rue et entrer dans leur salon noir et rose vif.

Seigneur Dieu, tout son courage.

Elle avait dû assumer les conséquences de ses actes, des actes de Jason, pendant dix ans, et d'un certain côté, cela n'avait même pas été assez long. Pas assez pour se débarrasser de la souillure, des cauchemars.

Il ne fallait pas qu'elle y pense. Pas maintenant. Peut-être jamais.

Ce Montgomery, Austin d'après son amie Hailey, l'avait repoussée et maintenant il fallait qu'elle prenne sur elle et décide de la prochaine étape. Si elle était honnête, elle aurait admis qu'elle cherchait une excuse pour échapper à son projet de tatouage et de guérison, mais elle n'avait pas envie d'être honnête avec elle-même. Elle avait envie de rendre Austin et ses beaux yeux bleus responsables de ses problèmes et de ses peurs. Ne serait-ce que pour un moment. C'était une méthode de lâche, mais pour l'heure, ça passerait.

Et puis, elle trouverait un moyen d'y retourner et de parler à la gentille apprentie, Callie, pour faire enfin ce tatouage. D'ici là, elle pourrait trouver des façons créatives de réduire Austin en miettes vu qu'elle n'était pas assez costaud pour le faire de façon littérale. De toute façon, la violence n'était pas toujours la solution. Pas toujours.

Super. Maintenant, elle ne savait plus quoi penser mais elle avait toujours faim. Elle jeta un regard autour d'elle à la boutique presque terminée qu'elle adorait et elle secoua la tête. Elle était trop en colère, perdue et affamée pour gérer les petits détails qu'il fallait encore régler avant l'ouverture, d'ici quelques jours. Ce qu'il lui fallait, c'était un sandwich, un thé glacé et le sourire de sa nouvelle amie, Hailey.

Heureusement, Taboo, le café d'Hailey, était juste en face de sa propre boutique, Eden. Ce qui signifiait aussi que Taboo était juste à côté de Montgomery Ink, mais elle n'y pouvait rien. Sierra avait même cru deviner que le café avait une porte qui donnait directement dans le studio – plutôt cool pour les tatoueurs. Ils en avaient de la chance, ces enfoirés.

Il en avait de la chance, Austin Montgomery.

Non. Elle ne penserait plus à lui. Même son intense curiosité quant à la quantité de tatouages qu'il avait sur le corps et leur étendue sous ses vêtements ne la ferait pas dévier de cette position. Elle ne voulait rien avoir à faire avec Austin Montgomery ni avec ses tatouages, merci bien.

Rien à faire des géants barbus tatoués.

Mais ce n'étaient pas juste les tatouages. Rien que sa présence la faisait brûler d'envie pour des choses qu'elle croyait avoir refoulées depuis longtemps.

Elle ramassa le sac à main qu'elle avait jeté sur le comptoir et quitta la boutique en fermant la porte derrière elle. Elle y reviendrait après un bon repas et une conversation réconfortante. Il y avait encore de nombreux détails à régler, et pourtant elle s'était dégagé tout un après-midi pour pouvoir parler avec un artiste-tatoueur.

Maintenant, il semblerait qu'elle ait fait tout cela pour rien, mais elle ne voulait plus y penser. Pas avant d'avoir discuté avec Hailey et ingurgité un sandwich à la dinde et au provolone. Elle était tellement stressée ces derniers mois avec le lancement d'Eden, à mettre tous ses rêves et ses espoirs dans un magasin qui pouvait aussi bien ne jamais décoller, qu'elle n'avait pas mangé autant qu'elle l'aurait dû. Heureusement, Hailey prenait soin d'elle et s'assurait qu'elle se nourrisse correctement, du moins quand elle était en ville.

Sierra n'avait pas les courbes dont elle avait toujours rêvé quand elle était plus jeune. Elle s'était peut-être un peu remplumée par rapport à l'ado fluette et plate qu'elle avait été, mais pas tant que ça. Elle avait toujours des angles durs et une ébauche de poitrine, même si Jason ne s'était jamais plaint.

Non, elle ne penserait pas à Jason non plus.

Pas deux fois en une seule journée. Elle devait s'imposer des limites si elle ne voulait pas se retrouver avec un verre d'alcool avant cinq heures de l'après-midi. Elle avait une éthique et des règles.

Elle évita de poser les yeux sur la devanture de Montgomery Ink. Leur grande baie vitrée permettait de voir à l'intérieur et d'observer les artistes à l'œuvre. Évitant de mater l'homme qu'elle ne devait absolument pas regarder, elle continua à marcher. Ce type la mettait en colère, lui donnait l'impression de ne pas être à sa place, et pourtant, sa libido ne voulait rien entendre.

Elle traversait un passage à vide, voilà tout, et il semblait être une oasis en plein désert.

Un mirage.

Rien qu'un mirage.

— Te voilà, l'appela Hailey derrière le comptoir. J'étais sur le point de t'appeler et de te dire de venir manger. Je suis certaine que tu n'as encore rien avalé.

Hailey sourit et ses lèvres rouges ressortirent, en contraste avec sa peau pâle et sa coupe au carré d'un blond presque blanc. Cette fille lui faisait toujours penser à une star d'une époque oubliée, empreinte de l'énergie et de l'audace contemporaines.

Hailey faisait aussi une soupe du tonnerre et de très bons sandwiches. Et elle était incroyable avec le café, même si durant les heures de pointe, quand elle n'avait pas le temps de faire la queue, Sierra lui faisait parfois des infidélités en fréquentant le café adjacent à Eden. Elle avait déjà repéré Austin qui traversait la rue sur ses longues pattes pour s'y rendre, lui aussi.

Bien sûr, Sierra n'épiait pas ses moindres faits et gestes.

Il lui déplaisait, se rappela-t-elle. Lui et son attitude lui déplaisaient royalement.

— Je suis là et je meurs de faim. Je vais prendre ton célèbre club sandwich, s'il te plaît.

Sierra se pencha par-dessus le comptoir pour embrasser l'autre femme sur la joue et le parfum subtil d'Hailey la calma.

Hailey avait peut-être des secrets que Sierra ne serait jamais capable de lui soutirer, mais elle était une oreille attentive et elle avait aidé Sierra à déloger la douleur qu'elle avait si longtemps cachée aux yeux du monde.

Quand elle y pensait, elle avait conscience que leur amitié devait sembler déséquilibrée. Mais Hailey savait que Sierra serait là pour elle quand elle déciderait de partager son passé. Sierra elle-même ne l'avait fait que récemment. En fait, Hailey était la première personne de sa nouvelle vie qui connaissait ne serait-ce qu'un fragment des raisons qui l'avaient menée à quitter Boulder pour aller jusqu'à Edgewater et Denver, Colorado. Ce n'était peut-être pas si loin en termes de distance, mais le kilométrage et l'usure subie par son corps et son âme étaient loin d'être anodins.

Hailey posa son sandwich et son thé glacé devant Sierra et contourna le bar pour s'asseoir à côté d'elle.

— Raconte à maman Hailey ce qui ne va pas, ma chérie.

Sierra huma son thé et s'essuya le menton.

— Préviens avant de t'auto-désigner maman Hailey.

Son amie fronça le nez et lui vola une frite de patate douce.

— Oui, ça ne fonctionne pas du tout. Je voulais essayer. Peut-être que si je me teignais les cheveux dans une autre couleur et que je hochais la tête avec sagesse, ça passerait mieux.

Sierra essaya d'imaginer son amie avec des cheveux plus sombres ou même plus vifs – si c'était possible –, sans succès.

— Tu es blond cendré, ma grande, et je crois que ça ne changera jamais.

Hailey tira sur l'une des mèches de Sierra et fronça les sourcils.

— Je tenterais bien quelque chose comme toi, châtain sombre avec des reflets miel, mais je ne crois pas que ça m'irait.

— Les reflets ne sont pas naturels. Ils m'ont coûté une fortune, mais ils me plaisent.

Elle étrécit les yeux et essaya de se représenter Hailey avec la même couleur qu'elle.

— Je pense que ça t'irait si tu essayais, Hailey. Tu seras toujours aussi jolie, peu importe ta couleur. Mais le blond, c'est ta personnalité telle que je la connais.

— Est-ce que tu viens de me traiter de blonde sans cervelle ?

Hailey fit un clin d'œil et Sierra leva les yeux au ciel.

— Oui, c'est exactement ce que je voulais dire, idiote.

Le carillon au-dessus de la porte tinta et Hailey se leva en s'essuyant les mains sur son tablier.

— Je t'ai assez embêtée comme ça. Mange maintenant, pendant que je m'occupe de mes clients. Tu pourras me raconter ensuite ce qui se passe dans ta tête et pourquoi tu as l'air aussi perdue.

Sierra hocha la tête, perturbée que Hailey lise en elle comme dans un livre ouvert, alors même qu'elle avait essayé de dissimuler ses émotions. Bien sûr, cela aurait pu être à cause du lancement d'Eden d'ici quelques jours, mais elle avait la sensation qu'elle donnait une autre impression. Après tout, il y avait bel et bien autre chose.

Elle prit une bouchée de son sandwich et ses yeux se révulsèrent presque de plaisir. L'explosion de saveurs de la moutarde épicée sur la dinde fraîchement découpée et le fromage lui donnaient envie de se jeter aux pieds d'Hailey. Elle s'était peut-être agenouillée devant quelqu'un d'autre dans son passé pour des raisons plus personnelles, mais elle ne l'avait jamais fait pour de la nourriture. Hailey en aurait valu la peine.

Ouah, elle ne savait pas d'où venait ce souvenir, mais il fallait qu'elle l'enfouisse comme elle l'avait fait pour les autres. Jason n'était plus là et elle voulait passer à autre chose. Elle avait même cherché un moyen de dissimuler les traces de son passé cet après-midi.

— Tu fronces les sourcils, fit remarquer Hailey en la tirant de ses pensées.

Sierra prit une longue gorgée de thé glacé, puis elle s'essuya la bouche, surprise de découvrir qu'elle avait mangé jusqu'à la dernière miette de son sandwich et de ses frites de patates douces, perdue dans ses pensées.

— Pas du tout, mentit-elle.

Il était fort possible que ses sourcils soient froncés, cela dit. Elle était en train de penser à des hommes aux yeux bleus et à un amour perdu qu'elle voulait oublier.

— Si, mais je vais te laisser penser le contraire si ça t'arrange. Bon, je me suis peut-être un peu emportée quand tu es arrivée avec ce délire sur maman Hailey, mais je suis là maintenant et je me suis occupée de mes clients. Qu'est-ce qui se passe, ma belle ?

Sierra se lécha les lèvres, surprise d'être nerveuse à l'idée de raconter à Hailey ce qu'il s'était passé aujourd'hui. Son amie ne savait pas *tout* de son passé, mais elle en savait suffisamment pour prendre au sérieux ce que Sierra s'apprêtait à lui dire au lieu de considérer qu'il s'agissait d'un bavardage anodin. Ce fut cette conviction qui la convainquit de tout lui dire. Peut-être pas tout de suite, pas à Taboo, mais bientôt. Elle avait besoin d'amis, de confidents. Il fallait qu'elle échappe à cette cage qu'étaient Boulder et ses propres souvenirs, et qu'elle trouve une nouvelle façon de vivre.

C'était pour ça, après tout, qu'elle ouvrait Eden dans quelques jours à peine.

— Je suis allée à Montgomery Ink pour un tatouage et je suis tombée sur cette brute, là, Austin.

Elle se dépêcha de finir sa phrase et regarda par-dessus l'épaule de Hailey pour s'assurer que la porte entre Taboo et le studio de tatouage était bien fermée. La dernière chose qu'elle voulait, c'était que ce taré barbu passe la porte et l'entende parler de lui.

Heureusement, elle ne s'était pas ouverte et tout allait bien.

— Un tatouage ! Vraiment ?

Hailey serra son bras et ramena une fois encore les pensées de Sierra au moment présent. Peut-être qu'il lui fallait davantage de caféine.

— Qu'est-ce que tu vas te faire faire ?

Sierra cligna des yeux.

— Alors, on oublie complètement la partie de ma phrase sur « cette brute, là » ?

Hailey étrécit les yeux et pinça les lèvres.

— Si tu veux juste parler d'Austin, on peut. Je ne le considère pas vraiment comme une brute, alors tu vas devoir développer.

— C'est une brute malpolie et indélicate.

Et elle avait envie de se frotter contre lui. Bon sang. Elle ne devait pas s'autoriser à penser comme ça. Pas à nouveau.

Hailey se renfrogna.

— Qu'est-ce qu'il a fait ? Il faut que je lui botte les fesses ? C'est peut-être mon voisin et je le connais depuis plus longtemps que toi, mais ça ne lui donne pas le droit de se montrer grossier. Qu'est-ce qu'il a fait ? répéta-t-elle.

Sierra ferma les yeux, agacée contre elle-même d'avoir lancé le sujet. Son amie était douée pour cerner les gens, et si elle n'avait pas eu de problème avec Austin jusqu'à maintenant, alors cela devait venir d'elle. Oh, mince, elle faisait vraiment ressortir le meilleur chez les gens, hein !

— J'y suis allée pour un tatouage, un truc dont je te parlerai plus tard – quand je serai prête.

Hailey saisit sa main et Sierra rouvrit les yeux pour croiser le regard entendu de l'autre femme.

— Je te le promets. Rien que de rentrer là-dedans et d'essayer, c'était déjà dur. Je t'expliquerai tout un jour. Enfin, si je vais jusqu'au bout. Dès que je suis entrée, Austin était là et il faisait la gueule tandis qu'une bonne femme parlait de leur vie sexuelle. Je suis sérieuse.

Même si elle n'avait pas envie d'insister sur ce point, un petit éclat de quelque chose pas bien loin de la jalousie l'avait secouée. C'était pour ça qu'elle s'était montrée impolie dès le départ. Elle ne voulait pas dire du mal du studio. Non, elle n'en avait entendu que des éloges et ce n'était pas son intention. Cette femme, avec sa démarche aguicheuse et ses lèvres pulpeuses, l'avait agacée. Avant d'ouvrir la bouche, elle avait vu dans le regard d'Austin qu'il en était de même pour lui. Mais elle n'avait donné à aucun d'eux le temps d'analyser cela.

Merde. C'était peut-être sa faute si Austin s'était conduit ainsi et l'avait envoyée balader. Peut-être qu'il avait considéré du même œil les paroles irréfléchies de Sierra. Elle ne comptait pas s'excuser. Parce qu'Austin était pire. Elle s'excuserait peut-être auprès de cette gentille fille, Callie, mais c'était tout. Elle n'avait pas besoin de parler à Austin, ni maintenant ni jamais.

— Ce devait être Shannon, déclara Hailey en haussant un sourcil. La femme qui parlait de leur vie sexuelle. Ils ont rompu il y a des mois, et de ce que j'en ai entendu, c'était d'un commun accord.

— Alors pourquoi est-ce que cette Shannon se ramène sur son lieu de travail pour discuter du manque de piment dans leur vie sexuelle ?

Hailey renifla avec un grand sourire.

— Oh, vraiment ? Elle a dit ça ? Elle a changé d'air depuis qu'ils ne sortent plus ensemble. Elle était tout le temps en mode « Austin est monté comme un taureau » et « Austin sait me faire jouir en deux secondes chrono ».

Sierra écarquilla les yeux.

— Elle t'a dit ça ? À toi ?

Hailey se leva et débarrassa le comptoir d'un geste vif.

— Eh oui. Elle racontait ça à quelle fille voulait bien l'écouter. Après tout, elle était avec *le* Austin Montgomery.

— Il est célèbre ?

Elle comprenait pourquoi. Non. Non, elle ne comprenait pas. Bon sang, il fallait que ce type dégage de ses fantasmes.

Hailey regarda par-dessus son épaule avec un sourire ironique.

— Oh, chérie, il est plus que célèbre.

Un désagréable sentiment de jalousie – ou quelque chose de bien pire – la saisit.

— Est-ce que toi et lui, vous êtes...

Hailey rejeta la tête en arrière et éclata de rire.

— Oh, Seigneur, non. Je n'irais pas jusqu'à dire qu'il est comme un frère pour moi, parce qu'il y a déjà Callie et ses trois sœurs, mais il est comme un cousin germain ou quelque chose du genre. Alors, je ne le vois pas de cette façon-là.

Une drôle d'expression passa sur son visage et Sierra se fit plus attentive.

— Y a-t-il quelqu'un que tu vois *de cette façon-là* ? Tu veux en parler ?

Hailey était célibataire et n'aimait pas en parler. Sierra voulait seulement que son amie soit heureuse. Après tout, il fallait bien que l'une d'elles deux le soit. Hailey secoua la tête, s'arrêta et haussa les épaules.

— Peut-être. Mais ça n'a pas d'importance.

Son regard dériva vers la porte fermée entre le salon et Taboo, et Sierra en fut d'autant plus curieuse. Alors comme ça, c'était quelqu'un de Montgomery Ink qui détenait le cœur de Hailey. Si ce n'était pas Austin, ça pouvait être l'un des autres artistes-tatoueurs ou des apprentis qui y travaillaient. Sierra ne comptait pas insister. En tout cas, pas pour le moment. Quand elles auraient toutes les deux un peu d'alcool dans le sang, ce serait peut-être plus facile de lui tirer les vers du nez.

— Donc, on parlait du très sexy Austin, dit Hailey.

Son regard était trop vif et son sourire trop large. Oui, il y avait quelque chose là-dessous, et Sierra ferait de son mieux pour l'aider si c'était en son pouvoir.

— Le très sexy Austin ?

Ce look de motard bad-boy appartenait à son passé et elle pensait s'en être débarrassée. Apparemment, elle s'était trompée. Et pas qu'un peu.

— Ne me dis pas que tu ne le vois pas. J'ai vu la façon dont tes yeux se sont illuminés quand tu l'as traité de brute. Mais je digresse. Revenons-en à Shannon. Ils ont rompu et je pensais que tout allait bien. Shannon, de ce que je sais, n'aime pas renoncer. Elle a probablement accepté la rupture parce qu'elle pensait qu'elle trouverait un mec plus généreux ou avec une plus grosse bite. On dirait qu'elle s'est ratée.

Sierra se retrouva bouche bée devant cette description avant de se mettre à rire avec Hailey.

— Eh bien. C'est bon à savoir.

— Ah oui ? la taquina son amie.

Sierra se leva en rougissant et déposa de l'argent sur le comptoir.

— La ferme. Et prends l'argent, Hailey. Tu ne peux pas continuer à refuser que je paye ce que je mange.

Les lèvres de Hailey se retroussèrent en un rictus.

— Si je veux inviter mes amies dans mon propre café, c'est mon droit. Tu as besoin de cet argent pour Eden, de toute façon.

C'était vrai, mais là n'était pas la question.

— Tu as besoin de cet argent pour Taboo aussi. Tu n'auras qu'à passer chez moi m'acheter un bel ensemble de lingerie quand ce sera ouvert.

Hailey haussa un sourcil.

— Je doute que ce soit le même prix qu'un sandwich.

— Eh bien, je vais devoir continuer à t'acheter des sandwiches. Bon, je file à la boutique travailler sur mes vitrines avant de repasser à l'inventaire. Merci pour la conversation et pour le déjeuner.

— On n'a pas franchement discuté, Sierra.

Hailey croisa son regard et elle y décela de l'inquiétude.

— Je sais, mais c'est exactement ce qu'il me fallait. Je vais bosser comme une dingue dans les prochains jours pour que Eden soit prêt pour le meilleur lancement possible. Et puis, je retournerai à Montgomery Ink, Austin Montgomery ou pas, et je ferai mon tatouage.

— Voilà ce que je veux entendre ! Quand tu le feras, dis-le-moi, je viendrai te tenir la main. Tu n'es pas seule, Sierra.

Elle hocha la tête et repartit vers Eden. Hailey était peut-être de son côté, mais Sierra savait qu'elle avait tort.

Elle était seule.

Et c'était très bien comme ça.

CHAPITRE TROIS

J'AI envie de te sucer. De sucer cette grosse queue qui me remplissait tellement que je ne pouvais plus marcher pendant des jours. Le son de ta voix quand tu jouis en moi me manque. Et ça me manque de sentir ton sperme laiteux couler dans ma chatte gonflée.

Vraiment pas le message qu'il avait envie de lire pendant un barbecue familial avec les Montgomery. Gonflée ? Heu, franchement, *non merci* ?

Austin effaça le message de Shannon et gémit. Il fallait qu'elle comprenne et qu'elle lui fiche la paix. Il pensait qu'ils avaient rompu parce qu'ils s'ennuyaient ensemble. Apparemment, il s'était trompé. Peu importe le nombre de fois où il lui avait dit que c'était fini – et il lui semblait bien que c'était son idée à la base –, elle n'arrêtait pas de revenir. Elle lui envoyait des messages qu'il n'avait vraiment pas envie de voir ou de lire, elle passait chez lui ou au studio, c'était à la limite du harcèlement.

Il n'avait pas peur qu'elle lui fasse du mal, à lui ou à son entourage, ce n'était pas son style. Mais il en avait marre. Et puis, si jamais il voulait passer à autre chose et sortir avec quelqu'un d'autre, il n'osait pas imaginer ce qu'elle ferait. Elle avait toujours

27

été jalouse de son passé. Il n'avait pas réfléchi à sa réaction vis-à-vis de son avenir.

Ça lui apprendrait à essayer de s'amuser plutôt que de se poser.

Il ferma les yeux et remit le téléphone dans sa poche. Se poser ? C'était ça qu'il voulait ? L'idée avait un certain mérite si l'on considérait la façon dont Shep souriait et riait chaque fois qu'il se trouvait à côté de sa Shea, mais Austin voyait aussi la pression que le mariage mettait sur deux de ses frangins et frangines. Bien sûr, pour ses parents, cela avait semblé si facile, mais les mariages d'Alex et de Miranda ne lui avaient jamais donné l'impression que c'était quelque chose dont il avait envie.

Même s'il ne connaissait pas toute l'histoire, il n'avait jamais vu aucune de ces deux relations comme un encouragement à se marier.

Il se faisait vieux. Il pensait qu'à cet âge-là, il serait marié avec deux gamins. Ce n'était pas arrivé, et alors que la quarantaine approchait, il craignait d'avoir laissé passer sa chance.

Des cheveux aux reflets de miel et de grands yeux verts emplirent son esprit et il déglutit avec difficulté. Sierra n'était peut-être pas son genre habituel, mais il n'arrivait pas à se la sortir de la tête. Cela ne voulait pas dire qu'il la désirait. Pas comme ça, en tout cas. Elle n'était pas la réponse aux questions de mariage qui lui tournaient dans la tête. C'était juste une femme avec des envies de tatouages, qui le prenait sans doute pour un biker crado.

Ça ne lui posait pas de problème.

— Pourquoi tu as l'air d'avoir un truc moisi sous le nez ? demanda Wes, le frère dont il était le plus proche en âge.

Wes n'avait peut-être que trois minutes de plus que Storm, mais il avait su utiliser cette différence à bon escient au cours des trois décennies et quelques qui s'étaient écoulées depuis sa naissance.

— Un mot : Shannon.

Wes haussa un sourcil et fourra ses mains dans les poches de son pantalon de costume. Même s'ils étaient chez leurs parents à Westminster, Wes n'avait pas enfilé de jean et de tee-shirt comme le reste de la famille. Il portait toujours une chemise à manches longues et sa tenue de travail, mais il avait quand même retiré sa cravate. Wes était un entrepreneur, directeur de Montgomery Inc. Certes, son jumeau, Storm, dirigeait la société avec lui, mais les idées venaient de Wes. Storm aimait bien rester en arrière-plan. Si on leur posait la question, ils disaient que leur assistante administrative, Tabitha, était la colle qui les faisait tenir ensemble, mais c'était une autre histoire.

— Est-ce que quelqu'un a dit Shannon ? demanda Storm en les rejoignant, trois bières à la main.

Il les leur tendit et prit une gorgée de la sienne. Wes et Storm étaient de vrais jumeaux. Les années et leurs personnalités respectives permettaient de les distinguer facilement. Storm avait un look dépenaillé avec ses cheveux longs, ses joues jamais vraiment rasées, son jean usé et sa carrure plus massive. Les deux hommes étaient costauds pour faire le métier qu'ils faisaient, mais Storm s'était davantage épaissi au fil des années. Peu importe qu'il soit l'architecte de Montgomery Inc. Il travaillait de ses mains plus souvent qu'à son tour.

— Oui. Elle continuer à m'envoyer des sms, ce genre de délire, expliqua Austin en prenant une gorgée de bière.

Storm avait apporté de la Tat Fire et Austin lui en était infiniment reconnaissant. Il n'y avait rien de tel qu'une bière du Colorado pour le remonter.

— Je t'avais dit que c'était un nid à problèmes, cette fille, déclara Wes avec sagesse.

Austin lui adressa un doigt d'honneur et s'appuya à la façade, le dos douloureux de sa session de six heures avec son client. Peut-être qu'il irait au spa au bout de la rue pour un massage. Ça faisait longtemps qu'il avait cessé de considérer cela comme un truc de midinette. Les massages opéraient des merveilles pour son dos – et pour rien d'autre, malgré les blagues de ses frères à ce sujet –, lui permettant d'accomplir de longues journées de travail et de faire ce qu'il aimait.

S'il avait de la chance, il se trouverait peut-être une copine qui lui ferait des massages à la maison aussi.

Il ferma les yeux et se maudit intérieurement. Sortir avec une fille sans projet d'avenir, c'était ce qui l'avait mis dans cette situation avec Shannon. Il fallait qu'il surveille un peu plus sa queue. Peut-être qu'il irait dans ce club avec Decker et se trouverait une soumise. Ça l'aiderait à relâcher la tension. Mais alors même qu'il avait cette idée, il sut que ça ne suffirait pas. Il voulait un truc sérieux, même s'il ne l'aurait jamais avoué à voix haute. Passer une nuit ou deux avec une soumise ne serait pas suffisant.

— Tu n'as jamais dit que Shannon était un nid à problèmes, protesta Storm. Tu as dit qu'elle mènerait Austin par le bout du nez et la lui ferait à l'envers.

Il adressa un grand sourire à Austin.

— Enfin, c'est peut-être la même chose, au final.

— Vous êtes hilarants. L'un comme l'autre. Maintenant, je vais aller embêter Meghan à propos du tatouage qu'elle voulait et qu'elle n'a toujours pas fait, et je vais vous laisser vous débrouiller. Que Dieu nous protège.

Sasha, la fille de Meghan, glapit tandis que son frère, Cliff, lui courait derrière dans la cour. Maya les suivit tous les deux, son ami Jake à sa suite. Entre les huit frères et sœurs, la famille éloignée, les amis, les compagnes et compagnons, les enfants et les voisins, le barbecue battait son plein. C'était incroyablement bruyant et Austin adorait ça. C'était sa famille, son chez-lui. Bien sûr, il était à environ quinze minutes de sa vraie maison, mais c'était ici qu'il avait grandi, et il savait qu'il pourrait toujours y revenir, même après avoir vécu ailleurs pendant vingt ans.

La maison à six chambres et deux étages était un vrai rêve pour famille nombreuse. Puisqu'il y avait plus d'enfants que de chambres, tout le monde, à un moment ou à un autre, avait dû partager la sienne avec quelqu'un d'autre. C'était comme ça, et même s'ils s'en étaient plaints, râlant comme savent le faire les gamins, ça ne les avait pas tués. Son père avait agrandi la maison au fur et à mesure, pour étendre la cuisine et les pièces à vivre et offrir à sa mère la terrasse de ses rêves. Enfin, ce n'était pas tout à fait vrai. Elle s'était occupée d'une part de la construction. Elle avait peut-être commencé en tant qu'assistante administrative pour Montgomery Inc., mais elle avait appris à se servir d'un marteau et de clous comme le reste de l'équipe. La structure de base était restée la même et c'était parfait pour eux. Ils étaient au bout d'une impasse, mais suffisamment loin de la rue pour avoir, comme Austin, un vaste terrain autour de la maison – c'était rare en banlieue.

Austin sourit et laissa ses deux crétins de frangins parler entre eux – sûrement de lui, d'ailleurs – pour aller trouver Meghan qui se disputait à voix basse avec son mari, Richard. Malheureusement, ce n'était pas la première fois qu'il était témoin de ce genre de scène et il savait que ce ne serait pas la dernière. Elle n'avait sûrement pas envie qu'il s'en mêle, mais c'était son problème. Sa petite sœur, la plus âgée des trois filles Montgomery, partageait son sang, et il était de son devoir de la protéger du monde entier. Même si le monde entier, en l'occurrence, c'était elle-même.

— Salut petite sœur, dit-il en passant un bras autour de ses épaules tendues. Ça me manquait de te voir à ce genre d'occasions. Tu en as loupé quelques-unes.

Subtil, Austin.

Meghan lui lança un regard qui aurait transi la plupart des hommes, mais il n'était pas la plupart des hommes. Elle sembla se rattraper avant de trop en révéler, lui offrit un sourire qui sonnait faux et se laissa aller contre lui pour une étreinte. C'était la plus grande des M&Ms – le surnom que leur père avait donné à ses trois filles, Meghan, Maya et Miranda – mais elle faisait quand même une demi-tête de moins que lui.

— Les entraînements de football de Cliff et les repas au travail de Richard tombaient en même temps que les barbecues. Alors, on en a manqué quelques-uns, mais on est là aujourd'hui.

Elle adressa un regard appuyé à son mari, ce qui ne sembla pas améliorer la situation. Richard lui sourit froidement avant de faire un signe de tête à Austin.

— Oui. Nous voilà à un barbecue du clan Montgomery. Comme vous en faites tellement, je me suis dit que ce ne serait pas grave d'en louper quelques-uns. Et puis, nous sommes des Warren. Ça nous donne le droit de ne pas être là à chaque fois.

Austin serra les dents devant les paroles de son beau-frère. Ce connard était marié à Meghan depuis huit ans, et Austin n'avait jamais réussi à l'apprécier pendant tout ce temps. Qu'au-rait-il bien pu apprécier chez lui ? Un sourire trop raide, des cheveux trop pleins de gel, un dédain qui ne le quittait jamais vraiment. Pour tout dire, Richard avait un mépris affiché pour les tatouages, les travailleurs en col bleu et tout ce qui ressemblait de près ou de loin à du travail manuel.

Mais Austin se gardait bien de lui donner le fond de sa pensée. C'était le père de sa nièce et de son neveu, et le mari d'une des femmes qu'Austin aimait plus que tout. Lui foutre une raclée n'arrangerait rien.

Enfin, ça arrangerait l'humeur d'Austin, alors il se dit qu'il pourrait y réfléchir pour plus tard.

— Montgomery un jour, Montgomery toujours, répliqua Austin avec un certain mordant.

Meghan lui donna un coup de coude dans le ventre et Austin laissa échapper un « pfouf ». Elle avait plus de force que ne le laissait supposer sa silhouette fine.

— Tu veux bien nous accorder un moment, Austin ? Richard et moi étions en train de finir une discussion.

Elle l'implora du regard et il se pencha pour déposer un baiser sur son front.

— Je ferais n'importe quoi pour toi, Meghan. Ne l'oublie pas.

Il fusilla Richard du regard avant de partir et adressa un signe de tête à Maya et son ami Jake en se dirigeant vers Griffin et Alex. Griffin était le plus discret du clan Montgomery, mais chez les Montgomery, ça ne voulait pas dire grand-chose. Dernièrement, Alex lui avait fait de la concurrence en matière de discrétion. Austin ne savait pas comment gérer cela. En tant qu'aîné de la fratrie, il considérait qu'il était de son devoir de prendre soin de tous ses frères et sœurs – à n'importe quel prix.

— Qu'est-ce que vous faites tous les deux à vous planquer dans un coin ? demanda-t-il en guise de salut.

Alex se contenta de hausser les épaules, le regard perdu au loin, un verre de whisky à la main au lieu d'une bière. Il n'était pas tout à fait dix-sept heures, mais étant donné la journée que son frère venait de passer entre son boulot de photographe et sa femme qui n'avait même pas fait l'effort de venir, Austin ne le jugeait pas. Pour le moment.

— On regarde, c'est tout, répondit Griffin en prenant une gorgée de bière.

— Où est Jessica ? demanda Austin.

C'était la femme d'Alex. La mâchoire de ce dernier se raidit mais il ne se tourna pas pour croiser le regard de son frère.

— Elle n'est pas là. Comme tu peux le voir par toi-même.

Austin haussa un sourcil et Griffin secoua légèrement la tête. Eh bien. Austin ne savait pas comme régler le problème quel qu'il soit, mais s'il y avait une possibilité, il essaierait. Il n'aimait pas voir cette froideur chez son frère, le seul qui parvenait à paraître solitaire au milieu d'une foule, même quand sa femme, son premier amour du lycée, était présente.

— Oh, regarde qui vient d'arriver, lança Griffin avec un sourire.

Austin se tourna pour voir leur pote Decker traverser le jardin. C'était le meilleur ami de Griffin. Sa veste en cuir semblait avoir connu des jours meilleurs et ses cheveux lui arrivaient à la hauteur du col. Il n'était pas un Montgomery de naissance, mais c'en était un de cœur.

— Decker !

Marie Montgomery traversa la cour et lui sauta au cou. Le visage de Decker se fendit d'un grand sourire et il la rattrapa avec aisance.

Austin n'entendit pas ce qu'ils se disaient, mais il savait que c'était privé. Sa mère aimait Decker comme l'un de ses propres enfants, et quand le père de Decker s'était retrouvé en prison, il avait passé plus de temps chez les Montgomery que chez lui. Bien sûr, la mère de Decker était toujours vivante – à peine, apparemment, après ce que son père lui avait fait subir –, cependant elle n'était pas assez forte pour élever un enfant toute seule. Les Montgomery l'avaient accueilli dans la limite autorisée par la loi, mais s'ils avaient pu, Austin était certain qu'ils l'auraient adopté, passant à neuf enfants au lieu de huit.

— Est-ce que quelqu'un a dit Decker ? demanda sa plus jeune sœur, Miranda, en se pointant à côté de lui.

Austin leva machinalement le bras pour qu'elle vienne se caler contre lui comme ils le faisaient depuis qu'elle était assez grande pour tenir debout. Même avant ça, il la portait sur sa hanche et la promenait partout dans la maison. Leur différence d'âge avait créé un lien d'autant plus fort.

— Maman l'a trouvé, alors ne t'inquiète pas, il ne va pas mourir de faim, taquina Griffin.

— Il travaille pour Montgomery Inc., je ne sais pas pourquoi tu fais comme si tu ne l'avais pas vu depuis une éternité, grogna Alex.

Miranda lui tira la langue, comme s'ils étaient toujours des enfants et non pas des adultes qui ne vivaient plus chez leurs parents.

— Il était parti en voyage pendant six semaines pour travailler sur un projet de Wes en parallèle. Et il est de retour. Et moi, je suis enfin rentrée de la fac et je vais commencer mon nouveau boulot, alors ce sera cool de l'avoir dans le coin.

Quelque chose dans la façon dont elle avait dit cela vint picoter la nuque d'Austin, mais il n'eut pas le temps d'y réfléchir de trop près, car sa mère poussa un sifflement aigu qui le fit grincer des dents.

Enfin, il fallait bien qu'elle ait une méthode pour gérer huit enfants turbulents.

— Maintenant que nous sommes tous là, je voulais juste m'assurer que vous profitiez de la nourriture, de la boisson et de la conversation, déclara-t-elle d'une voix forte, la main dans celle de son père. Restez aussi longtemps que vous voulez, mangez autant que vous le pouvez, et profitez de la vie. Les enfants, nous avons une réunion de famille à la fin, ne partez pas tout de suite. Vous savez que je vous adore, alors restez.

Elle leur offrit à tous un sourire éclatant – presque trop éclatant – et elle leva son verre. Tout le monde l'imita et les convives se remirent à parler, non sans une certaine nervosité.

Austin fronça les sourcils. Quelque chose dans la façon dont elle s'était exprimée l'avait alerté. Il regarda son père et suivit du regard les rides sur son visage. Il se passait quelque chose et ça ne lui plaisait pas. Il avait envie que les autres s'en aillent pour savoir de quoi il s'agissait. Ce n'était pas inhabituel de tenir une réunion à ce genre d'événements, étant donné que c'était la seule fois où ils étaient tous là en dehors des fêtes. C'était le premier depuis longtemps, il espérait que la réunion consisterait seulement à prendre des nouvelles de tout le monde, mais il avait le sentiment qu'il y avait autre chose. Il croisa le regard de tous ses frères et sœurs, un par un, et il sut qu'ils étaient du même avis.

Quelque chose clochait, et il ne savait pas ce que c'était.

Il fallut moins de deux heures pour que tout le monde parte, et pourtant Austin avait l'impression que cela avait duré des années. Il n'était parvenu à soutirer aucune information à ses parents, même s'il avait fait de son mieux.

Il se retrouva coincé entre Meghan et Decker sur l'un des canapés du salon. Le reste de la famille s'était installé sur d'autres sièges tandis que Miranda et Maya étaient assises ensemble par terre, les mains jointes, comme si elles aussi savaient que quelque chose n'allait pas. Austin n'était pas étonné que Decker se soit joint au groupe : c'était un Montgomery au même titre que les autres. Richard et ses enfants étaient partis, pas étonnant non plus. Il avait été très clair quant au fait qu'il n'était pas un Montgomery, mais les enfants l'étaient par le sang. Bien sûr, peut-être que les petits n'avaient pas besoin d'assister à une réunion de famille à leur âge, mais tout de même.

— Pourquoi est-ce que Richard a emmené les enfants ? chuchota-t-il à sa sœur.

Meghan étrécit les yeux et secoua la tête.

— Non, Austin. Pas maintenant.

Il ouvrit la bouche pour parler, mais elle insista.

— S'il te plaît.

Il soupira et hocha la tête.

— On en reparlera, sœurette.

Il attrapa sa main et entrelaça ses doigts avec les siens.

Leur père entra, plus grand que nature, mais il y avait quelque chose d'étrange dans sa démarche. Un détail qu'Austin aurait remarqué s'il n'avait pas été aussi perturbé par des sms de mauvais goût, une femme aux cheveux de miel qu'il n'aurait pas dû désirer, et ses frères et sœurs auxquels il tenait tant. Harry se laissa aller dans son fauteuil, un siège qui avait toujours été là d'aussi loin qu'Austin s'en souvienne. Sa mère se hâta de le suivre, le regard soucieux, prenant place sur son propre fauteuil à côté de son mari.

— Qu'est-ce qui se passe, maman ? demanda Maya. Tu nous fais peur.

Des murmures d'assentiment résonnèrent dans la pièce et Meghan serra plus fort la main d'Austin. Marie eut un petit sourire triste.

— Je suis tellement heureuse de vous avoir à la maison, mes chéris.

Austin déglutit avec difficulté.

— Dis-nous, maman.

Harry se racla la gorge et se pencha en avant, les mains jointes devant lui, les avant-bras sur ses cuisses. Les parents d'Austin étaient des forces de la nature, tous les deux. Aucun ne laisserait l'autre gérer quelque chose seul : soit ils alternaient, soit ils le faisaient ensemble. C'était ce qui rendait leur mariage aussi solide. Le fait qu'ils paraissent mal à l'aise et qu'ils aient du mal à s'exprimer lui donnait envie de prendre la fuite. Il n'était pas sûr de vouloir entendre ce qu'ils avaient à dire.

Harry croisa le regard de chacun.

— Eh bien, les enfants. J'ai un cancer. Un cancer de la prostate, pour tout dire.

Le monde d'Austin s'effondra. Dans la pièce régnait un silence assourdissant, un chaos de douleur et d'angoisse.

— Quoi ? souffla-t-il.

Ou du moins, il crut le dire. Aucun son n'était sorti, et vu l'absence de bruit autour de lui, ses frères et sœurs étaient aussi choqués que lui.

Ce n'était pas possible. Cet homme d'une force incroyable, cet homme qui les avait élevés avec les deux pieds sur terre et le cœur grand ouvert ne pouvait pas avoir de cancer. Le cancer était mortel. Il le savait. Le cancer ne pouvait pas lui prendre son père. Ni maintenant, ni jamais.

— Quel est le pronostic ? demanda Decker d'une voix dénuée d'émotion.

Austin se tourna pour voir son ami se pencher et passer la main dans les cheveux de Miranda. Sa sœur s'appuya contre lui, le visage baigné de larmes.

À vrai dire, personne dans la pièce n'avait les yeux secs à part Decker et lui.

Il ne savait pas pourquoi il ne pleurait pas. Il ne comprenait pas. Les mots qui sortaient de la bouche de son père, à propos du pronostic, du traitement et des conséquences sur leur famille, n'arrivaient pas à son cerveau.

Il poserait des questions plus tard sur ce qu'il pouvait faire pour aider, mais pour l'instant, il n'arrivait pas à penser. Il n'arrivait pas à respirer.

Son père, le pilier de la famille Montgomery, avait un cancer.

Rien d'autre n'avait d'importance.

CHAPITRE QUATRE

— MERCI, et profitez de votre soirée, dit Sierra en souriant.

Ses deux clients, un couple d'âge moyen, se sourirent en rougissant et sortirent d'Eden. Sierra retint un soupir heureux en entendant leurs rires et leurs taquineries murmurées.

Eden était officiellement ouvert.

Cela ne faisait que deux jours, mais ces deux jours comptaient parmi les meilleurs de sa vie. Bien sûr, elle avait envie de hurler, de vomir ou de trembler de tout son corps quand elle pensait au risque énorme qu'elle prenait en ouvrant une boutique un peu chic en plein centre de Denver. Elle avait lu les statistiques sur les commerces qui ouvraient en ville et elle connaissait les pièges et les écueils. Cela ne voulait pas dire qu'elle pouvait laisser tomber. Elle n'était pas née dans une famille fortunée, mais relativement à l'aise financièrement. Ce n'était pas naïf de sa part de penser qu'elle pouvait y arriver elle aussi.

Eden vendait des vêtements pour les citadines branchées de Denver. Ce n'était pas une boutique new-yorkaise qui proposait des vêtements aux lignes déconcertantes et aux choix trop osés pour le grand Ouest. Cette pensée la fit sourire. Contrairement à une idée répandue, les seuls chevaux en ville tiraient des calèches

39

et il n'y avait pas un chapeau de cow-boy en vue. D'accord, peut-être qu'elle mentait un peu. Il y avait quelques cow-boys, mais aucun d'eux ne l'avait appelée « poupée » en l'abordant. La plupart travaillaient dans les champs et ne s'approchaient pas de sa boutique.

Elle aurait pu porter elle-même les vêtements, la lingerie en dentelle et les parfums qu'elle vendait. Ses deux vendeuses aussi, Jasinda et Becky, qui avaient quelques années de moins et n'avaient pas tout à fait les mêmes goûts qu'elle ni la même silhouette. Elle faisait de son mieux pour proposer des vêtements dans une gamme variée de tailles, couleurs et styles. Pour l'instant, vu le défilé continu de clientes dans son magasin, elle se disait qu'elle avait tapé dans le mille. Si ça continuait ainsi au-delà des premiers jours, elle pourrait faire la danse de la joie en plein milieu de la 16th Street Mall.

Son téléphone sonna et elle se mordit la lèvre. La matinée était passée bien trop vite et voilà que son après-midi de congé – l'une de ses vendeuses l'avait obligée à le prendre – était arrivé. Elle avait travaillé ce matin et elle travaillerait tard le soir pour rattraper cela. Elle devrait peut-être annuler son rendez-vous et rester au boulot. Elle ne pouvait pas abandonner Eden alors que la boutique venait à peine de prendre son envol. Ce serait irresponsable.

— Vas-y, Sierra, lui dit Becky qui se tenait à côté d'elle. Jasinda et moi, on peut se débrouiller. Et puis, si on a besoin de toi, tu seras juste en face. Tu n'es pas sortie de la boutique à part pour dormir et peut-être pour manger depuis presque une semaine. Il faut que tu voies un peu la lumière du jour et que tu t'occupes de toi, histoire de te sentir humaine à nouveau.

Sierra ouvrit la bouche pour se défiler, mais Jasinda secoua la tête avec sa crinière rousse et ses yeux charbonneux.

— N'essaie même pas de dire qu'on ne peut pas se débrouiller, chérie. Va faire ton tatouage, ton piercing ou je ne sais pas quoi, vu que tu ne veux même pas nous dire ce que c'est, et laisse-nous gérer la caisse pendant quelques heures. On sait toutes les trois que tu seras de retour demain matin pour mener l'attaque.

— Je ne peux pas quitter Eden alors qu'on vient d'ouvrir, se plaignit Sierra. À quoi est-ce que je pensais ?

— Tu pensais que si tu ne sors pas d'ici maintenant, tu vas t'épuiser au point où tu ne seras plus bonne à rien, déclara Becky en croisant les bras sur sa poitrine. Va prendre un café chez Hailey, c'est calme puisque l'heure du déjeuner est passée, et ensuite, va à ton rendez-vous.

— Mais si...

— Allez, ouste, la coupa Jasinda.

Elle leva les mains au ciel et prit son sac à main.

— D'accord, mais vous venez me chercher s'il y a le *moindre* problème. C'est compris ? Eden... Eden c'est mon bébé.

Jasinda lui fit un petit sourire et se pencha pour l'embrasser sur la joue. Becky fit de même de l'autre côté et Sierra se détendit.

— File, ordonna Becky. On va prendre soin de ton bébé. C'est pour ça que tu nous as embauchées, après tout.

Avec un dernier regard à ses clients satisfaits et à la boutique qui était devenue réalité à la sueur de son front, elle sortit au grand air et traversa la rue jusqu'à Montgomery Ink. Elle ne s'arrêta pas prendre un café chez Hailey, car elle était déjà suffisamment sur les nerfs et que la caféine empirerait les choses.

Elle prit une grande inspiration et carra les épaules. Elle ne montait pas à l'échafaud, elle n'était pas poussée par un pirate goguenard au supplice de la planche. C'était juste un rendez-vous avec un artiste. Rien de terrible. Elle n'aurait même pas à retirer ses vêtements.

D'accord, cette phrase sonnait mal, même pour elle, mais elle la laissa passer. Cela faisait six jours depuis sa dernière visite à

Montgomery Ink, et une fois de plus, elle avait l'impression d'être au bord d'un précipice, ce qui la terrifiait.

Depuis la dernière fois qu'elle avait vu Austin et les autres, Eden avait ouvert au public, la laissant épuisée. L'homme aux yeux bleus et à la barbe qu'elle rêvait de sentir sur la soie de ses cuisses emplissait son esprit bien plus souvent qu'elle ne l'aurait voulu, mais elle faisait de son mieux pour l'ignorer. Eden réclamait toute son attention, et les décisions qui risquaient de changer sa vie, qu'elles concernent des hommes ou des tatouages, allaient devoir attendre afin qu'elle réalise son rêve.

La boutique était ouverte depuis deux jours, et si tout allait bien, elle le resterait. Sierra avait rendez-vous avec un artiste qui, elle l'espérait, pourrait l'aider à accepter cette part d'elle-même qu'elle essayait de cacher depuis trop longtemps.

Quand Callie avait entré son nom dans l'agenda électronique, Sierra n'avait pas demandé quel tatoueur elle verrait. De ce qu'elle avait entendu du salon, elle pouvait faire confiance à tous ceux qui y travaillaient. Ou en tout cas, elle essayait de leur faire confiance. Avec un peu de chance, elle ferait connaissance avec son artiste-tatoueur aujourd'hui et elle commencerait la première étape de sa guérison. La simple pensée de lui montrer où elle voulait ce tatouage la faisait frémir. Elle n'était pas tout à fait prête, mais elle savait qu'il allait bien falloir, à un moment donné.

Elle n'était pas lâche, mais Seigneur, elle aurait voulu l'être. Juste pour cette fois.

— Sierra ! Tu es venue.

La voix accueillante de Callie calma immédiatement sa nervosité. Il y avait une énergie communicative chez la jeune femme, même si, en l'observant de plus près, Sierra décelait dans son regard vif une profondeur plus grave.

La dernière fois, on lui avait dit que Callie était l'apprentie d'Austin et qu'elle gagnait en expérience quant à son art et sa technique en apprenant du meilleur des meilleurs, tel que l'avait présenté Callie. En la regardant s'exprimer avec volubilité, Sierra se dit qu'Austin avait le meilleur des deux mondes. Il pouvait rester au fond de la salle et se comporter en ours mal léché tandis que Callie ramenait tous les clients. Non, ce n'était pas gentil. Elle savait, pour s'être informée, qu'Austin était un artiste talentueux et demandé aux quatre coins du monde, à en juger par les critiques. Il en allait de même pour sa sœur Maya.

Sierra se lécha nerveusement les lèvres, puis elle s'abandonna à l'étreinte exubérante de Callie.

— Contente de te voir, dit-elle en essayant d'être polie malgré son tourment intérieur et la nausée qui la menaçait.

— Moi aussi. Ton artiste-tatoueur est presque prêt à te recevoir, tu peux aller t'installer bien confortablement sur le canapé en cuir. Est-ce que je t'offre un café, de l'eau ? Ou peut-être un jus de fruit ?

Sierra inclina la tête de côté, amusée.

— Non merci, ça va. Est-ce que tu es également la réceptionniste de Montgomery Ink ?

Callie rougit et secoua la tête.

— Il nous en manque tout le temps. On embauche surtout des étudiants qui ont besoin d'un petit boulot pour payer leurs frais de scolarité à l'Université du Colorado ou des autres facs sur le campus d'Auraria, mais ils finissent par ne pas tenir la route entre les devoirs à rendre, les fêtes et le fait que le campus vient de construire une résidence juste à côté de l'autoroute.

Callie leva les yeux au ciel.

— Enfin bref, on n'a pas de réceptionniste en ce moment, alors je fais de mon mieux. Avec un peu de chance, Austin et Maya finiront par embaucher quelqu'un bientôt, comme ça je n'aurai pas à me coltiner le Mac de l'Enfer.

Sierra haussa les sourcils.

— Le Mac de l'Enfer ?

Callie fit un geste vers l'ordinateur sur le bureau dans le coin et se pencha pour chuchoter :

— Maya l'a acheté parce qu'elle voulait que tout soit sur le bureau plutôt que d'avoir une tour, mais personne ne sait s'en servir. Je dis ça, je ne dis rien, en tout cas on risque de lui dire au revoir bientôt, parce qu'entre Sloane et Austin, il pourrait bien y avoir un « accident ».

Sierra renifla en s'assoyant.

— Les pauvres garçons.

— Eh, pauvre de moi surtout. C'est moi qui dois réparer toutes leurs conneries. Maintenant, si tu es sûre que tu n'as besoin de rien, je vais retourner travailler sur mon croquis pour mon client de demain. Ton tatoueur te prendra bientôt.

Sierra avait bien remarqué que Callie n'avait pas mentionné le nom du tatoueur en question. Peut-être était-ce parce que les artistes aimaient cultiver le mystère. Sierra parcourut du regard la vaste pièce où huit postes de travail étaient disposés le long des murs couverts d'œuvres diverses : photos, peintures, croquis, et quelques sculptures en céramique ou en métal. Il y avait d'autres employés que Sierra ne reconnut pas immédiatement, mais elle avait suffisamment vu Sloane et Maya pour les reconnaître. Chacun d'eux travaillait avec concentration sur son client. Sloane avait la tête courbée au-dessus de la cuisse d'un homme d'âge moyen et la couleur rouge qu'il utilisait se mélangeait à son sang. Cette vision rendit Sierra un peu nauséeuse, alors elle reporta son attention sur Maya. La sœur d'Austin jouait à faire sortir et rentrer le piercing qu'elle avait à la langue tout en se concentrant sur le dessin au trait qu'elle traçait sur le pied de son client.

La simple pensée de se faire enfoncer une aiguille dans le pied fit grimacer Sierra. Non merci, pas pour son premier tatouage. Premier ? Est-ce qu'elle comptait en faire un deuxième ou un troisième ? Elle devrait peut-être se concentrer sur celui-ci sans s'évanouir ou se mettre à pleurer de manière incontrôlable.

— Callie ? demanda-t-elle avant que la jeune femme s'en aille pour de bon. Qui est mon tatoueur ?

— Ce sera moi.

Le cœur de Sierra s'emballa et elle serra les cuisses en entendant le timbre profond de la voix d'Austin. Oh, non. Il ne pouvait pas être son tatoueur. Elle ne saurait pas comment réagir si cet homme posait les mains sur elle. Elle ne voulait pas qu'il voie la zone exacte où elle désirait mettre son dessin. C'était trop intime. Trop intime pour un homme qui lui donnait la sensation d'envahir son espace personnel rien qu'en respirant. Elle dut se rappeler qu'elle ne l'aimait pas. C'était une brute malpolie et autoritaire. Peu importe que son corps semble avoir envie de lui.

Son cerveau, lui, n'en voulait pas.

— Parfait alors, je vous laisse voir ça ensemble.

Callie s'enfuit et Sierra plissa les yeux en la regardant partir. Oh, la jeune femme savait *très bien* ce qu'elle faisait.

Super.

— Je croyais que vous m'aviez demandé de partir, murmura-t-elle.

Elle n'avait pas eu l'intention de chuchoter, mais elle n'avait pas réussi à faire sortir un son plus fort de sa bouche. Austin hocha la tête, le regard chagriné. Elle n'avait pas vu cette douleur dans ces yeux d'un bleu profond jusqu'alors. Elle s'en serait souvenu.

— Je m'excuse pour la façon dont je me suis comporté la dernière fois. Shannon, la femme qui partait quand tu es arrivée, elle m'avait fichu les nerfs en pelote et j'ai réagi trop vivement.

Surprise qu'il reconnaisse ses torts, elle ne pouvait que les lui pardonner. Après tout, elle avait envie – non, besoin – de savoir ce qui causait cette expression sur son visage. Elle n'était pas assez vaniteuse pour penser que c'était à cause d'elle et des excuses qu'il lui devait. Non, c'était quelque chose de beaucoup plus profond.

— Je suis désolée pour ce que j'ai dit en arrivant. J'ai entendu de très bonnes choses sur Montgomery Ink, et je veux un tatouage, sans juger les gens qui en font.

Voilà. Elle l'avait dit.

Austin hocha la tête, mais il ne sourit pas, ne réagit pas.

— Viens à mon poste au fond et on pourra parler de ce que tu veux.

Encore une fois, sa voix était dénuée d'émotion. Non, ce n'était pas tout à fait ça. Il y avait quelque chose qui lui donnait envie de faire un geste vers lui et de l'aider.

Elle s'assit sur le banc qu'il lui offrait tandis qu'il prenait un tabouret et ramassait un bloc à dessin et un crayon.

— Dis-moi ce que tu envisages.

Sierra observa son visage, incapable de se concentrer sur le motif qu'elle souhaitait.

— Qu'est-ce qui ne va pas, Austin ? Qu'est-ce qui a mis cette tristesse dans tes yeux ?

Elle se maudit de poser une question aussi personnelle à un homme qu'elle ne connaissait pas, mais il y avait quelque chose, un lien qu'elle n'aurait pas dû ressentir. Austin cligna des yeux et déglutit avec difficulté. Le regard de Sierra suivit la ligne de sa gorge et de sa barbe.

— Comment ça ?

Elle secoua la tête.

— Je suis désolée. Je n'aurais pas dû te demander ça. Mais tu as l'air si triste et je voulais savoir s'il y avait quelque chose que je pouvais faire. C'est idiot, hein ? Je ne te connais même pas.

Austin posa le bloc-notes et le crayon et appuya ses avant-bras sur ses cuisses.

— Je ne suis pas dans le bon état d'esprit pour dessiner, de toute façon. Non, en fait, je suis dans un état d'esprit parfait si on y réfléchit. Je sais que tu es venue ici pour une consultation, et je vais y venir. Bientôt. D'accord.

Il croisa son regard et la détresse qui s'y trouvait transperça son cœur.

— Mon père a un cancer. Il nous l'a annoncé le lendemain du jour où tu es venue ici et je n'ai toujours pas réussi à l'accepter. Je ne sais pas si j'en suis capable.

Sierra prit une brève inspiration et agrippa sa main. Ce contact la surprit, mais elle passa outre ; Austin et sa famille étaient au premier plan de ses pensées.

— Je suis tellement désolée, Austin. Seigneur, je n'avais pas idée que c'était quelque chose comme ça. Je sais que mes mots font pâle figure, mais je garderai ton père et le reste de ta famille dans mes pensées. Je suis tellement désolée, répéta-t-elle.

Ses yeux s'emplirent de larmes pour l'homme devant elle et celui qui l'avait élevé, quelqu'un qu'elle n'avait jamais rencontré, mais qui était important pour lui.

Soudain, Austin posa une main sur sa joue. Ce geste les fit tressaillir tous les deux.

— Merci, Sierra.

Il se recula aussitôt en se raclant la gorge.

— Il va s'en sortir. C'est obligé. Si je me concentre sur lui et ce qu'il se passe, je ne serai pas capable de fonctionner normalement, alors parlons de ce tatouage.

Sa joue était toujours chaude de son contact, et elle en voulait davantage. Elle voulait sentir ses mains sur elle, sentir son regard alors qu'elle se déshabillerait pour lui. Elle voulait s'agenouiller à ses pieds tandis qu'il caresserait ses cheveux pour lui faire comprendre que tout allait bien.

Elle se rebiffa à cette pensée. Ce n'était plus elle, ça. Ces pensées n'étaient pas à elle. Elles ne pouvaient pas l'être. Elle avait grandi, elle s'était éloignée de la femme qu'elle avait été avec Jason et elle ne pouvait pas, non, elle ne serait pas la même avec Austin. Il allait appliquer ses aiguilles sur sa peau, mais cela n'en ferait pas son maître pour autant.

CARRIE ANN RYAN

Et encore, si elle trouvait le courage d'aller jusque-là.

— Sierra ? Ton tatouage ? Callie a parlé de fleurs, mais ça peut vouloir dire tant de choses. J'ai besoin d'en savoir plus.

Elle prit une inspiration brève et sentit sa lèvre inférieure trembler.

— Je... je veux des marguerites sur mon flanc droit. Je ne sais pas combien, ni la taille, ni même la couleur, mais je veux qu'elles recouvrent ou plutôt qu'elles encadrent quelque chose.

Austin fronça les sourcils.

— Je dois recouvrir un autre tatouage ?

Elle secoua la tête.

— C'est mon premier.

Austin prit doucement sa main. Son contact était apaisant, tranquillisant, il l'aidait à se stabiliser.

— Qu'est-ce que je vais recouvrir, Sierra ?

Il avait baissé la voix, comme s'il parlait à un agneau apeuré au bord d'un précipice. Même si c'était une description juste en cet instant, elle ne voulait pas être ce genre de personne. Elle ne voulait plus.

— J'ai deux-trois cicatrices.

Oh, quel mensonge, mais elle devrait bientôt tout lui dire. Il le faudrait.

— Je... je ne suis pas encore prête à te les montrer, alors je sais que tu ne pourras pas faire le design.

Austin serra sa main et elle se maudit. Seigneur, quelle idiote elle faisait.

— Je te fais perdre ton temps, Austin, et j'en suis désolée. Je voulais y aller par étapes, mais c'était bête. Tu auras besoin de voir mes côtes pour faire le dessin.

Austin hocha la tête, puis il se retira.

— Si tu n'es pas prête à me montrer, on peut y aller progressivement. Ça ne me dérange pas, Sierra. Je dois te dire que couvrir des cicatrices, ce n'est pas possible, pas dans la plupart des cas. C'est une technique à part que nous ne pratiquons pas trop ici à moins de connaître les cicatrices et de savoir que l'encre ne va pas évoluer n'importe comment avec le temps. Le tissu cicatriciel est trop différent du reste de la peau, il est généralement plissé et l'encre risque de s'étendre par-dessus la cicatrice plutôt que de rester là où elle était censée être. Par contre, on peut faire quelque chose *autour* des cicatrices.

— J'ai fait des recherches là-dessus. Mais ton temps est précieux.

— Tout comme ton rétablissement et ta guérison.

Touchée, elle cligna des yeux et s'humecta les lèvres.

— Alors, qu'est-ce qu'on peut faire aujourd'hui ?

Il lui sourit et son regard s'emplit d'une note joyeuse pour la première fois depuis qu'elle était arrivée. Elle en vint à se dire qu'elle n'était pas venue là pour rien.

— Si ça te va, je vais prendre la mesure de tes côtes pour avoir une idée de la surface sur laquelle je vais travailler. Et puis, je vais dessiner quelques modèles de marguerites et te les montrer la prochaine fois que tu viendras. Avec un peu de chance, à ce moment-là je pourrai voir à quel type de cicatrices nous avons à faire exactement, ensuite nous passerons à la prochaine étape.

Ses mains tremblaient, mais elle hocha la tête. Elle savait que pour accomplir pleinement ce qu'elle voulait, il faudrait qu'elle le lui montre. C'était évident, mais cela n'en rendait pas les choses plus faciles pour autant.

— D'accord, partons là-dessus.

— Je vois que tu veux un tatouage, Sierra. Si ce n'était pas le cas, tu ne serais pas assise là. Ça ne me dérange pas d'attendre que tu sois prête. Quand on commencera le tatouage, ou simplement pour que tu me montres tes cicatrices, j'installerai le rideau. Comme ça, nous serons tous les deux, toi et moi. Personne d'autre. Qu'en penses-tu ?

Cette idée lui plaisait plus qu'elle ne l'aurait dû et elle hocha la tête avec enthousiasme.

— Très bien, alors lève-toi et tends ton bras. Montre-moi exactement la taille que tu veux, et laisse-moi prendre tes mesures. Comme je l'ai dit, je ne saurai pas exactement quoi faire avant d'avoir tout vu. Même si ça ne suffit pas aujourd'hui, c'est déjà une étape. Tu comprends ?

Il croisa son regard.

— Ça veut dire que je vais devoir te toucher. Ça te convient ?

Pour lui convenir, ça lui convenait.

Au lieu de répondre, elle hocha de nouveau la tête et se leva.

Elle se tourna de sorte que son côté soit face à Austin et qu'elle n'ait pas à croiser son regard. À peine eut-il posé la main sur elle qu'elle sursauta.

— Du calme, Gambettes, je ne vais pas te manger, la taquina-t-il. Enfin, pas à moins que tu me le demandes.

Elle renifla malgré elle.

— Arrête de m'appeler Gambettes.

C'était insultant et... ça lui donnait envie de se répandre en flaque à ses pieds. Le salaud.

— J'aime tes jambes, alors je vais continuer. Bon, tu le veux grand comment ?

Grand. Long et épais.

Heu, ce n'était pas ce qu'il demandait. Austin laissa échapper un rire profond.

— Je vois à ton visage où tes pensées sont parties. Oui, grand c'est le mot juste. Mais je parlais de ton tatouage.

Sierra refusa de croiser son regard, mais elle leva le menton.

— Tu es bien sûr de toi. Pour te répondre, je pense à toute la cage thoracique, le côté de mon ventre et jusqu'à mes hanches.

La cicatrice couvrait la majeure partie de cette zone, mais l'encre devrait être déposée autour. Elle voulait quelque chose de mémorable, qui vaille le coup pour sa douleur et ses souvenirs.

— C'est grand, mais je pense qu'avec tes courbes, ce sera superbe. Alors tiens-toi immobile, et laisse-moi prendre tes mesures.

Le crayon courut sur son flanc et la main d'Austin effleura le dessous de son sein. Tous deux retinrent leur souffle, mais aucun ne fit de commentaire. Ils devaient rester professionnels. Ses doigts calleux s'enfoncèrent contre son tee-shirt et elle retint un soupir. À la suite de ses blessures, elle avait retrouvé à peu près toutes ses sensations, et ses mains étaient si grandes, si viriles, qu'elle n'oublierait jamais son contact.

— Viens faire un tour avec moi.

Sierra se retourna, perdue.

— Quoi ?

Austin la regarda droit dans les yeux, avec intensité.

— Viens faire un tour avec moi. Sur ma moto, dans les montagnes.

Sierra en eut des sueurs froides. L'image des flammes, le crissement des pneus et l'odeur de la chair brûlée firent chanceler ses genoux.

— Oh, ma belle, je suis désolé, murmura Austin.

Ses mains se portèrent d'abord à ses hanches puis à ses joues.

— Tu n'es pas obligée de venir sur ma moto, pas si tu réagis comme ça. Tu n'es pas obligée de m'expliquer, mais tu peux le faire si tu veux. Je t'écouterai.

Elle prit une brève inspiration, gênée d'avoir réagi ainsi.

— Je suis désolée.

— Ne sois pas désolée, Sierra.

Bon sang. Elle ne voulait pas se retrouver prise au piège de son passé, incapable de s'avancer vers quelque futur que ce soit. Eden avait été une étape, tout comme venir chez Montgomery Ink, mais ça ne suffisait pas. Pas encore.

Il fallait qu'elle soit une adulte et qu'elle réapprenne à respirer. Elle croisa le regard inquiet d'Austin et déglutit avec difficulté.

— Oui, Austin. Oui, je viendrai sur ta moto.

Il eut l'air de ne pas la croire, mais elle lui montrerait. Elle était prête à tourner la page, même si elle devait se forcer. Elle ne voulait pas être cachée, captive. Elle ne voulait plus l'être.

Si Austin pouvait l'aider, alors elle franchirait cette étape.

Enfin.

CHAPITRE CINQ

SHEP MONTGOMERY IGNORA le regard assassin qu'on lui lançait, conscient que cela faisait partie du lot avec cette cliente-là. Quand Lisette venait pour un tatouage, son mec, Mathieu, l'accompagnait. Et par « l'accompagnait », Shep entendait qu'il la gardait comme un pitbull et montrait quasiment les dents quand Shep osait toucher *sa* femme.

Il leva les yeux au ciel et nettoya ce qu'il restait d'encre et de plasma afin de terminer l'ombrage sur la carpe koï. Lisette était arrivée avec ses yeux enjôleurs et son sourire avenant, et elle l'avait supplié de dessiner une carpe koï entourée de fleurs et d'eau sur sa hanche et sa cuisse. Shep aimait travailler avec elle, car elle était très facile à satisfaire une fois qu'ils s'étaient mis d'accord sur le design.

Mathieu lui aurait sans doute arraché les bras avec joie pour avoir posé ses mains là où il le faisait pour les besoins du tatouage. Et Shep savait que sa propre femme, Shea, en ferait probablement de même à quiconque oserait le toucher lui de cette façon-là. À vrai dire, Shep aussi pourrait défoncer celui qui oserait essayer de tatouer Shea, alors il ne pouvait pas vraiment en vouloir à Mathieu.

— Ça va, Lisette ? demanda-t-il.

Il était concentré sur ses dernières ombres, et non sur le type qui les surveillait, dressé de toute sa hauteur. Sérieusement, Mathieu était impressionnant.

— Mmh, fredonna-t-elle.

Shep ne put s'empêcher de sourire.

Il adorait quand ses clients se laissaient aller au plaisir du tatouage plutôt que de rester tendus tout du long. Lisette était douée pour ça.

Il ajouta un dernier trait, puis il essuya la zone et recula pour admirer son travail.

— C'est fini. Tu veux de l'aide pour te voir dans le miroir ?

— Je m'en occupe, gronda Mathieu.

Shep ravala un sourire d'autant plus grand. Il savait que c'était ce que le colosse dirait, mais il aimait le provoquer.

Lisette laissa échapper un petit hoquet et Shep sut que sa mission était accomplie. Ils passèrent aux instructions concernant les soins. Elle les connaissait déjà, puisqu'elle avait une demi-manche fleurie, mais il ne laissait personne sortir de Midnight Ink sans les répéter et s'assurer que ses clients les respecteraient. Alors qu'il regardait Mathieu accompagner avec précaution sa compagne hors du studio, Shep bondit sur ses pieds, impatient de retrouver la sienne. Lisette était sa dernière cliente de la journée, et une fois qu'il aurait fini sa consultation avec Chavon – qu'il adorait – il pourrait rentrer chez lui retrouver sa femme.

Sa femme.

Il ne s'y était pas encore habitué, mais il aimait le prononcer dans sa tête ! Ils s'étaient séduits rapidement, leurs fiançailles avaient été encore plus brèves, et ils s'étaient mariés auprès d'un juge de paix parce qu'ils ne pouvaient plus attendre. Il avait cru que Shea voudrait un grand mariage avec une belle robe, des fleurs et tout le tintouin, mais il s'était trompé. C'était Shea qui avait opté pour la petite cérémonie dans un bureau afin de pouvoir enfin le déclarer sien. C'était elle qui l'avait entraîné hors du café par cette belle journée avec un grand sourire. Il n'aurait pas pu demander mieux.

Il aurait fait n'importe quoi pour elle, bien plus que répondre « je le veux » dans un bureau exigu.

Il termina sa consultation quant au prochain tatouage de Chavon. Elle ne comptait pas se faire tatouer les fesses, contrairement à ce que son mec pensait que Shep faisait avec elle. À présent, il était pressé de rentrer retrouver sa femme.

— Passe le bonjour à Shea, lui lança Sassy tandis qu'il remballait.

C'était la réceptionniste de Midnight Ink, ainsi que l'une de ses plus proches amies.

— Ça marche, répondit-il. Et ne fatigue pas trop tes hommes.

Sassy n'était pas fiancée à un seul homme, mais à deux : Rafe et Ian, qui pensaient qu'elle était le centre de leur univers.

— Dis-moi quand tu auras une date pour le mariage. Shea m'a posé la question.

Sassy hocha la tête et un drôle de reflet passa dans ses yeux avant qu'elle se détourne. Il soupira. Il savait qu'il devrait s'en occuper si elle voulait bien le laisser faire. Et c'était un gros *si*.

Il dit au revoir à sa « famille » à Midnight, puis il rentra chez lui, une drôle de sensation au creux du ventre. Il se passait un truc avec Shea, mais il ne savait pas quoi. Ils n'étaient pas mariés depuis suffisamment longtemps pour qu'il connaisse par cœur le moindre de ses tics, la moindre de ses expressions, mais il prenait plaisir à les apprendre au fur et à mesure.

Cependant, il savait que quelque chose n'allait pas. Son comportement n'avait pas changé, elle lui faisait toujours des sourires lumineux, mais parfois, ils l'étaient un peu trop, justement. Sa personnalité calme n'avait pas changé, et elle ne se lâchait vraiment que lorsqu'ils étaient tous les deux. Elle était la glace qui complétait son feu, et il n'aurait pas voulu qu'il en soit autrement. Mais il voulait son bonheur.

Il trouverait ce qu'il y avait. Il trouvait toujours.

Dès qu'il passa le seuil de la maison, il ouvrit les bras et Shea se jeta à son cou comme elle le faisait chaque soir. C'était vraiment la meilleure sensation au monde ! Il espérait qu'ils continueraient à le faire, même quand ils seraient vieux, même quand ils seraient très occupés. Bon, s'ils le faisaient toujours à un certain âge, il risquait de se casser la hanche, mais ça en vaudrait le coup. Il travaillait plus tard que Shea le soir, car il commençait plus tard le matin, si bien qu'elle était toujours à la maison avant lui. Si c'était l'inverse, il savait que leurs retrouvailles seraient tout aussi explosives. Il inspira son doux parfum et la serra fort contre lui avant d'incliner sa bouche vers elle. Elle avait un goût de thé et de raisins.

— Bon Dieu, comme je t'aime, Shea Montgomery.

Il ne se lassait jamais d'entendre son nouveau nom de famille. C'était peut-être une pratique datée que de prendre le nom de son époux, mais ça leur rappelait à tous les deux qu'elle était sienne... et qu'il était sien.

Shea recula, hors d'haleine.

— Je t'aime aussi, Shep.

Elle sourit, mais ses yeux mirent une seconde de trop à s'éclairer.

Voilà. Ce truc dans son regard : il y avait quelque chose qui clochait. Il avait déjà posé la question et elle avait fait mine de rien en lui disant qu'il imaginait des choses. Il ne l'interrogerait plus. Non, il trouverait tout seul. Il ferait de son mieux pour la rendre heureuse, quelles que soient les circonstances. Il détestait l'idée de se planter dans son mariage, dès le départ. Il était hors de question que cela continue.

— J'étais en train de sortir tout ce qu'il faut pour le dîner. Tu veux me donner un coup de main ?

Il posa un baiser au bout de son nez et hocha la tête. Ils cuisinaient ensemble la plupart des soirs : s'effleurer en passant autour du plan de travail en une danse amoureuse, c'était une sorte de préliminaire qui ne faisait que rendre le reste de la nuit encore meilleur.

Son téléphone vibra dans sa poche et il le sortit, le bras toujours autour de Shea.

— C'est Austin, dit-il après avoir regardé l'écran.

— Réponds.

Il lui avait présenté Austin au début de leur relation, et ils s'étaient tout de suite bien entendus.

— Salut, mon vieux, qu'est-ce qui se passe ?

Shep embrassa le crâne de Shea tandis qu'ils passaient dans la cuisine.

— Tu penses que tu pourrais venir à Denver un moment ? Avec Shea ?

Shep se figea et serra le bras de sa femme en entendant le ton de sa voix. Elle ne ressemblait pas à celle de l'homme chaleureux et pourtant taciturne avec qui il avait grandi. Quelque chose n'allait pas. Shea leva les yeux vers lui à ce contact, de l'inquiétude dans le regard.

— Que se passe-t-il ? demanda-t-il, la gorge serrée.

Austin soupira.

— Je... mince. Je ne sais pas comment dire ça. Putain. Je ne devrais pas avoir à annoncer un truc pareil. Ce n'est pas juste.

Il prit une grande inspiration tandis que Shep retenait la sienne.

— Mon père a un cancer.

Shep chancela et se retint à sa femme.

— Quoi ? Tu es sérieux ?

— Aussi sérieux qu'on puisse l'être, dit Austin à voix basse. Il va bientôt commencer son traitement et je pense qu'il aimerait que vous soyez là. Toi et Shea. Il ne l'a jamais rencontrée, tu sais.

C'était une porte ouverte qu'Austin venait d'enfoncer. Shep déglutit et cligna des yeux pour chasser ses larmes. Ses parents avaient déménagé dans l'Oregon quand il était parti à La Nouvelle-Orléans il y avait plus d'une décennie de ça, mais il avait grandi dans le joyeux bazar de la famille Montgomery à Denver. L'idée que Harry, cette force de la nature, puisse être malade, n'arrivait pas à monter à son cerveau.

Il n'y avait vraiment qu'une seule réponse possible.

— Je serai là dès que possible, et je resterai aussi longtemps que je le pourrai. Tu peux compter sur moi.

Austin laissa échapper un soupir et Shep aurait voulu pouvoir passer à travers le téléphone pour serrer son cousin dans ses bras.

— Merci, mon vieux. Tu pourras dormir chez Griffin vu qu'il a une maison d'invités. Avec Shea. Comme ça, vous aurez un peu d'intimité pour aussi longtemps que vous voudrez. J'ai une chambre d'amis, mais je sais que vous venez juste de vous marier, tout ça. Je ne sais même pas pourquoi je déblatère à ce sujet, mais putain. Je suis perdu, mon vieux. Je... je sais que tous mes frères et sœurs sont là, mais j'aurais besoin de toi aussi. Tu comprends ?

Shep prit une brève inspiration et embrassa Shea sur la tempe.

— Je ferais n'importe quoi pour toi, Austin. Tu le sais. On va prendre nos dispositions et je te recontacte dès que j'en sais plus.

— Merci, Shep.

— À bientôt, cousin. Et respire, d'accord ? Harry... Harry est le plus fort d'entre nous.

— C'est ce que je pensais aussi. À bientôt.

Son cousin raccrocha et Shep resta à fixer le téléphone dans sa main. Merde. Harry avait un cancer. Un putain de cancer. Ça n'avait aucun sens. Le cancer n'était pas censé toucher sa famille. C'était quelque chose qui arrivait aux autres et il donnait de l'argent à des organisations pour financer la recherche et les soins.

C'était ignoble et cruel, mais c'était comme ça que son cerveau gérait les choses qui n'avaient aucun sens et qui déchiraient ses entrailles. Il ne savait pas comment réagir.

— J'ai entendu l'essentiel de la conversation, mon cœur.

Shea prit son visage entre ses mains et ses yeux se remplirent de larmes.

— Je suis tellement désolée. Je vais appeler le travail et prendre des congés. Ce que je ne peux pas reporter, je m'en occuperai sur mon ordinateur, à distance. Et puis, je nous trouverai un avion et tout ce qu'il faut. Nous resterons à Denver aussi longtemps que possible. D'accord ?

Il l'embrassa alors, ses lèvres esquissant une douce caresse avant de se transformer en un baiser plus ferme. Elle gémit contre lui alors que leurs larmes se mêlaient.

— Je t'aime, Shea. Ne me quitte jamais. Je t'en prie. Reste toujours à mes côtés.

Sa femme passa la langue sur ses lèvres alors même que cette drôle de lueur étincelait à nouveau dans son regard. Elle cligna des yeux et son expression s'éclaircit.

— Bien sûr, Shep. Je t'aime. Je ne vais nulle part.

Il la tint contre lui. Il savait qu'il devait être fort pour Austin, pour Shea, pour Harry, pour eux tous. Il n'était peut-être qu'un cousin, mais c'était sa famille. Lui et Shea partiraient pour Denver et y feraient ce qu'ils pourraient. Et tant qu'à faire, il découvrirait également quel était le problème avec sa femme. Il y avait une limite à ce qu'il pouvait supporter et il ne voulait pas qu'il y ait entre eux quoi que ce soit qui puisse abîmer leur relation.

La vie était trop courte pour supporter des douleurs que l'on pouvait guérir.

CHAPITRE SIX

AUSTIN AGRIPPA les hanches de Sierra pour la stabiliser tandis qu'elle clignait des yeux en le regardant, son expression ivre de plaisir, mais toujours fixée sur lui. Rien que sur lui. Il se lécha les lèvres. Il avait presque la douceur de son goût sur le bout de la langue. Seigneur, il avait hâte de sentir son désir sur ses papilles.

— Je vais te baiser comme il faut, Gambettes, gronda-t-il.

Son corps trembla tandis qu'il luttait pour conserver le contrôle

— Prends-moi.

Elle leva la poitrine et ses seins se dressèrent comme un festin succulent. Ses tétons ressemblaient à des baies bien mûres dans les pinces qu'il avait placées dessus, n'attendant que sa langue.

Austin laissa son sexe frotter contre sa vulve engorgée et se délecta de l'accroc dans sa respiration. Il suivit sa poitrine du regard et remonta là où il avait attaché ses bras aux colonnes du lit avec la corde toute neuve qu'il avait achetée rien que pour elle.

C'était la plus belle image possible.

Il avait tellement hâte de s'enfoncer en elle et de sentir son corps étroit se crisper sur son sexe, le vidant jusqu'à la dernière goutte. Alors qu'il prenait son élan, ses yeux s'ouvrirent et il se maudit.

Super. Un rêve. Un autre putain de rêve.

Et il avait éjaculé sur son ventre avant d'arriver au meilleur moment.

Il roula sur le côté et sortit du lit. Son corps se ressentait de son sommeil agité et de ses rêves à la netteté frappante. Heureusement, il dormait nu si bien qu'il y aurait moins à nettoyer vu qu'il avait les mêmes nuits qu'un gamin de treize ans. Il recula en vacillant, pas encore totalement réveillé. Il avait désespérément besoin de caféine. Il retira les draps en faisant attention à ne pas se tacher de nouveau.

Tout nu, il déambula jusqu'à la buanderie et il fourra les draps dans la machine à laver. Il y ajouta de la lessive et la lança avec un seul œil ouvert. Il regretterait probablement plus tard de l'avoir fait à moitié endormi, mais il avait suffisamment d'expérience en matière de lessive pour être à peu près certain de ne pas se retrouver à éponger du détergent et de la flotte sur le sol. Avec un peu de chance.

Bon sang. Il n'arrivait pas à croire qu'il avait joui dans son rêve comme un ado qui apprenait à peine à quoi ressemblait une femme. Il avait presque quarante ans, pour l'amour de Dieu. Apparemment, il n'avait pas besoin de petites pilules pour se revigorer et salir ses draps alors qu'il avait Sierra et ses longues jambes dans la tête.

Il aurait préféré les avoir autour de ses hanches que dans la tête.

Son sexe se gonfla à nouveau et il se maudit. Vraiment ? Il n'était même pas sept heures du matin et il bandait de nouveau après avoir éjaculé dans son sommeil à cause d'un foutu rêve. C'était un autre signe qu'il avait besoin de tirer son coup et de retrouver le contrôle pour lequel il était si célèbre.

Il passa sous la douche avec un soupir, ignorant son sexe

douloureux, puis il se fit une tasse de café. Heureusement, c'était son jour de congé aujourd'hui et il n'avait rien de prévu. En temps normal, il serait parti faire un tour à moto dans les montagnes et peut-être même jusqu'à Estes Park, mais il n'était pas d'humeur. Decker passerait tout à l'heure pour manger et boire une bière, et n'importe quelle autre semaine, son frère d'adoption l'aurait suivi sur sa propre moto. Mais cette semaine-ci, ce mois-ci, c'était différent. Aucun d'eux n'avait pris sa moto depuis qu'ils avaient appris le cancer d'Harry.

Merde.

Le cancer.

Austin n'arrivait toujours pas à se faire à cette idée. Il faisait l'autruche. Alors que le reste de sa famille essayait de passer le plus de temps possible avec ses parents ou d'effectuer des recherches sur la maladie, Austin s'était tenu à l'écart en leur disant simplement qu'il était là s'il y avait besoin de lui.

Ça faisait peut-être de lui un connard.

Mais il avait trop peur pour se soucier de ce qui concernait les traitements, les pronostics et autres termes médicaux qui lui donnaient des sueurs froides rien que d'y penser. Il était le grand frère, l'aîné des Montgomery, et il était un échec.

De son poing, Austin frotta la zone autour de son cœur, et il sortit sur la terrasse pour regarder la fin du lever de soleil. Il aimait sa maison et la vue qu'on y avait. Il avait une terrasse couverte qui faisait tout le tour de la maison, si bien qu'il pouvait regarder le soleil se lever ou se coucher en s'assoyant où il voulait. Ici, il pouvait ignorer ce qui se passait autour de lui et se concentrer sur le vide absolu. C'était franchement ridicule.

Il fallait qu'il se sorte les doigts et qu'il réfléchisse à ce qu'il se passait dans sa famille. Il fallait qu'il arrête de rêver d'une femme qui avait l'air d'avoir tellement la trouille qu'on la touche qu'elle paniquait comme un lapin affolé pour un simple regard.

Austin resta assis là une bonne heure, à boire son café et à sentir l'air frais des montagnes se réchauffer lentement alors que le soleil montait dans le ciel.

Son téléphone vibra sur la table au coin de la terrasse et il décrocha, le cœur battant. Et si c'étaient ses parents pour lui annoncer quelque chose de pire ? Bon sang. Réfléchir au lieu d'agir le rendait dingue. Dès que Decker serait parti, ou peut-être même quand il serait là, il ferait des recherches. Ça ne lui ressemblait pas d'être hors du coup sur un sujet aussi important. Il s'en voulait de s'être mis dans cette situation. Ça ne servait à rien de se rendre malade avec des cauchemars sans connaître la réalité. Mais il avait l'intuition qu'une fois qu'il en saurait davantage, il aurait peut-être encore plus de cauchemars.

Cependant, son père méritait qu'Austin fasse preuve de force et de détermination. Et se cacher au fond de sa maison : ce n'était pas comme ça qu'il avait été élevé.

Il décrocha sans regarder l'écran et le regretta aussitôt.

— Austin, mon cœur.

Il en avait marre de cette histoire. Tellement marre.

— Shannon. Arrête de m'appeler. J'ai essayé d'être gentil mais on a rompu il y a des mois. C'était une décision mutuelle, d'ailleurs. Normalement, je ne suis pas un connard, mais si tu n'arrêtes pas de t'accrocher, je vais devoir faire quelque chose. Tu es à la limite du harcèlement.

Appeler les flics pour harcèlement ? Il n'en avait pas envie, mais Shannon refusait de le laisser en paix quoi qu'il fasse pour la décourager. Il ne s'était jamais battu physiquement avec une femme, alors il allait être obligé de demander à quelqu'un d'autre de s'occuper de la situation.

— On avait un truc spécial, mon cœur. S'il te plaît. S'il te plaît, ne me laisse pas tomber, mon sucre.

Austin ferma les yeux et se pinça l'arête du nez.

— Non, on n'avait pas de « truc spécial » et tu le sais aussi bien que moi. Tu m'aimais encore moins que je ne t'aimais. Ce qui n'était pas loin de zéro.

Méchant, mais réaliste.

— Trouve-toi quelqu'un que tu puisses aimer pour de vrai et construire le futur que tu veux, Shannon. Je ne suis pas cette personne.

Devant son silence, il soupira.

— Adieu, Shannon.

Il appuya sur *Raccrocher*, mais il avait le sentiment qu'il n'en avait pas fini avec elle. Il espérait seulement qu'elle n'irait pas encore plus loin.

Sa matinée encore plus gâchée, il se leva de sa chaise sur la terrasse et rentra à l'intérieur. Sa maison était située au bord d'un petit ravin ; même si l'on ne pouvait pas voir les voisins, il y en avait. Il vivait dans une maison à étage au bout d'une impasse en terre battue. Enfin, un étage, un rez-de-chaussée et un sous-sol complet qui était au niveau de l'extérieur d'un côté, puisque la maison était située sur une pente. Les deux niveaux supérieurs, du côté du ravin, étaient abondants en baies vitrées d'où l'on voyait les contreforts des Rocheuses et une partie des montagnes elles-mêmes, ainsi que la faune qui habitait la région.

Il adorait cela. Il avait la ville et la campagne à portée de main avec cette maison. Et puis, il pouvait mettre sa musique à fond sans que ce soit un problème.

Après le petit déjeuner, il passa à sa routine habituelle de nettoyage et menus travaux. Il vivait peut-être seul, mais il n'aimait pas le désordre. Il n'était pas maniaque comme certains membres de sa famille, mais il aimait vivre dans un environnement propre.

Il tria son courrier en mettant les factures de côté pour plus tard et passa au reste, jetant les publicités qui semblaient s'accumuler encore plus vite que les factures. Sur le dessus se trouvait une enveloppe d'une entreprise qu'il ne reconnut pas et il fronça les sourcils. Un avocat ? Peut-être était-ce pour le studio, voire pour Montgomery Inc. Vu le nombre de Montgomery qu'il y avait, parfois les gens envoyaient les choses à la mauvaise adresse. Heureusement, sa famille vivait suffisamment près pour qu'ils puissent s'échanger les courriers égarés.

— Austin, tu es là ?

Decker entra sans frapper et Austin mit son courrier de côté. Il s'en occuperait plus tard.

— Je suis dans la cuisine. Tu veux du café ?

Decker entra vêtu d'un jean taille basse et d'un tee-shirt en coton noir qui avait dû connaître des jours meilleurs. Austin jeta un œil à ses propres vêtements et renifla. Ils étaient bien assortis.

Les tee-shirts noirs et les jeans élimés étaient leur uniforme, jour de congé ou pas.

— Je veux bien un kawa, merci. Je n'ai pris qu'une tasse à la maison et je n'avais pas envie de dépenser cinq dollars pour un café dégueu en chemin.

Austin leva les yeux au ciel.

— Tu bois du Starbucks et le café de Hailey. Je ne vois pas de quoi tu te plains.

Decker haussa les sourcils.

— J'espère que tu ne viens pas de qualifier de dégueu le café de Hailey.

Austin grimaça en lui servant une tasse.

— Non, ce n'est pas ce que je voulais dire. Je parlais de Starbucks. Merde. Ne le lui répète pas.

Decker sourit largement. Il se saisit de la tasse et souffla dessus.

— Qu'est-ce que tu me donnes en échange de mon silence ?

Austin lui fit un doigt d'honneur.

— Je ne te botterai pas le cul.

— Tu peux essayer, vieille branche.

— Les années défilent pour toi aussi.

Decker sourit.

— J'ai vingt-neuf ans. Tu en as trente-huit. J'ai de la marge, hein.

— Va te faire foutre.

— Non merci. Je préfère choisir des partenaires un peu moins velus.

— Seulement un peu moins ? reprit Austin avec un grand sourire. Il y a quelque chose que tu veux me dire ? Tu sais qu'on t'aime tous, quelles que soient tes préférences.

Decker grogna.

— La ferme.

Austin leva les yeux au ciel et passa dans le salon. Decker le suivrait quand il en aurait envie. Il y avait un match, alors ils allaient se détendre et ne rien faire. Peut-être quelques recherches s'il en avait le courage, mais rien de trop drastique.

En réalité, Decker était le meilleur ami de Griffin, mais Austin s'entendait tout aussi bien avec le jeune homme. Decker avait vécu avec sa famille par périodes pour la plus grande partie de ses années d'adolescence et il était proche de chacun des Montgomery. Comme l'avait prouvé la conversation qui avait changé leurs vies, il était inclus dans les réunions de famille de façon instinctive.

— Alors, j'ai entendu dire que Shep et Shea venaient à Denver ? demanda Decker après quelques instants de silence paisible.

— Oui. Je l'ai appelé et je lui ai demandé de venir.

Il haussa les épaules comme si de rien n'était, mais à l'évidence, c'était important pour eux tous, et plus qu'ils ne voulaient se l'avouer.

— Papa n'a pas encore rencontré Shea et même si les parents de Shep sont dans l'Oregon maintenant, et que ça va faire dix ans qu'il est à La Nouvelle-Orléans, il est chez lui à Denver.

— Je comprends, mon vieux. On a besoin de lui ici, même si

c'est juste pour un sourire et un câlin. Et puis, j'ai hâte de rencontrer la femme qui lui a passé la corde au cou.

Austin fit passer sa langue sur ses dents.

— Je pensais que c'était plutôt Shep qui manipulerait la corde.

— Ha ha, répondit Decker, pince-sans-rire. Tu sais qu'il n'est pas dans ce délire autant que nous. Mais je parlais de son mariage.

Decker n'avait pas tort à propos du BDSM, mais l'idée que le mariage soit un fardeau ? Austin n'en était pas si sûr. Non que sa dernière expérience ait été bonne, étant donné que la femme en question était Shannon.

Sierra lui vint à l'esprit et il fronça les sourcils. Il la connaissait à peine, et pourtant son visage lui venait en tête quand il pensait à un éventuel « pour toujours ». Ce n'était pas quelque chose à quoi il avait envie de réfléchir de trop près, cela dit. N'est-ce pas ?

— Pourquoi tu fais cette tête ?

— Je réfléchis, c'est tout.

— À quoi ?

— Au mariage, je crois.

Decker poussa un petit sifflement.

— Tu penses à abandonner la vie de célibataire, alors ?

Austin lui jeta un regard de travers.

— Tu critiques beaucoup le mariage, je trouve. Ne me dis pas que tu comptes rester célibataire toute ta vie, toi ?

Decker haussa les épaules et détourna le regard, gêné.

— Tu sais d'où je viens, Austin. Tu crois vraiment que j'ai envie de faire endurer ça à la femme que j'aime ?

Austin poussa un juron dans sa barbe.

— Tu ne vas pas devenir comme ton père parce que tu te maries, Deck. C'est un alcoolique et un connard violent, mais pas toi. Tu n'as jamais levé la main sur une femme et tu ne le feras jamais.

Decker secoua la tête.

— Et c'est ce qui est censé me définir en tant qu'homme ? Ou être la raison pour laquelle je devrais me marier ? Ma mère disait toujours que mon père ne l'avait jamais frappée tant qu'ils sortaient simplement ensemble. C'est venu après.

Austin se leva et domina Decker de toute sa taille.

— Tu te fous de moi, sérieux. Ton père a toujours été un salopard et tu le sais.

— Tu n'étais pas là.

— Non, mais on ne devient pas vicieux comme ça du jour au lendemain.

Austin soupira et poursuivit d'une voix plus douce :

— Tu n'es pas ton père, Deck.

Decker croisa son regard.

— Et toi, tu ressembles plus au tien que tu ne le sais. Est-ce que tu as parlé à Harry depuis qu'il nous a annoncé sa maladie ?

Austin détourna le regard et son ventre se tordit de culpabilité devant ce changement de sujet.

— Non, marmonna-t-il.

— Putain, Austin. Parle-lui. Il va s'en sortir, bon sang. Tu ne vas pas le perdre comme ça. Il commence son traitement dans deux semaines parce qu'ils devaient attendre que le prochain cycle commence et le préparer pour ça. Il n'est pas seul, on est tous là pour l'entourer, mais tu ne peux pas l'éviter. Tu comprends ce que je te dis ?

Austin hocha la tête et partit vers le canapé. Il se prit la tête dans les mains.

— Et s'il ne s'en sort pas, Deck ? S'il n'est pas assez fort ?

— Il est l'homme le plus fort que je connaisse.

— Ah oui ? Tu l'as vu l'autre jour dans le salon ? Je ne l'ai jamais vu avec cet air-là. Il avait l'air si... petit.

Decker laissa échapper un soupir et ils restèrent assis en

silence. C'était la première fois qu'Austin exprimait ses peurs à voix haute devant quelqu'un, même s'il l'avait presque fait avec Sierra dans le studio quand elle avait commencé à lui parler des siennes. Decker l'écouterait et ne pesterait pas trop contre lui. Ou alors, juste ce qu'il fallait. Si Austin parlait de ses pensées à l'un de ses frères ou l'une de ses sœurs, eh bien, il ne savait pas trop ce qui se passerait. Il fallait qu'il se montre fort comme il l'avait toujours été, et là, ce n'était pas le cas.

Et il détestait cela.

— Ne tue pas ton père en pensée, Austin. Il n'est pas mort. Et il ne va pas mourir. On va botter le cul à cette maladie, et on va te botter le tien pour avoir pensé le mettre au cimetière avant même de lui avoir parlé.

— Va te faire, Decker. Je ne le tue pas. Comment peux-tu dire une chose pareille ?

Decker lui lança un regard enflammé qu'Austin ne comprit pas vraiment.

— Tu penses au pire avant de laisser faire les choses. Pour moi, c'est un genre de meurtre.

Austin se passa la main devant le visage.

— Je suis un idiot.

— Oui. Tu es un idiot. Tu es un idiot qui a peur. Ça te dirait d'aller dîner chez tes parents ? Tu sais que ça ne les dérangera pas qu'on se pointe. On peut leur parler de ce qui est prévu, tout ça. Ils doivent avoir envie de te voir, et je serai là si tu as besoin de partir.

Austin haussa un sourcil.

— Je vais appeler Maman pour voir. Ça ne les dérange peut-être pas, mais elle préfère quand même qu'on la prévienne.

— Ça me va. Bon, tu veux me dire ce que c'est l'autre truc qui te perturbe ? Tu es tendu comme un ressort.

Austin haussa les épaules.

— Je vais bien.

— Non, ça ne va pas. Qu'est-ce qui se passe ? C'est cette Shannon ? Elle continue à te chercher ?

Il gémit en se rappelant son coup de fil de ce matin.

— En partie. Elle ne comprend pas le message. Bon sang, elle fait exprès. C'était pourtant très clair. Je ne sais pas quel est son problème. Elle n'était pas aussi folle de moi quand nous sortions ensemble, et le fait que je sois obligé de lui dire non, encore et encore, me donne l'impression d'être un enfoiré.

— Tu *es* un enfoiré.

Austin lui fit un doigt d'honneur.

— La ferme. Elle finira bien par trouver quelqu'un qui lui plaira pour de bon et elle me lâchera les basques. Je n'aime pas avoir cette impression que je l'ai blessée en sortant avec elle, alors qu'on sait tous que ce n'est pas le cas.

— Elle s'emmerde, c'est tout. Ça se voit, tu sais, ajouta Decker. Tu as dit « en partie ». Qu'y a-t-il d'autre ? Oh, attends, est-ce en rapport avec cette blonde qui a ouvert... Comment ça s'appelle, déjà ? Eden ?

Devant son air entendu, Decker sourit.

— Maya m'a parlé d'elle. Elle a dit que tu avais commencé comme d'habitude, avec ton caractère autoritaire, mais que la seconde fois qu'elle était venue, tu étais tout doux, plein de paroles rassurantes.

— C'est ta façon de présenter ça ou celle de Maya ?

Il n'aimait pas l'idée que sa sœur parle de lui et de Sierra comme s'il y avait un « lui et Sierra ». Heureusement, Maya n'était pas au courant pour leur rendez-vous moto. Apparemment, il n'était pas prêt à partager la jeune femme.

Ça le mettait un peu mal à l'aise, mais il survivrait.

— Ça vient de Maya, bien sûr, et à voir la tête que tu fais, tu n'es pas prêt à en parler. Eh bien mince, je comptais venir ici pour te parler de la scène BDSM, et toi tu es dans tous tes états pour une meuf. Génial.

— Je ne suis pas dans tous mes états pour elle.

C'était un mensonge, mais il ne comptait pas le reconnaître devant Decker.

— Et qu'est-ce qui se passe avec la scène BDSM ? Ça fait une éternité que je n'ai pas mis les pieds dans un club, Decker, et je sais que toi aussi. Ce n'est pas vraiment mon truc.

Decker se pencha en avant.

— Je pensais que tu avais besoin de tirer ton coup, ou au moins d'utiliser toute cette énergie contenue pour aider une soumise dans le besoin. Mais peut-être que je me trompais.

Austin se passa une main sur le visage. Lui et Decker, ainsi que certains autres Montgomery et leurs amis, avaient leurs propres fétiches. Quand il était plus jeune, il prenait part à la culture BDSM et il aidait des soumises qui souhaitaient expérimenter le genre l'espace d'une nuit ou tâter de son fouet. Il pratiquait cela uniquement dans le club et il n'avait jamais eu de soumise en dehors de cet espace dédié. Ce n'était pas son truc.

Austin soupira.

— Je ne suis pas ce mec du club. Je ne suis pas un Dominant dans ma vie de tous les jours. Je suis moi-même. J'aime le sexe à ma façon. S'il se trouve que c'est moi qui dis à la fille ce que je veux, c'est très bien. Si ça veut dire que j'ai envie de la fouetter parce que c'est ce qu'elle désire, parfait. Je suis comme ça. Je n'ai pas honte de mes goûts.

— Je sais, mon vieux. Mais il faut que tu y réfléchisses.

Austin laissa échapper un soupir. Oui, il fallait qu'il y réfléchisse. Mais il ne pouvait pas se sortir Sierra de la tête alors qu'elle n'arrivait même pas à lui montrer l'emplacement où elle voulait son tatouage. Il ne savait pas vraiment ce qu'il souhaitait, et il savait encore moins ce qu'elle, elle voulait.

Ce qu'il savait, c'était qu'il devait se bouger et commencer à agir comme le Montgomery qu'il était censé être. Cela voulait dire prendre soin de sa famille, et si les choses partaient dans cette direction, de Sierra aussi. Il avait l'impression qu'elle était là pour rester et, pour une raison inconnue, cette idée le remit d'aplomb.

Le temps en déciderait, mais Austin avait hâte de voir ce que cela donnerait.

CHAPITRE SEPT

LE RÊVE commença comme chaque fois. Sierra savait toujours qu'elle était en train de rêver, tout comme elle savait qu'elle ne serait jamais capable d'en sortir. Elle vivait le moindre cri d'agonie, la moindre brûlure, la moindre cassure, encore et encore, et elle se réveillait en hurlant.

En rêve, elle passa ses bras autour de la taille de Jason et appuya sa tête sur son dos. Son casque l'empêchait de le sentir contre sa joue, mais ce n'était pas grave. Elle sentait sa chaleur à travers leurs vestes en cuir. Ça suffisait à la calmer.

C'était une erreur.

Elle le savait.

Le rêve ne se terminait jamais bien.

De sa main libre, il recouvrit les siennes, crispées sur son ventre. Elle afficha un sourire heureux alors même qu'au fond de son esprit, elle savait que c'était la fin. C'était ainsi que ça se terminait.

Le crissement des pneus venait d'abord, puis le cognement dans sa tête, la douleur déchirante à son flanc. Des cris qui montaient des tréfonds de son être et tout autour d'elle. Elle ne savait plus d'où ils venaient. Le feu léchait sa peau et même si c'était un rêve, le souvenir de chacune de ses terminaisons nerveuses qui explosaient de douleur lui revint et elle le ressentit comme si c'était réel à nouveau.

Elle prit une brève inspiration et tendit la main vers la silhouette inanimée de Jason, priant pour que cette fois, ce soit différent. Pour que cette fois, il se réveille.

Sauf que ça n'arriverait pas.

Ça n'arrivait jamais.

Deux silhouettes se tenaient au-dessus d'elle, leurs visages dans l'ombre. Elles n'étaient pas là, la nuit où elle était morte de l'intérieur, et elles ne jouaient pas un rôle dans tous ses rêves.

Elles versèrent de l'essence sur son corps et la plus petite silhouette craqua une allumette. En cet instant de lumière, elle vit leurs yeux étrécis, la rage et la douleur dans leur regard qui se manifestaient en un cauchemar dont elle ne pouvait se défaire.

Alors que l'allumette tombait et que son corps s'embrasait, elle se réveilla, le cœur battant, couverte de sueur. Elle tremblait tellement qu'elle pensa tomber du lit.

Elle gagna la salle de bain sur des jambes chancelantes. Elle eut à peine le temps de soulever l'abattant avant de vider le contenu de son estomac dans les toilettes. L'acide lui brûlait la gorge. Le temps qu'elle se calme, elle était sûre qu'elle avait perdu toute la nourriture qu'elle avait ingurgitée la veille, et la seule chose qui lui resterait à vomir désormais serait de la bile. Seigneur, ce qu'elle détestait ça.

Elle tira la chasse d'eau, nettoya la lunette avec une lingette qu'elle gardait à proximité, puis se releva sur des jambes un peu plus solides. Elle se brossa les dents et se lava le visage à l'eau froide. Ce ne fut qu'à ce moment-là qu'elle se sentit prête à se réveiller pour de bon.

Ces cauchemars l'assaillaient depuis des années, et récemment, la dernière partie du rêve se manifestait plus souvent. Ces ombres étaient la raison pour laquelle elle était partie à Edgewater et Denver, même si elle n'était pas prête à l'admettre à voix haute. Elle n'avait pas envie de dire qu'elle fuyait ses problèmes, mais rester là à les affronter sans possibilité de les vaincre ne l'avait pas aidée. Cela n'avait fait que rendre les choses si insupportables qu'elle avait été incapable de guérir pleinement.

Non qu'elle soit certaine de jamais y arriver.

Ses doigts effleurèrent la peau plissée et les lignes blêmes sur son flanc. Maintenant qu'elle était libérée des chaînes qui l'avaient liée pendant si longtemps, elle parviendrait peut-être à trouver un moyen de vivre avec les cicatrices qui souillaient tant son corps que son âme.

Elle croisa son regard dans le miroir et se maudit d'avoir essayé d'aller trop vite. Cela ne suffisait-il pas qu'elle ait déménagé dans une nouvelle ville ? Elle avait ouvert un commerce, une activité qui lui plaisait et qui rencontrerait le succès avec un peu de chance. Elle s'était même rendue à une consultation avec Austin à propos d'un tatouage pour orner la cicatrice qui la marquait depuis si longtemps.

Et pourtant, c'était précisément Austin le problème.

Il l'avait bousculée et avait ramené à la surface quelque chose d'enfoui en elle. Elle avait envie de lui, et elle ne savait pas quoi faire. Elle n'était pas prête pour un homme si grand, si fort, alors qu'elle savait qu'elle n'était plus certaine de rien.

Et puis, il lui avait demandé d'aller faire de la moto avec lui et elle avait paniqué comme si on l'avait jetée dans une piscine grouillante de requins. Il avait vu la douleur dans ses yeux, la panique dans son regard et il n'avait pas eu à y réfléchir à deux fois pour revenir sur sa proposition. Il devait penser qu'elle était faible, même s'il ne l'avait pas dit. Elle détestait être faible. Ça faisait si longtemps qu'elle était comme ça qu'elle ne savait plus comment vivre autrement.

En tout cas, c'était ce qu'il semblait.

Mince. Elle n'était plus cette personne, mais elle connaissait ses limites. Faire de la moto n'était pas une idée formidable en ce moment. Les cauchemars avaient empiré depuis qu'Austin en avait parlé. Une fois qu'elle aurait son tatouage et qu'Eden serait ouvert depuis plus d'une semaine, elle en serait peut-être capable. Se lancer dans trente-six changements à la fois n'allait pas l'aider. Elle était peut-être du genre à redresser la tête et aller de l'avant, mais elle savait mieux que quiconque quand elle atteignait ses propres bornes.

Elle allait appeler Austin et annuler leur virée à moto.

Le soupçon de déception qui s'empara d'elle la surprit. Était-ce l'idée de monter sur une moto qu'elle voulait ? Ou de se coller contre le corps puissant d'Austin ?

Ses seins la picotèrent à cette pensée et ses tétons durcirent.

Austin était balaise, avec un charisme tout aussi imposant. Cette pensée la fit réfléchir, après tant de temps passé toute seule sans trouver un autre homme dont elle ait envie. Si l'on y ajoutait le fait qu'il était attirant à la fois physiquement et émotionnellement et qu'elle avait envie de plus qu'un ou deux rendez-vous sans engagement, elle était mal partie.

Ce n'était pas qu'Austin n'était pas assez bien pour elle – Seigneur, non. Elle n'était pas du genre à penser qu'une barbe, des tatouages et du cuir étaient un indicateur de moralité. Avec du recul, cela n'avait aucune espèce d'importance, mais elle savait aussi qu'Austin avait plus de profondeur que ce qu'elle était prête à gérer.

Dans son imagination, elle sentait encore ses mains calleuses sur sa peau, le piquant de sa barbe contre l'intérieur de ses cuisses alors qu'il la dévorait. Elle laissa échapper un soupir tremblant. Il fallait qu'elle sorte Austin de ses priorités. Elle avait bien d'autres choses à penser, auxquelles s'inquiéter, et vouloir Austin dans son lit et dans sa vie n'aurait pas dû figurer aussi haut sur la liste.

Elle savait aussi qu'Austin avait ses propres problèmes. Elle n'avait jamais rencontré le patriarche des Montgomery, mais son cœur se serrait pour lui et sa famille. « Cancer » était un mot qui faisait peur, et même si l'on en parlait davantage dans les médias aujourd'hui qu'à une époque, on n'en savait toujours pas assez pour vraiment comprendre de quoi il retournait.

Elle avait fait quelques recherches sur le cancer de la prostate quand Austin lui avait parlé de son père. Elle savait que c'était hors de ses compétences et certainement très indiscret de sa part, mais elle voulait savoir ce qu'Austin allait vivre en tant que fils, et Harry en tant que patient. Lire quelques lignes sur son ordinateur ne la liait d'aucune façon à leur famille, mais c'était un pas dans une direction qu'elle n'était pas sûre de devoir emprunter.

Austin avait dit qu'il ne savait pas grand-chose du pronostic ni même du stade auquel se trouvait son père, car il était trop sonné pour assimiler quoi que ce soit. Elle espérait seulement que le cancer avait été détecté suffisamment tôt pour que le score de Gleason soit bas. Si Austin était toujours trop inquiet pour faire des recherches et gérer la situation, au moins elle pourrait l'aider là-dessus. C'était le moins qu'elle puisse faire après avoir paniqué à la mention de sa moto et à cause de ses mains sur sa peau.

Au sujet de la moto, il fallait qu'elle l'appelle pour annuler. Ça faisait mal d'y penser, mais elle n'était pas prête et elle le savait. Faire une crise de panique assise à l'arrière d'une moto serait trop dangereux, et peu importe qu'Austin soit prêt à y aller doucement, elle n'allait pas risquer leurs vies parce qu'elle voulait se lancer des défis.

Elle se doucha rapidement et s'habilla. Elle ne faisait pas l'ouverture ce matin, car c'était au tour de Jasinda d'ouvrir et à celui de Becky de fermer, mais Sierra ne prenait jamais vraiment de jour de congé – pas même quand Eden en était au stade de la préparation. Ça lui plaisait.

Elle avait un but.

Elle baissa les yeux sur son téléphone et le fourra dans son sac. Plutôt que d'appeler, elle lui dirait en face qu'elle ne pouvait pas y aller. Il le méritait, et comme ça, elle pourrait le voir.

Bon sang, il fallait qu'elle arrête d'agir comme une collégienne énamourée.

Une fois maquillée et ses cheveux attachés en un chignon bas, elle partit pour Eden. Elle vivait à Edgewater, une petite ville collée à Denver. Depuis sa rue, elle pouvait même voir le centre-ville. Mais si le quartier était sympa, son appartement ne l'était pas. À vrai dire, l'immeuble était délabré, douteux, et plein de dealers très gentils avec elle pour une raison quelconque, mais ce n'était pas cher.

Elle avait mis tout son cœur, son âme et son compte en banque dans Eden, et elle ne pouvait se permettre mieux que ce loyer à Edgewater. Avec un peu de chance, à la fin du bail d'un an, elle trouverait quelque chose de mieux, un endroit où elle ne se sentirait pas obligée de fermer ses fenêtres la nuit même si le système d'air conditionné était cassé.

Pendant le trajet et en se garant sur le parking privé derrière Montgomery Ink – comment ils avaient obtenu un tel avantage, elle ne le saurait jamais –, elle s'était convaincue qu'elle passerait deux minutes avec Austin et partirait sans rien ressentir de spécial.

Elle n'avait pas envie d'avoir envie de lui ; elle n'avait pas le temps pour ça. Elle avait à peine le temps de vivre sa vie. Au lieu d'aller directement voir Austin, elle passa d'abord à Eden. Elle lui parlerait pendant la pause déjeuner que les filles la forçaient à prendre. Ainsi, elle aurait une excuse pour filer ensuite au lieu de se retrouver captive de son regard. De toute façon, elle ne serait pas captive de son regard. Non, elle était plus forte que ça.

Peut-être.

Les filles ne furent pas surprises de la voir arriver une heure plus tôt que prévu. Le temps passa rapidement tandis qu'elle scannait les achats et aidait les clientes à trouver la tenue parfaite ou une nuisette excentrique. Son but était d'être aussi personnelle que possible sans mettre sa clientèle mal à l'aise. Elle avait un don, d'après les filles, pour trouver exactement ce que les gens cherchaient. Que ce soit une écharpe, une robe cocktail, ou un soutien-gorge push-up que le partenaire de sa cliente pourrait retirer avec les dents, Sierra trouvait presque à coup sûr l'article parfait. Il n'y avait rien de mieux que regarder ses clients satisfaits quitter la boutique d'un pas léger. Non seulement ça voulait dire qu'ils étaient heureux, mais aussi qu'ils avaient des chances de revenir faire des emplettes chez elle. Nickel.

Son téléphone fit un petit bip discret et elle s'excusa, quittant le comptoir où Jasinda passait un article. Elle avait mis le réveil pour se forcer à sortir et aller parler avec Austin. Jasinda avait déjà pris sa pause et Becky venait d'arriver, c'était donc au tour de Sierra.

Elle prit congé en annonçant à ses vendeuses qu'elle revenait tout de suite. À voir l'expression sur le visage des filles, elle avait le sentiment qu'elles savaient parfaitement quelle serait sa première destination. Comment elles faisaient pour le savoir, Sierra se le demandait, mais elle les ignora. Elle avait une mission. D'abord, elle dirait non à Austin aussi calmement que possible et renoncerait à leur rancard. Parce que c'en était un. Vu les étincelles qu'il y avait entre eux, et l'expression dans son regard quand il l'avait invitée, ou plutôt *informée* qu'il l'emmenait faire un tour sur sa moto, cette sortie ne pouvait être considérée autrement.

La cloche au-dessus de la porte sonna lorsqu'elle entra. Callie était assise sur un tabouret derrière l'ordinateur, un carnet de croquis sur les genoux, la tête penchée sur son dessin. Elle se redressa avec une mine maussade qui se transforma en grand sourire.

— Oh, bonjour Sierra. Austin est derrière, il travaille sur un croquis. Il vient de finir avec un client, alors il doit être dispo pour toi.

— Il est dispo, intervint Maya de l'autre côté de Sierra.

Sierra observa la sœur d'Austin et fut incapable de déterminer si Maya était contente ou mécontente qu'il soit disponible. Elle ne souriait pas, mais elle avait un rictus et ses yeux pétillaient. Bien sûr, ça aurait pu être de la joie, à moins qu'elle ait envie de pousser Sierra du haut d'un pont. Il y avait quelque chose d'agressif dans son look, mais à la façon dont Austin parlait d'elle, Sierra savait qu'il y avait plus que des piercings, des tatouages et une attitude fière chez cette fille.

— Je vais passer derrière, alors, déclara froidement Sierra.

Quand elle ne savait pas comment réagir, elle passait toujours en mode reine des glaces. Ça marchait à tous les coups pour tenir les gens à distance – enfin, presque à tous les coups. Austin était un cas à part.

— C'est ça, princesse, déclara Maya tout aussi froidement.

Très bien. Donc Sierra savait exactement ce qu'il en était. Et franchement, elle s'en fichait.

— Ne fais pas ta garce, Maya, intervint Callie. Tu es juste de mauvaise humeur parce que Jake est parti.

— C'est ton copain, Jake ? s'enquit Sierra.

Elle aurait pu se mettre des baffes. Pourquoi posait-elle des questions personnelles à une fille qui, de toute évidence, ne voulait pas qu'elle fréquente son frère ?

— C'est juste un ami, répondit Maya avec un autre rictus. Jake et moi n'avons pas besoin de coucher ensemble pour passer du temps avec l'autre. À la différence de certaines personnes que je connais.

— Salope, ricana Callie avant de sourire. Vas-y, Sierra, passe derrière. Il est dans le bureau.

Le regard de Sierra alterna entre les deux femmes avant qu'elle parte retrouver Austin. Elle ne savait pas exactement ce qui se passait, mais elle avait déjà suffisamment à gérer comme ça. Quand elle arriva dans le bureau, elle s'arrêta et retint un soupir.

Austin était penché sur son croquis et son avant-bras se contractait tandis qu'il dessinait. Il était de côté par rapport à elle et elle voyait les lignes sinueuses de son corps ramassé dans le fauteuil – un lion prêt à bondir.

Il tourna la tête vers elle à ce soupir. Quand son regard croisa le sien, il sourit et une fraction de cette tristesse présente dans ses yeux quand il lui avait parlé de sa famille disparut. Si elle avait cet effet-là sur lui, alors ça valait peut-être quand même le coup.

— Salut, je ne savais pas que tu passerais aujourd'hui.

Il se leva sur ses longues jambes que le jean moulait à la perfection.

Cela dit, elle n'était pas en train de le mater. Ou alors, juste un peu.

Elle se lécha les lèvres et se retint de rougir alors que le regard d'Austin s'assombrissait. Bon sang. Elle n'était pas une vierge effarouchée. Certainement pas. Ce qu'elle avait fait, ce qu'elle désirait... elle n'était pas innocente. Elle n'aurait pas dû rougir sous le regard d'un homme. Elle valait mieux que ça.

Elle se reprit et redressa les épaules.

— Je suis juste venue te dire en personne que je ne vais pas pouvoir faire de la moto avec toi.

Pourquoi n'avait-elle pas fait ça par téléphone ? Cela aurait été tellement plus simple, mais elle avait tenu à le lui annoncer en face pour ne pas être impolie. Et puis, elle voulait le voir parce qu'elle n'arrivait pas à se sortir de la tête son visage et son charisme.

Satané Austin Montgomery.

Ce dernier fronça les sourcils et avança vers elle. Elle s'efforça de ne pas reculer. Elle refusait de fuir. Elle ne le ferait plus. Pourtant s'il se rapprochait encore, elle ne serait peut-être pas capable de rester dans son déni.

Il se retrouva juste devant elle, si proche qu'elle sentait la chaleur de son corps. Ça lui rappela son rêve avec Jason et elle retint un frisson. Cela ne la mènerait à rien de comparer les deux hommes. Son passé et son... présent ? Futur ? On verrait bien ce que cette histoire deviendrait.

Il leva la main et saisit son menton. Il l'observa, interrogateur, et elle se contenta de le regarder sans savoir que faire ou que dire ensuite. Il n'avait pas parlé et elle était décontenancée.

— D'accord, Sierra, finit-il par dire d'une voix basse et grave.

Si grave qu'elle fit vibrer tout son corps et elle dut retenir un soupir. Encore une fois.

— Si tu ne penses pas être prête pour monter à moto pour le moment, alors on oublie.

Elle relâcha la respiration qu'elle avait retenue sans s'en rendre compte.

— Merci, Austin. Je suis sûre qu'on se reverra à une autre occasion alors.

Qu'était-elle en train de faire ? Ce n'était pas ça le plan. Ou bien ? Franchement, elle ne savait même plus quel était son plan. Elle avait envie de lui, c'était net, mais elle n'était pas sûre de pouvoir gérer davantage. Ce train de pensées ne l'emmenait nulle part. Il fallait qu'elle se décide : se lancer à fond ou bien laisser tomber. Se contenter de demi-mesures ne la conduirait qu'à être blessée en fin de compte. Ne le savait-elle donc pas ? Ne l'avait-elle pas déjà vécu ?

— Oh, vraiment ? Je ne crois pas. Ça ne va pas se passer comme ça, Gambettes.

— Pardon ?

La glace était de retour dans sa voix, mais elle ne savait pas comment la contrôler, pas alors qu'il était si grand et si... Austin.

— Tu ne veux pas monter à moto ? Très bien. Je comprends que tu ne sois pas prête et je ne veux pas te forcer à faire quelque chose qui te met mal à l'aise. Avec un peu de chance, tu pourras m'en parler bientôt et on trouvera un moyen de te mettre à l'arrière d'une moto. Parce que tu en as envie, Sierra. J'ai vu ça dans tes yeux après la peur. Tu veux faire de la moto à nouveau, et on trouvera un moyen.

Elle étrécit les yeux.

— Alors, comme ça, tu sais ce que je pense, hein ?

Elle n'aimait pas que les gens décident à sa place. Pas du tout.

— Oui. Dans ce cas précis, je le sais. Je ne suis pas en train de dire que je sais tout. Loin de là. Mais ça, je comprends. Maintenant que c'est dit, juste parce qu'on ne fait pas de moto ensemble, ça ne veut pas dire que tu disparais de ma vie pour autant. Tu comprends ? On va sortir ensemble ou je ne sais pas, trouver un moyen de se revoir parce que j'ai envie de toi, Sierra. Et vu la façon dont tu t'es léché les lèvres et dont tu m'as reluqué en rentrant, toi aussi tu as envie de moi. Je m'en rends compte, tu sais ?

— Enfoiré, marmonna-t-elle. Je n'aime pas du tout ce délire de mâle alpha.

Il passa son pouce sur ses lèvres.

— Oh si, Gambettes. Si, tu aimes ça. Alors, je passe te prendre demain pour déjeuner. Ça te va ? Un vrai rendez-vous, la totale.

— Tellement romantique.

Pourtant, elle ne chercha pas à lui échapper. Elle ne *pouvait* pas lui échapper.

— Tu crois que tu peux te contenter de m'annoncer qu'on va sortir ensemble ?

Il eut un grand sourire.

— Je te l'ai demandé, je ne te l'ai pas annoncé. J'aurais pu te l'annoncer, et à voir cette lueur dans tes yeux, je crois que ça t'aurait plu tout autant.

Comment parvenait-il à voir si loin en elle ? Comment

pouvait-il savoir ce qu'elle avait été par le passé ? Elle était comme ça autrefois, mais ce n'était plus elle désormais.

— Très bien. Pour le déjeuner. Je t'enverrai mon adresse par texto.

Il sourit pour de bon, la laissant à court de souffle. Le salaud.

— Super, ma belle. Super.

Il baissa la tête ; elle avait compris son intention.

Et elle le laissa faire.

Ses lèvres effleurèrent les siennes, une fois, deux fois. Elle ferma les yeux et fondit contre lui. Il passa sa main derrière sa tête pour maintenir sa nuque. Elle gémit et entrouvrit les lèvres. Sa langue se mêla à la sienne tandis qu'il approfondissait le baiser.

Ce baiser, cet homme. Oh, Seigneur, il était puissant comme un alcool fort... dangereux.

Il se retira alors qu'elle aurait supplié pour en avoir davantage. Seule la promesse dans son regard l'en empêcha.

— On remet ça bientôt, Gambettes. Je te le promets.

C'était précisément ce qu'elle craignait.

CHAPITRE HUIT

AUSTIN GRIMAÇA QUAND son téléphone vibra sur le plan de travail de la cuisine. Ça faisait quatre jours qu'il n'avait pas eu de nouvelles de Shannon et ça commençait à lui faire peur. Avec un peu de chance, elle avait laissé tomber, mais comment savoir avec elle ? Il n'avait pas idée qu'elle était si possessive et survoltée du temps où ils sortaient ensemble, mais visiblement, il n'avait pas suffisamment gratté sous la surface.

Une erreur qu'il ne commettrait plus.

Il regarda l'écran et vit un sms de Miranda l'informant que leur dîner était annulé parce qu'elle avait un rendez-vous.

Un rendez-vous ?

Sérieusement ? Qui sortait avec sa douce et innocente petite sœur ? Elle n'avait que... attendez voir, elle avait vingt-trois ans. Il n'avait même pas envie de penser à ce qu'il faisait quand il avait vingt-trois ans, mais putain, c'était bizarre que Miranda sorte avec quelqu'un.

Il ferma les yeux et fit appel à toute sa patience. Meghan était mariée et avait des enfants. Maya s'assumait et faisait Dieu sait quoi, car elle était fière de son corps et de sa sexualité. C'était elle qui le disait. Pas lui.

Il aurait dû s'en remettre et laisser Miranda sortir avec qui elle voulait. Elle n'avait pas réellement besoin de sa permission.

Il se passa la langue sur les dents. Ça n'allait pas se passer comme ça. Il lui répondit rapidement que non, ce n'était pas possible, et qu'elle devrait annuler son rendez-vous. Il n'ajouta pas qu'elle devrait annuler *tous* ses rendez-vous, mais c'était sous-entendu.

C'était un homme que l'on prenait au sérieux, il avait de l'autorité. Elle l'écouterait.

Quand son téléphone vibra à nouveau, il regarda la réponse et jura.

Ça ne va pas le faire, grand frère. Je sors avec quelqu'un. Fais-toi à l'idée. Je t'adore ! Bisous.

Est-ce que sa sœur n'était pas au courant ? Il était l'aîné, bon Dieu. Le reste de la fratrie aurait dû l'écouter. Il ferma les yeux et reconnut que c'était une cause perdue. Et puis maintenant, il pouvait imaginer son déjeuner avec Sierra aller plus loin.

C'était dimanche et ils étaient tous les deux en congé, si bien qu'ils avaient prévu de passer l'après-midi ensemble. S'il avait proposé un déjeuner et non un dîner à Sierra, c'était parce qu'il devait sortir ensuite avec sa sœur.

Maintenant, il allait pouvoir faire les deux.

Il l'appela aussitôt pour organiser la journée, juste au cas où elle penserait pouvoir y échapper. Il ne savait pas pourquoi il était si nerveux par rapport à cette histoire. À son âge, il était sorti avec des tas de femmes – et il n'avait pas envie d'y réfléchir de trop près. Il aurait dû être en terrain familier, or avec Sierra, rien n'était banal, rien n'était familier.

Et il se trouvait que ça lui plaisait beaucoup.

— Salut, toi. J'étais sur le point de t'appeler.

Sa voix, habituellement un doux ronron qui éveillait directement son désir, semblait distraite.

— Qu'est-ce qui se passe, Gambettes ?

— J'aimerais que tu ne m'appelles pas comme ça, répondit-elle du tac au tac.

Que se passait-il ? D'habitude, elle était plus véhémente quant à son usage de ce surnom.

— Qu'est-ce qui ne va pas, Sierra ?

Voilà. Il était capable d'apprendre. Et puis, elle n'avait pas l'air d'apprécier ses taquineries.

— Je vais devoir annuler notre déjeuner.

Il fronça les sourcils. Il l'avait laissé reporter leur tour en mot parce qu'elle n'était pas prête pour ça – et franchement, il ne pouvait pas lui en vouloir –, mais il n'allait pas la laisser annuler autre chose. Pas alors que le courant passait entre eux. Il savait qu'il ne se faisait pas des idées, et il savait qu'elle en était consciente, elle aussi.

— Pourquoi ?

Elle soupira.

— Parce qu'un gamin a cassé une de mes vitres. C'était un accident et sa mère est déjà venue me voir pour s'excuser, alors je sais que ça aurait pu être bien pire vu le quartier... je veux dire...

Il serra les dents. Il savait qu'elle vivait à Edgewater et même si ce n'était pas la banlieue la plus agréable de Denver, ce n'était pas la pire non plus. À l'entendre, il aurait dû s'en soucier davantage.

— Est-ce que ça va ? Tu étais près de la fenêtre quand elle a cassé ?

— Oh non. Ça va.

Elle partit d'un petit rire rauque.

— J'étais dans la chambre et la fenêtre cassée se trouve dans ma cuisine. J'ai nettoyé le verre, mais le service de maintenance m'a dit qu'ils ne pourraient rien faire avant vendredi prochain, alors maintenant il va falloir que je trouve comment mettre une planche ou quelque chose pour bloquer. Je ne peux pas quitter ma maison à cause de cette fenêtre cassée, tu sais ? Alors non, je ne peux pas déjeuner avec toi, mais ce n'est pas faute de vouloir. Tu comprends, n'est-ce pas ?

Il avait déjà ses clés à la main et il passait devant la boîte aux lettres qu'il avait, une fois de plus, oublié de vérifier. Il fallait qu'il s'en occupe. Zut.

— J'arrive. Reste où tu es, et je t'apporte une plaque de contre-plaqué que j'ai dans le garage. Et puis, je pourrai m'occuper de la fenêtre moi-même une fois que j'aurai les mesures.

— Austin. Tu ne peux pas venir réparer ma fenêtre.

Tandis qu'elle lui répétait de ne pas venir l'aider, il grommela en passant dans le garage chercher des outils. Il sauta dans sa voiture après avoir placé le contre-plaqué à l'arrière.

— Si, je peux. Tu as dit toi-même que tu ne pouvais pas quitter l'appartement avant d'avoir trouvé quelque chose pour bloquer la fenêtre. Comme ça, je pourrai te voir quand même.

Il n'avait pas eu l'intention de dire la dernière partie de cette phrase, mais à entendre le soupir satisfait de la jeune femme, peut-être était-ce une bonne chose.

— Je serai là dans moins de vingt minutes. Ne sors pas de chez toi pour m'éviter ou je ne sais quoi. D'accord ?

— D'accord. Austin ?

— Oui ?

Il mit son téléphone sur Bluetooth et accéléra dans l'allée. Elle lui avait déjà donné l'adresse, si bien qu'il avait grosso modo une idée de l'endroit où il allait. Il connaissait suffisamment Denver pour que ce ne soit pas un problème.

— Merci, murmura-t-elle d'une voix douce.

— Tout ce que tu voudras, ma belle.

Il raccrocha et continua à rouler, pressé de la voir et de l'aider.

Bon sang. Il était vraiment atteint, mais pour être franc, il n'aurait rien voulu y changer.

Quand il se gara devant chez elle, il eut envie de pousser un juron, de prendre Sierra, d'empaqueter toutes ses affaires et de la ramener chez lui. Pourquoi vivait-elle dans un endroit pareil ? D'accord, cela n'avait pas l'air sale, mais c'était un taudis comparé à Eden et à sa maison à lui. Il y avait des canapés sur les pelouses, des gens qui fumaient de l'herbe sans se cacher. C'était peut-être légal dans cet État, mais la fumer au coin de la rue n'était pas la meilleure idée que l'on puisse avoir.

Or dans le quartier de Sierra, cela ne semblait pas poser de problème.

Il se gara sur ce qui lui tenait lieu de parking. Bon, c'était surtout un terrain vague rempli de voitures délabrées et de nids-de-poule, mais il trouva malgré tout une place près de la voiture de Sierra. Il sortit, ferma sa voiture à clé et récupéra le contre-plaqué à l'arrière. Il savait qu'elle était au premier étage et il poussa un nouveau juron en voyant la fenêtre.

Il devait la sortir de ce quartier le plus vite possible. Cependant, lui ordonner – et non lui demander – d'emménager chez lui avant même leur premier rendez-vous officiel risquait de ne pas marcher. Et puis, il savait qu'elle économisait pour Eden. Il se rappelait combien les temps avaient été durs pour lui et Maya quand ils avaient ouvert Montgomery Ink au début.

Certes, il était dépité de ne pas pouvoir régler tout ce qui allait mal dans la vie de Sierra, mais il allait devoir faire avec. Il trouverait un moyen de la persuader de passer le plus de temps possible chez lui. Il avait deux chambres d'amis et elle pouvait en prendre une si elle ne voulait pas dormir dans son lit.

La vision d'elle dans son lit fut un stimulus immédiat pour son pénis et il prit une grande inspiration. Il n'y avait pas moyen qu'il répare sa fenêtre et trouve une idée pour la ramener chez lui s'il bandait comme un taureau.

Elle sortit sur la terrasse de derrière – une dalle de béton qu'elle partageait avec quatre autres logements –, des sandales aux pieds et la mine sombre.

— Tu es arrivé vite.

Elle le dévisagea. Il aurait voulu avoir les mains libres pour retirer la mèche qui tombait devant le visage de la jeune femme.

— Je n'habite pas si loin que ça.

Il avait prononcé cette phrase d'une voix forte au cas où l'un de ses voisins louches ait envie de traîner sur le territoire d'Austin. Il était peut-être un connard de mâle alpha, mais Sierra était à lui désormais, et ils s'en rendraient compte s'ils s'approchaient de trop près.

— Merci.

Elle s'avança et posa sa petite main sur sa poitrine. Il prit une brève inspiration.

— Vraiment, merci. Je ne savais pas quoi faire, vu que ma voiture est trop petite pour les gros trucs.

Il y avait une blague salace qui n'attendait qu'à sortir, et si Sierra avait été l'une de ses frangines, il ne se serait pas privé, mais il se retint. À en juger par la façon dont elle écarquilla les yeux, elle y avait pensé aussi.

— Heu, je veux dire... oh, peu importe. Alors, qu'est-ce que je peux faire ?

Austin eut un grand sourire.

— Je m'en occupe. C'est plutôt facile. Vérifie que tout le verre est bien nettoyé puisque tu dois te balader pieds nus chez toi, j'imagine.

À moins qu'il ne parvienne à la convaincre d'emménager chez lui. Non. Il devait arrêter de penser à ça.

— Tout est nettoyé. Tu es sûr qu'il n'y a rien que je puisse faire ?

— Non, c'est bon. Mes frères bossent dans le bâtiment, tu te rappelles ? C'est leur métier.

Il se mit au travail, satisfait de découvrir que la planche était à la bonne taille. Il n'aurait pas à la recouper avec les outils qu'il avait dans le coffre.

— Oui, c'est *leur* métier. Toi, tu es artiste-tatoueur.

Il regarda par-dessus son épaule et fit la moue.

— Tu dis ça comme si je n'étais pas capable de faire des répa-rations. J'ai appris en même temps qu'eux, avec mon père. Ce n'est pas parce que j'ai choisi le tatouage que je ne sais rien faire de mes dix doigts.

Elle vira au rouge pivoine et Austin sentit son sexe gonfler. Encore.

Foutu pénis.

— Tu sais te servir de tes dix doigts. Oh, la ferme. J'ai compris l'allusion. Peu importe. Tu es un artiste, Austin. Je n'ai pas envie que tu te blesses et que tu ne puisses plus travailler.

Il finit rapidement en secouant la tête.

— Si je prends un coup de marteau sur le pouce, ça ne me tuera pas. Je suis doué avec mes mains.

— Et je m'en rends compte, marmonna-t-elle.

Une fois de plus, Austin eut un grand sourire.

— Tu veux boire quelque chose ?

— Avec plaisir.

Il la suivit dans le petit appartement et ne fut pas étonné de constater qu'elle avait de beaux meubles par rapport à son cadre de vie. À la façon dont elle parlait, à son allure, il se doutait qu'elle n'avait pas vécu toute sa vie dans ce genre d'endroit.

Ils burent un moment en silence avant qu'elle pousse un soupir.

— Je ne veux pas que tu te fasses des idées parce que je t'ai demandé de venir ici.

Austin inclina la tête de côté.

— Que je me fasse des idées ? Je t'ai invitée à sortir avec moi, et c'était ma décision de venir te donner un coup de main ici. Je ne vois pas en quoi je pourrais me faire des idées.

— Je ne sais pas ce que tu cherches, au juste. En termes de relation. Je veux dire, je ne sais même pas ce que je veux, moi.

Il posa son verre sur le bar et effleura ses lèvres des siennes.

— Une chose à la fois, Sierra. Une chose à la fois.

— Qu'est-ce censé vouloir dire ?

Elle fit la moue et reposa son verre.

— Une chose à la fois ? Pourquoi ? Qu'est-ce qu'on fait, au juste, Austin ? Je croyais qu'on ne pouvait pas se sentir au début. Et maintenant, tu me demandes de faire de la moto avec moi, tu m'embrasses et tu répares ma fenêtre.

Austin fronça les sourcils, puis il attrapa son menton sans douceur. Sierra écarquilla légèrement les yeux et ses pupilles se dilatèrent. Ah, c'était ça qu'il avait envie de voir. Alors comme ça, elle aimait qu'il prenne le contrôle de la situation ? Il devrait se montrer très clair sur ce qu'il était et ce qu'il aimait avant qu'ils aillent plus loin, tous les deux, mais si son instinct ne le trompait pas, elle était parfaite pour lui.

Putain. Il avait tellement hâte.

— Je suis trop vieux pour jouer, Sierra.

Elle n'essaya pas de se soustraire à sa prise. Très bien.

— Je ne joue pas. Je suis vraiment perdue et je me demande ce qu'il se passe entre nous. Nous nous retrouvons dans mon appartement avec tes mains sur moi et je ne sais pas comment nous en sommes arrivés là.

Il prit son autre main et la posa sur sa gorge tandis qu'il relâchait son menton. Elle prit une inspiration brève et il sentit son pouls battre sous son pouce.

— J'ai envie de toi, Sierra. Ça, c'est évident. Dis-moi que tu as envie de moi aussi.

Il baissa la voix sur la fin de sa phrase. C'était un ordre plus qu'une question.

— Je ne sais pas, mentit-elle.

Oh oui, il voyait bien que c'était un mensonge.

— Sois franche. Ne me mens pas.

— Je... J'ai envie de toi aussi. Mais je ne sais pas ce que ça signifie. Envie de toi pour combien de temps ? Pour quoi ? Il faut qu'on en parle d'abord, parce que je ne vais pas me glisser sous la couette avec toi pour que tu disparaisses juste après et que tu ne veuilles plus me revoir ensuite. Je ne suis pas ce genre de personne.

Il fit passer son pouce sur son pouls à nouveau et étrécit les yeux.

— Tu penses que je te quitterais juste après t'avoir goûtée ? Tu ne me connais pas aussi bien que je le pensais.

Elle finit par s'écarter et il la laissa faire. Elle croisa les bras sur sa poitrine en secouant la tête.

— Tu vois ? C'est exactement ce que je veux dire. Je ne vais pas mentir et te dire que je ne ressens pas cette électricité entre nous. C'est beaucoup trop évident, mais je ne sais pas si je peux gérer plus que ça. Tu comprends ?

Il hocha la tête. Il avait désormais une image plus nette de la femme qu'il voulait dans son lit, et à en juger par la direction que prenait cette histoire, de la femme qu'il voulait dans sa vie.

— Tu ne veux pas que ce soit pour un soir, mais tu ne sais pas si tu es prête pour ce qui s'ensuit si ça dure plus longtemps.

Elle laissa échapper un souffle et ses épaules s'affaissèrent.

— Je ne suis pas venue à Denver pour y trouver une relation. En fait, j'ai fait de mon mieux pour éviter les relations depuis si longtemps que je ne me rappelle même plus quel effet ça fait d'en vivre une.

Il poussa un soupir et effleura sa joue du revers de ses doigts. Elle se laissa aller contre lui et il retint un gémissement. Oh oui, elle serait parfaite sous sa domination. Il espérait seulement qu'elle en était consciente. Ou du moins, qu'elle soit ouverte à l'idée d'essayer.

— J'ai tenté d'avoir des relations sérieuses, mais ça n'a pas fonctionné. Je ne suis pas du genre à laisser tomber mes partenaires après avoir couché avec elles, mais je n'ai jamais été très sérieux non plus.

— Et c'est ce que tu veux ? Une relation sérieuse ?

Il hocha la tête alors que Sierra écarquillait les yeux.

— Oui. C'est ce que je veux. Mais ce n'est pas parce que je dis ça qu'on doit se jeter là-dedans à corps perdu. Sierra, on peut commencer par se mettre d'accord pour ne voir personne d'autre, et puis avancer doucement plutôt que de se concentrer sur la destination finale et flipper en route.

— Alors, tu penses qu'on devrait continuer à se voir et avancer doucement, tout en sachant que ça risque de finir en miettes parce que je ne sais pas ce que je veux ?

Il secoua la tête et prit son visage entre ses mains. Il effleura ses lèvres, avide de sentir à nouveau son goût. Quand il se recula, le regard de Sierra s'était encore assombri.

— Ce que j'en dis, c'est qu'on y va à notre rythme. On arrête de s'inquiéter. Sache que je ne me lance pas là-dedans en envisageant déjà la fin. Je ne vais pas partir comme un enfoiré. Je ne suis pas ce genre de type.

— Je veux bien te croire, murmura-t-elle.

Il se retint de brandir le poing en signe de victoire. Bien, ils progressaient.

— Alors on peut sortir ensemble, apprendre à se connaître, et voir comment ça évolue. Paniquer à cause d'un avenir que l'on ne peut pas contrôler, ça ne va pas nous aider.

Elle leva les yeux au ciel, puis se passa la main dans les cheveux en reculant.

— Tu peux le dire. J'essaie de contrôler ma destinée depuis longtemps, mais quoi que je tente, la vie fait ce qu'elle veut de moi.

Il aurait voulu en savoir plus et découvrir tous ses secrets, mais il savait que ce n'était pas le moment. Il la dévoilerait en temps utile. Bientôt.

Il en avait terminé avec les Shannon et les Maggie de son passé. Il l'avait su avant même d'aller à La Nouvelle-Orléans pour voir Shep. À partir de maintenant, il avait un futur avec Montgomery Ink, un chemin terrifiant à parcourir avec son père, et puis ça.

S'il était sain d'esprit, il aurait laissé tomber Sierra et se serait concentré sur son travail et sa famille, mais il n'avait jamais prétendu être un modèle. Même s'il en avait fini de faire l'autruche en ce qui concernait son père, il n'était pas encore complètement prêt à affronter cela. Pas sans quelqu'un à ses côtés. C'était fou de penser ainsi, mais pour une raison étrange, il savait que c'était ce qu'il lui fallait.

Maintenant, il allait juste falloir que Sierra soit d'accord.

— Je vais te payer à manger, puis on pourra revenir ici et... parler.

Elle écarquilla les yeux avant de rejeter la tête en arrière dans un éclat de rire.

— Parler, hein ? C'est un mot de code pour autre chose ?

Eh bien, il fallait qu'il lui parle de ses besoins qui semblaient correspondre aux siens, mais oui, un mot de code, ça lui convenait. Il ne répondit pas et se contenta de l'embrasser à nouveau, cette fois un peu plus passionnément. Il mordilla sa lèvre et elle soupira, se laissant couler contre lui. Il mordilla sa mâchoire et entortilla les cheveux de Sierra autour de son poing pour lui faire incliner la tête et avoir un meilleur accès. Elle frissonna contre lui et ses seins se plaquèrent contre son torse. Ses tétons durcirent et il retint un grognement. Il avait tellement hâte de s'en délecter, de les lécher et de les mordre jusqu'à les faire rougir. Peut-être avait-elle des tétons sombres qui prendraient une belle couleur prune. Dès que possible, il ferait une étude de ses seins et explorerait le moindre centimètre carré de son corps.

Il avait vraiment besoin de connaître la couleur de ses tétons.

La couleur de sa vulve quand elle s'embraserait.

Il ne put retenir un gémissement à cette pensée et recula, le souffle court. Sierra respirait fort, elle aussi. Sa joue était posée contre son avant-bras, car il avait enfoui sa main dans ses cheveux.

— Il faut qu'on recommence, murmura-t-elle.

Cette déclaration arracha un rire de gorge à Austin.

— Oui... oui, il faut vraiment qu'on recommence.

Il recula et lâcha ses cheveux. Sa chevelure ébouriffée la rendait encore plus sexy. Il avait hâte de voir de quoi elle aurait l'air après une longue nuit de possession.

— Allons déjeuner.

Austin cligna des paupières et son regard passa de sa bouche à ses yeux, emplis de désir et d'amusement.

— Quoi ?

— Déjeuner. Tu es censé m'emmener déjeuner, puis on revient ici et... on parle.

Il lui adressa un immense sourire.

— Alors, allons déjeuner.

Il prit sa main et elle le suivit allégrement. Ça pouvait marcher. Ça pouvait même être formidable s'il laissait leur histoire se dérouler. Il espérait seulement ne pas tout gâcher lorsqu'ils parleraient vraiment de ses besoins. Il n'avait peut-être pas besoin d'être en contrôle chaque fois qu'il faisait l'amour, mais avec Sierra et le lien qui vibrait entre eux, il savait qu'il ne pouvait ignorer ce désir.

Seul le temps répondrait à cette question, et d'après la façon dont son sexe tendait la toile de son jean, il savait que le déjeuner lui paraîtrait bien long.

Elle lui sourit en haussant un sourcil devant son érection.

Oui, l'attente en vaudrait la peine.

CHAPITRE NEUF

LEUR DÉJEUNER chez Gregorio fut étonnamment détendu.
Sierra s'était attendue à passer un long moment à se dandiner sur
son siège. Oui, elle était excitée et mourait d'envie d'être soulagée
par le simple contact de la main d'Austin sur son menton, son
cou, ses lèvres, mais il sut rendre le repas... agréable.

Il ne l'avait pas touchée sous la table, à part pour entremêler
ses jambes aux siennes. Ils étaient assis face à face et la distance
l'aida à se calmer un peu.

Cela dit, elle n'était jamais parfaitement calme quand elle
était avec Austin. Oh non, ça, c'était un espoir abandonné depuis
longtemps. Bien sûr, avec les autres, elle était capable d'être la
digne propriétaire d'Eden, sereine et assurée, mais dès qu'elle
approchait du barbu, elle avait envie de fondre.

Ou de s'agenouiller et baisser le regard.

C'était quelque chose qui était implanté en elle depuis Jason,
et il semblait que ses besoins intimes aient trouvé ce qu'il leur
fallait avec Austin.

Il n'y avait aucun doute quant au fait qu'Austin était un
Dominant. Et même si cela aurait dû lui foutre la trouille, elle
était curieuse de voir comment il gérerait la situation.

Comment il la gérerait, elle.

Elle n'avait jamais été soumise 24 h/24 h, à faire confiance à son Dom pour prendre toutes les décisions pour elle, mais elle avait eu plaisir à laisser le contrôle à Jason au lit. Elle aimait être sa priorité et la façon dont il s'occupait d'elle avant, pendant et après leurs sessions.

Ils n'étaient jamais allés dans un club ni aucun lieu spécialisé dans ce thème. Ils préféraient faire les choses en privé, et c'était exactement ce qu'elle voulait. Ils n'avaient pas non plus besoin de jouer chaque fois qu'ils couchaient ensemble. Parfois, ils étaient eux deux, tout simplement, avec leurs désirs. Elle n'avait pas eu besoin de renoncer à son contrôle et de s'abandonner chaque fois qu'ils faisaient l'amour.

Tout le monde a des goûts sexuels différents. Les désirs changent avec la personne. Tant que ce n'était pas dangereux et que le consentement était mutuel, tout allait bien.

Cependant, elle n'avait jamais recommencé depuis dix ans. Il lui avait fallu cinq années après l'accident pour coucher de nouveau avec quelqu'un, et l'expérience s'était révélée décevante. Certes, cela avait calmé ses ardeurs, et les deux mecs avec qui elle avait couché depuis étaient sympas, eux aussi, mais ce n'était pas la folie.

Elle aurait pu s'inquiéter que le problème vienne d'elle et accuser son manque de libido si elle y réfléchissait trop, mais toute seule, ça allait. C'était le manque d'alchimie, le manque de désir réel, d'un désir qui aille au-delà d'une envie de réconfort, qui l'avait menée à ces coïts médiocres.

Austin, lui, serait tout le contraire de médiocre.

Ils revinrent chez elle après avoir mangé – les meilleurs burritos de la ville, d'après elle. Ils avaient tacitement conclu que ce qui devait être dit ou fait aurait lieu chez elle. Elle n'aimait peut-être pas son appartement – elle le détestait, en fait – mais c'était *chez elle*. Pour leur première fois, même s'il s'agissait uniquement de parler de ce qu'ils voulaient, elle avait besoin d'être dans son propre environnement.

C'était un refus d'abandonner le contrôle, mais ça faisait tellement longtemps depuis Jason...

Elle s'assena une claque mentale. Il ne s'agissait pas de Jason. Il s'agissait d'elle et d'Austin. Peu importe où leur futur les conduisait, elle se devait de garder Jason dans le passé. Il n'était plus. Austin était là, en revanche. La fille qu'elle avait été toutes ces années auparavant n'était pas la femme qu'elle était désormais.

Elle était plus forte, plus marquée, et elle s'assumait enfin.

Et maintenant, elle était seule dans son salon avec Austin Montgomery et ses magnifiques yeux bleus qui voyaient bien trop en elle.

— Où es-tu partie, là ? demanda-t-il en la tirant de ses pensées.

— Un peu partout et nulle part, répondit-elle avec franchise.

Il haussa les sourcils et s'assit sur sa vieille table basse en bois. Il la tira par le poignet pour qu'elle s'installe en face de lui sur le canapé. Leurs genoux s'effleurèrent. Elle avait envie de s'éloigner et de se rapprocher en même temps. Oui, il devaient vraiment avoir cette conversation.

— C'est une réponse assez énigmatique, mais je vais m'en contenter. Il faut qu'on parle, de toute façon.

Si quelqu'un d'autre avait prononcé ces mots, elle aurait pensé que la personne s'apprêtait à rompre. Cependant, cela faisait à peine une heure qu'ils sortaient ensemble. Ou un tout petit peu plus si l'on prenait en compte ses tendances possessives dès leur première rencontre, mais elle préférait éviter de penser à ça. Elle avait l'impression de savoir de quoi il voulait parler.

Austin Montgomery était un alpha et ça se voyait.

— Alors, d'accord. Je suis prête.

Il planta ses yeux dans les siens.

— Je pense que tu l'es, en effet.

Il se racla la gorge et prit ses deux mains.

— Est-ce que tu sais ce qu'est le BDSM ?

Il avait l'air inquiet. Et pourtant, son visage était déterminé et détendu, mais elle voyait dans ses yeux que ce n'était qu'une façade.

Elle serra ses mains.

— Oui, je sais. Et avant que tu commences à craindre de me faire fuir, j'ai déjà été dans une relation de type D/s.

Elle ne fut pas surprise de le voir ébahi, mais étonnée de le voir jaloux. Sérieusement ?

— Ah bon ? gronda-t-il.

Elle soupira sans retirer ses mains. C'était elle qui avait mis les pieds dans le plat, alors elle devait gérer les conséquences.

— Oui. C'était il y a plus de dix ans. Je n'y suis pas revenue depuis.

Il retira sa main et, l'espace d'un instant, son manque fut une douleur sourde, jusqu'à ce qu'il prenne son visage en coupe.

— Rien depuis dix ans ?

Elle ravala la douleur et les souvenirs de ce qu'elle avait perdu à cause d'une stupide erreur.

— Jason et moi, nous étions en couple, et je lui étais soumise au lit. Ce n'était pas quelque chose de permanent, et ça nous convenait à tous les deux. Je ne peux pas renoncer complètement à tout contrôle, mais je pense que tu le sais déjà.

Il plissa les yeux et fit courir son pouce sur sa joue.

— D'un côté, c'est une bonne chose que tu connaisses cet univers et que tu aies de l'expérience. Je savais que tu étais une soumise, mais sans savoir que tu avais de l'expérience. C'est probablement parce que ça fait longtemps.

Elle ignora ses souvenirs et leva les yeux au ciel.

— Alors comme ça, tu as un radar à soumises ?

Il resserra sa prise sur son menton et elle prit une inspiration choquée. Elle ne s'était pas rendu compte à quel point ce contact lui avait manqué. Qu'il prenne garde à lui si cela tournait mal. Qu'ils prennent garde tous les deux.

— Un radar à soumises ? En quelque sorte, mais ce n'est pas comme si tu émettais de la lumière, comme si ça faisait bip-bip quand tu t'approches de moi.

Elle renifla et, une fois de plus, roula de gros yeux.

— C'est bon à savoir. Sinon, je serais peut-être allée consulter un toubib à ce propos.

— Insolente, murmura-t-il en se rapprochant.

Elle sentait son odeur, une senteur de pin et de quelque chose qui n'appartenait qu'à Austin.

— C'est dans la façon dont tu baisses les yeux quand je te touche, la façon dont tu te rapproches à certains moments et tu t'éloignes à d'autres. Ton cœur, ton âme sont faits pour mettre ta confiance dans un Dom afin qu'il prenne soin de toi au lit.

— Pas tout le temps, ajouta-t-elle.

Il fallait que ce soit clair. Il hocha la tête et elle vit à son regard qu'il avait compris.

— Je comprends. C'est pareil pour moi.

Il eut un grand sourire et elle réprima un soupir. Il était vraiment superbe. Même si elle ne comptait pas lui en faire part. Il semblait déjà bien trop sûr de lui.

— Alors, on dirait que nous sommes sur la même longueur d'onde, murmura-t-elle.

— On dirait. Mais la conversation n'est pas finie. Savoir communiquer, c'est important dans n'importe quelle relation, mais encore davantage dans ce cas. Je n'ai pas le désir d'infliger de la douleur ni de contrôler ma partenaire à moins que ce soit ce qu'elle souhaite. C'est son envie qui nourrit la mienne. Chaque fois qu'on fera l'amour – parce que, Gambettes, on fera l'amour bientôt –, nous ne sommes pas obligés d'être en mode D/s. On n'aura pas besoin de sortir le fouet, les pinces à tétons ou les cordes systématiquement.

Elle laissa échapper un souffle tremblant et sentit son sexe s'humidifier rien qu'à ces mots.

Seigneur, elle avait envie de tout ça.

— Parfois, Sierra, j'aurai envie que tu sois au-dessus, en amazone, et que tu me chevauches avec vigueur. D'autres fois, je serai doux et je te prendrai jusqu'à ce qu'on se perde, pas de contrôle, pas de domination, juste nous.

Il fit une pause et elle se retint de s'agiter.

— Penses-tu que ça peut te plaire ? Que tu pourrais y prendre du plaisir ?

Elle hocha la tête, mais il secoua la tête.

— Dis-le, Sierra.

— Oui... Monsieur ?

Elle ne savait pas comment il voulait qu'elle l'appelle. Ça le fit sourire et il prit son visage entre ses mains.

— Je suis juste Austin, Sierra. Je n'ai pas besoin que tu m'appelles « Monsieur » ni « Maître » pour te sentir à moi. C'est un truc qui plaît à certains, mais ce n'est pas mon délire. Si tu as besoin de m'appeler comme ça, alors tu peux, mais c'est mon prénom que je veux entendre dans ta bouche quand tu jouis.

Elle se lécha les lèvres.

— Austin.

Il sourit.

— Bien. Pour l'instant, comme je n'ai pas mon matériel et que je sais qu'on veut tous les deux y aller progressivement, je ne vais pas t'attacher, te fouetter ni te faire crier.

Il marqua une pause.

— Enfin, peut-être que je te ferai crier, mais seulement en te pénétrant.

— Et si c'est moi qui te fais crier ? le taquina-t-elle.

Il renifla.

— Je compte bien hurler ton nom, Sierra. Je te le promets. Maintenant, avant de commencer, il nous faut un *safe word*.

Elle haussa les sourcils.

— Je croyais qu'on ne commençait pas tout de suite.

Il secoua la tête.

— C'est toujours une bonne chose d'en avoir un. Tu le sais.

— Je pense que le truc classique de rouge, orange, vert fonctionne pour moi.

C'était ce à quoi elle était habituée avec... non, elle ne penserait pas à lui. Pas ici.

Il étrécit les yeux.

— Il t'en faut un puissant, Sierra. Il y a un fantôme entre nous. Un fantôme dont tu n'es pas encore prête à parler.

Elle prit une brève inspiration.

— Choisis un autre *safe word*.

Il n'y avait qu'un seul mot qu'elle puisse utiliser, et ils le savaient tous les deux.

— Moto, chuchota-t-elle.

Il hocha la tête, le regard neutre. L'avait-elle blessé ? Peut-être, mais il lui avait demandé un *safe word*. C'était un sujet qu'ils devraient aborder quand ils seraient prêts.

Il se leva et lui tendit la main. Elle la prit et, en se redressant, sa poitrine se retrouva collée à la sienne.

— J'ai envie de toi, Sierra Elder. Dis-moi que tu as envie de moi aussi.

Elle savait que ce n'était pas rien. Une étape qu'elle n'avait pas été certaine de pouvoir franchir jusqu'à ce matin. Cependant, elle s'était cachée pendant trop longtemps, elle avait négligé tout un pan de sa personne, et elle savait qu'il fallait qu'elle prenne ce risque.

— J'ai envie de toi.

— Bien.

Il plaqua sa bouche sur la sienne et elle gémit. Ses mains s'enfoncèrent dans ses cheveux et immobilisèrent son visage tandis qu'il ravageait sa bouche. Sa langue s'enfonça en elle. Il contrôlait le baiser et elle se laissa aller. Ils n'étaient peut-être pas vraiment en mode D/s pour l'instant, mais elle avait envie – non, *besoin* – de s'abandonner et de voir si elle pouvait lui faire confiance.

Pas complètement.

Pas encore.

Mais bientôt.

Les lèvres d'Austin dérivèrent sur son menton et elle ferma les yeux en savourant la sensation, ses dents et sa langue sur sa peau. Il mordit le lobe de son oreille avant d'y déposer plusieurs petits baisers qui propagèrent des frissons le long de sa colonne vertébrale et firent flancher ses genoux.

— Austin, murmura-t-elle.

— Oui, c'est comme ça que je m'appelle, gronda-t-il contre son cou, une main sur sa tête et l'autre au bas de son dos. Et tu vas le dire encore et encore tout à l'heure.

Avant qu'elle puisse répondre, il s'empara à nouveau de sa bouche et prit son sein en coupe. Elle hoqueta quand il fit rouler son téton entre son pouce et son index. Peu importe qu'elle ait encore son tee-shirt et son soutien-gorge, l'exquise douleur mêlée de plaisir embrasa le centre de son corps et elle frissonna.

Oh, combien ça lui avait manqué.

— J'ai envie de sucer tes tétons, de découvrir leur goût.

Il releva son tee-shirt et elle leva les bras pour qu'il le passe par-dessus sa tête. Elle se retrouva en débardeur et soutien-gorge.

— Tout à l'heure, rien que d'y penser, ça me rendait fou. J'avais envie de connaître leur couleur et de voir à quoi ils ressembleraient une fois que je les aurais sucés et mordillés. Ensuite, j'ai pensé à ta chatte et j'ai eu envie de savoir de quoi tu aurais l'air, tout irriguée, trempée pour moi.

— Si tu n'arrêtes pas de parler comme ça, je vais jouir avant même que tu me touches.

Il sourit et pinça sa lèvre inférieure entre ses dents.

— Ça me va. Mais après. D'abord, j'ai besoin de te voir.

Il recula et croisa son regard.

— Tout entière.

Elle se lécha les lèvres et sentit son corps se raidir. Avec tout ça, elle avait oublié ses cicatrices. Comment avait-elle pu oublier ce qui était sa malédiction depuis toutes ces années ?

— Tu n'as pas besoin de me dire comment c'est arrivé. Je n'ai pas envie de gâcher ce moment, Sierra.

Il remonta le bas de son débardeur et elle le laissa faire, consciente que si elle ne le faisait pas maintenant, cela n'arriverait jamais.

— Peu importe quelles sont tes cicatrices, Sierra, tu seras toujours belle. Peu importe les tatouages ou les marques sur ton corps, ta peau sera toujours parfaite pour moi.

Des larmes emplirent ses yeux devant ses belles paroles, et elle refusa de les fermer tandis qu'il regardait ses côtes. Sa respiration resta suspendue alors qu'il traçait du bout des doigts la peau froncée et les fines lignes blanches qui, autrefois, étaient encore plus vilaines.

Il se mit à genoux devant elle et elle laissa échapper un sanglot.

Que cet homme-là s'agenouille devant elle...

Elle ne pourrait jamais effacer de son esprit l'image de son visage sombre devant son ventre, devant ses cicatrices.

Il effleura de ses lèvres les zones de sa peau qui étaient presque insensibles et une larme coula sur sa joue. Elle posa les mains sur ses épaules tandis qu'il embrassait chaque centimètre carré de sa peau abîmée, prenant soin d'elle comme personne ne l'avait jamais fait jusqu'alors. Enfin, il releva la tête, le regard sombre et plein de promesses.

— Magnifique, souffla-t-il.

Et elle fut perdue.

Il se releva et prit son visage entre ses mains pour l'embrasser. Il avait un goût de chaleur et de force, et elle en voulait davantage. Oh, ce qu'elle voulait ! Son érection sous son jean s'enfonça contre son ventre et elle sourit en percevant son volume. Oui, ça ferait mal au début, mais elle avait hâte ; elle en avait tellement envie.

Austin se détacha de sa bouche, mais ses lèvres ne quittèrent pas son corps. Au lieu de ça, il la poussa délicatement sur le canapé pour s'agenouiller entre ses jambes. À un moment donné, il avait dû pousser la table basse pour faire de la place. Pourquoi ne l'avait-elle pas remarqué ?

Ses lèvres passèrent sur sa clavicule, sur son sternum, puis sur ses deux seins à travers le soutien-gorge. Elle respira plus fort tandis qu'il léchait la bordure en dentelle du bonnet.

— Voyons de quelle couleur sont tes tétons, d'accord ?

Il détacha l'agrafe d'un geste expert et fit glisser les bretelles sur ses épaules. Il croisa son regard tandis qu'il retirait le sous-vêtement et le laissait tomber à ses pieds. Elle déglutit lorsqu'il baissa les yeux, les posant sur ses tétons. Comme si ceux-ci savaient qu'ils étaient au centre de son attention, ils avaient durci en petites pointes aiguës, n'attendant que sa langue.

Il tendit la main et caressa sa poitrine. Le globe de chair emplit sa paume. Cette vision était l'une des plus érotiques qu'il ait été donné de voir à Sierra.

— Seigneur. De petites baies roses. Ils vont devenir bien rouges quand je vais les sucer. Un jour, j'utiliserai des pinces, et ils seront si durs que tu me supplieras d'utiliser ma langue.

Il croisa son regard.

— Est-ce que tu vas me supplier, Sierra ? Implorer ma langue ? Ma queue ? Tu as envie de la sentir coulisser entre tes seins, et dans ta bouche ensuite ?

Elle se lécha les lèvres et gigota, à la recherche d'un soulagement.

— J'aime ta voix.

Elle était si grave, si rauque. Elle semblait directement reliée à son clitoris et Sierra savait que si elle essayait, elle pourrait jouir rien qu'en l'entendant.

— Ne bouge pas, Sierra. Réserve ton clitoris pour moi.

Elle se figea, tendue comme la corde d'un arc. Elle mourait d'envie de le sentir, mais elle savait que si elle restait sage, ce ne serait que meilleur.

C'était le genre de confiance qu'elle avait envers lui, si tôt dans leur relation. Elle en était abasourdie, mais elle fit taire ses pensées. Elle avait envie de ça. Elle en avait envie maintenant.

— C'est bien, ma fille, dit-il.

Puis il pinça son téton. Fort.

La douleur la secoua et elle inspira, s'évertuant à ne pas bouger. Si elle bougeait, il risquait d'arrêter, et elle n'était pas sûre d'être capable de le supporter. Elle avait envie de son contact, elle avait envie de tout chez lui.

Elle s'inquiéterait des conséquences plus tard.

— Reviens parmi nous, Sierra.

Il pinça son autre téton avec autant de vigueur que le premier, puis il apaisa la douleur sous sa langue.

— Il n'y a que toi et moi. Rien ni personne d'autre. Ne pense qu'à moi. C'est tout ce que tu as à faire. Je m'occupe du reste. C'est compris ?

Elle hocha la tête.

Il pinça son téton à nouveau.

— C'est compris ?

— Oui, Austin.

— C'est bien.

Il amena sa bouche sur chacun de ses seins et s'en délecta, dévorant l'un des deux de sa langue et de ses dents tandis que sa main libre malaxait l'autre et pinçait son téton. Elle renversa la tête en arrière tandis qu'il portait une attention toute particulière à chacun de ses mamelons. Elle adorait sentir sa barbe frotter contre elle, rendant la manœuvre encore plus érotique. Chaque griffure, chaque coup de langue faisait courir des vagues de plaisir à travers son corps, des vagues qui s'amassaient dans son clitoris au point où il en vibrait presque. Elle avait juste besoin d'une toute petite pression pour s'envoler.

Et pourtant, elle garda ses hanches immobiles.

Elle voulait que ce soit Austin qui le fasse.

Elle lui faisait confiance pour prendre soin d'elle.

Il se retira, le regard sombre.

— Exactement comme je l'imaginais. Des baies rouges. Tellement sexy. Lève les fesses.

Elle cligna des yeux, perdue.

— Lève-les, Sierra. Je vais enlever ton pantalon pour te bouffer la chatte avant de t'emmener dans ta chambre et de te baiser à fond. Lève. Tes. Fesses.

— Oui, Austin.

Elle sourit en voyant ses narines frémir. Oh oui, il aimait qu'elle dise ça. Elle s'assurerait de le dire encore... ou pas, si elle voulait sentir ses claques sur ses fesses.

Eh bien, il semblait que cette part cachée d'elle-même, cet aspect qu'elle pensait enfoui si profondément, n'était pas si loin de la surface, en fin de compte. Elle leva les hanches et se mordit les lèvres tandis qu'il déboutonnait son jean et tirait lentement sur la fermeture éclair. Puis il saisit à pleines mains son pantalon et sa culotte et tira. Elle l'aida avec ses jambes, maintenant ses fesses en suspension au-dessus du canapé, tout son poids sur ses avant-bras.

Austin gémit.

— Putain, que tu es belle. Tu peux te reposer maintenant, ma belle.

Elle s'effondra sur les coussins et ses jambes s'écartèrent pour lui, sous ses yeux attentifs. Elle aurait pu se sentir mal à l'aise, mais pas avec le regard affamé et empreint de plaisir d'Austin.

— Magnifique, murmura-t-il avant de se baisser pour donner un grand coup de langue entre ses jambes, jusqu'à son clitoris.

Son corps s'arc-bouta sur le canapé et Austin bloqua sa taille avec son bras.

— Tu t'en sortais si bien, ma belle. Ne bouge pas.

Elle s'humecta les lèvres.

— Il le faut, Austin. Il faut que je...

Il croisa son regard.

— Je sais ce qu'il te faut. Et si tu restes tranquille, je te le donnerai.

Eh bien ça, c'était une sacrée motivation...

Avec son intensité bien à lui, il pinça son clitoris et vint l'aspirer dans sa bouche. Elle faillit décoller du canapé pour projeter son corps vers son visage, mais elle s'arrêta. Il le fit tressaillir contre ses dents avant de caresser d'un doigt l'ouverture de sa vulve. Quand il la pénétra, elle cessa de respirer. Ça faisait si longtemps, et un vibromasseur était loin d'égaler la main d'Austin... ou le reste de son corps, d'ailleurs.

Il fit aller et venir son doigt en elle, puis un deuxième, d'abord lentement avant d'accélérer pour l'attiser. Il laissa sa bouche sur son clitoris, fredonnant et grondant contre elle. En sentant sa barbe rêche sur ses cuisses, elle capitula et se laissa aller à jouir.

Avec force.

Son sexe se crispa sur ses doigts, mais il ne ralentit pas le rythme. Au lieu de ça, il frotta contre son point G et massa la petite boule de nerfs jusqu'à ce que son corps tremble et qu'elle jouisse à nouveau, cette fois en criant son nom, les yeux révulsés.

Quand elle rouvrit les paupières, Austin se tenait à ses pieds et se léchait les doigts un par un. Sa barbe était maculée de sa cyprine, tout comme sa main, mais il avait l'air si satisfait qu'elle s'en fichait. Bon sang, elle avait envie de recommencer. Si elle était capable de marcher.

— Tu es délicieuse, Sierra. Comme un nectar dont je ne serai jamais rassasié. Maintenant, je vais te baiser jusqu'à ce qu'on s'effondre tous les deux, puis on se réveillera pour manger ce soir, je te baiserai de nouveau, et ainsi de suite. Qu'est-ce que tu en penses ?

Elle se lécha les lèvres, alanguie, tout son corps palpitant pour Austin.

— J'espère que j'ai assez de préservatifs.

Elle en avait acheté un paquet sur un coup de tête et elle était bien contente de l'avoir fait. Il lui adressa un grand sourire.

— Un de ces jours, on aura une conversation sur la contraception et le dépistage, pour que je puisse te faire l'amour sans rien et te sentir complètement contre moi. Pour l'instant, j'espère aussi que tu as assez de capotes.

Il la souleva et son corps nu se retrouva contre le sien, tout habillé. Elle lui sourit.

— Ce n'est pas juste que je sois la seule à être nue, tu sais.

Quand il l'embrassa sur le front, elle poussa un petit sourire satisfait.

— Donne-moi quelques secondes et je serai tout aussi nu que toi.

Il la déposa au bord du lit et se tint devant elle. Lorsqu'il retira son tee-shirt, la mâchoire de Sierra se décrocha.

Seigneur. Dieu.

Des muscles incroyablement définis, des lignes pleines de force, de sexualité, et tout ce que l'on pouvait souhaiter dessinaient son corps. Il avait des poils sur le torse, juste ce qu'il fallait pour souligner la beauté de ses tatouages, mais pas trop.

Et, ouah, ses tatouages !

Des motifs tribaux, des crânes, des fleurs et autres symboles recouvraient ses bras et sa poitrine. Un dragon descendait le long de son flanc jusqu'à sa hanche, couvrant aussi une partie de son dos.

Et il avait les tétons percés.

Comment ce détail avait-il pu lui échapper avec les tee-shirts moulants qu'il portait ? Il lui sourit.

— Content de voir que ça te plaît.

— Tu es un vrai roc, Austin.

Il baissa les yeux vers son sexe et haussa un sourcil.

— On dirait bien.

— Je parlais de ton corps…

Elle baissa aussi le regard vers son entrejambe.

— Oh. Eh bien.

Elle se lécha les lèvres.

— Je ne savais pas que tu avais des anneaux aux tétons.

Il donna un petit coup dans l'un d'eux, du bout des doigts, et elle eut envie de faire la même chose avec sa langue.

— Je ne les mets pas tout le temps. Quelquefois, je n'ai que les *retainers*.

— J'aime bien.

— Tant mieux.

Il défit son pantalon et le fit glisser sur ses jambes en même temps que son boxer. Son sexe surgit, si bandé qu'il vint frapper contre son ventre.

Sans se donner le temps d'y réfléchir, elle glissa du lit et s'agenouilla à ses pieds. Il avait les jambes écartées et elle posa ses paumes ouvertes sur ses propres cuisses, une position de soumission si enracinée en elle qu'elle l'adopta automatiquement.

Les narines d'Austin frémirent et il franchit les deux pas qui les séparaient encore. Sa main vint prendre le menton de Sierra en coupe pour lui faire lever les yeux. Son sexe effleura sa joue et elle dut se retenir pour ne pas se tourner et engloutir son gland épais dans sa bouche.

— C'est la plus belle chose que j'aie vue de ma vie. Je suis honoré, Sierra. Honoré.

Il caressa sa joue et recula. Le sentiment de manque la submergea presque avant qu'il ne lui tende la main.

— Laisse-moi t'allonger sur le lit et te faire l'amour. J'ai envie de te sentir tout autour de moi quand on jouira ensemble. On explorera tout le reste la prochaine fois.

Elle se leva en utilisant son bras pour se soutenir.

— Il y aura une prochaine fois.

— Oui, Austin. Il y en aura une.

Il la fit marcher à reculons et l'étendit sur le lit. Elle recula de sorte que sa tête parvienne sur l'oreiller et il se plaça au-dessus d'elle.

— Capotes, grinça-t-il.

— Dans la table de nuit.

Il hocha la tête et l'abandonna pour aller chercher le paquet dans le tiroir.

Le paquet entier.

Ambitieux.

Il l'ouvrit et déroula un préservatif sur sa verge. Elle déglutit tandis qu'il préparait son pénis dont la circonférence l'impressionnait. Quand il revint sur elle, elle frémit sans savoir si c'était de la nervosité ou du plaisir anticipé.

— Prête ? demanda-t-il.

Il tremblait, lui aussi.

— Oui, Austin. S'il te plaît.

Il baissa la tête et l'embrassa délicatement. Elle sentit son propre goût sur ses lèvres et fut déçue de ne pas avoir pu goûter son partenaire elle aussi. *La prochaine fois*, avait-il dit. Elle avait déjà hâte d'y être.

— Mets les mains sur la tête de lit, ordonna-t-il.

Elle frissonna. Quand elle obéit, les mains proches l'une de l'autre, il referma les doigts sur ses deux poignets à la fois. Seigneur, tout était grand chez lui.

Il se positionna entre ses jambes et s'appuya contre elle, soutenant son poids sur son autre bras. Puis son sexe se retrouva contre l'ouverture de son corps, lubrifié par ses sécrétions intimes. Heureusement qu'elle était trempée parce que, bon sang, il était énorme.

Bien plus gros que tout ce qu'elle avait pu tester jusqu'alors.

Il l'étira lentement, la pénétrant centimètre par centimètre jusqu'à ce qu'ils soient tous les deux humides de sueur et haletants.

— Ma belle, tu es tellement serrée.

Il relâcha son poignet et se mit sur les genoux. Ce mouvement l'enfonça plus profondément et elle cria de plaisir, et non de douleur. Le sentiment devait être manifeste sur son visage, car il fit courir ses mains sur ses flancs et lui agrippa les hanches.

Il bougea de nouveau, allant et venant en elle, doucement au début, puis plus fort.

Son regard croisa le sien. Elle avait besoin de ce lien comme elle avait besoin de respirer.

— Tu es si bonne autour de ma queue, Gambettes. J'ai tellement hâte de te prendre en levrette et d'aller encore plus profond. Et puis, un jour, tu seras au-dessus de moi, avec tes seins qui rebondiront pendant que tu me chevaucheras. Peut-être que je t'attacherai, les fesses en l'air, et que je t'enculerai. Tu as envie que je fasse ça ? Tu as envie que je baise ton petit cul comme je baise ta chatte ?

Elle était incapable de parler, incapable de penser.

Il décolla ses hanches d'une main tout en continuant à la pénétrer, puis il donna une claque sur ses fesses. Fort.

— Tu as envie de ça, Sierra ? Réponds-moi.

Elle hocha la tête.

— Oui, Austin. J'ai envie de tout.

— De quoi as-tu envie, Sierra ?

— J'ai envie de tout. Je veux que tu m'attaches, que tu me fesses, que tu m'encules. Je veux tout.

Plus tard, ces paroles la feraient peut-être rougir, mais pour l'instant, sous le regard intense d'Austin, son sexe profondément fiché en elle, elle ne voulait rien d'autre que lui et tout ce qu'il pouvait lui offrir.

— Tu auras tout ça, ma belle. Tu auras tout.

Il s'abaissa de nouveau et son corps se plaqua au sien tandis qu'il basculait son poids sur ses avant-bras. Il continua à aller et venir. La sensation de son sexe qui tapait juste au bon endroit la fit capituler tandis qu'elle le contemplait.

Elle n'arrivait plus à respirer, mais elle le voyait. Sa mâchoire se crispa et il gronda son nom en jouissant, se déversant dans le préservatif. Il continua son va-et-vient et les fit passer de l'extase à la douceur satisfaite de l'harmonie post-coïtale.

C'était plus que de la satisfaction, bien plus.

Alors qu'ils reprenaient lentement conscience de leur environnement, il se retira, se débarrassa du préservatif et revint se coucher. Il se blottit contre elle et rabattit la couverture sur eux.

Elle se rapprocha encore davantage et se tourna pour poser la tête sur sa poitrine. Il serra ses épaules, enfoui son visage dans ses cheveux, tandis que son autre main caressait et massait ses fesses, comme s'il était incapable de s'arrêter de la toucher.

Sierra n'aurait pas pu le lui reprocher, parce qu'elle faisait pareil avec lui.

— Parfait, grommela-t-il avant de sombrer dans le sommeil.

Elle sourit et repoussa toute pensée de complications à venir, oubliées en cet instant.

— Parfait, répondit-elle dans un murmure.

CHAPITRE DIX

SHEA MONTGOMERY ÉTAIT PEUT-ÊTRE DEVENUE une Montgomery récemment, mais elle n'en faisait pas moins partie de la famille. En tout cas, c'est ce qu'elle se disait devant la maison de Harry et Marie, la main dans celle de Shep.

— Tu es prête ? lui demanda-t-il, un peu plus pâle que d'habitude.

Elle mourait d'envie de le serrer dans ses bras et de ne jamais le lâcher. Elle ne savait pas comment le réconforter et elle n'était même pas sûre que ce soit possible. Quelqu'un que Shep aimait plus que tout au monde était peut-être mourant, et il n'y avait rien qu'elle puisse faire.

Shep avait grandi à Denver avec le reste du clan Montgomery. Il avait trois groupes de cousins sans compter ses propres frères et sœurs. Bien sûr, nombre d'entre eux avaient quitté Denver au fil des années, mais le groupe central, les enfants de Harry et Marie vivaient encore tous autour de la ville. Shep disait qu'ils étaient bruyants, adorables, et qu'ils se mêlaient toujours des affaires les uns des autres.

Il adorait ça.

Pour Shea, c'était différent.

Elle avait grandi au sein d'une famille où l'on s'occupait des affaires des autres uniquement pour les rabaisser et les humilier. Son père avait trompé sa mère pendant des années, passant d'une maîtresse à l'autre pour noyer la douleur d'être marié à elle. Et sa mère ? Eh bien, c'était une teigne au cœur de glace.

Il avait fallu des années à Shea pour se sentir assez libre ne serait-ce que de penser cela, sans aller jusqu'à le dire.

Elle avait enfin fui la coupe de sa mère – son père ne s'était jamais vraiment intéressé à elle puisqu'elle n'était pas un fils.

Maintenant, elle avait un métier qui lui plaisait, un mari qu'elle aimait de toute son âme, et une nouvelle et nombreuse famille qu'elle était sur le point de rencontrer. Et pourtant, il lui semblait qu'elle avait perdu le contrôle, qu'elle était au bord d'une chose indicible, qu'elle ne parvenait pas à exprimer, alors qu'il y avait des sujets d'inquiétude plus importants – en l'occurrence, Harry et Shep.

Ses propres peurs et désirs secrets devraient attendre. Elle avait essayé de cacher à Shep ce qu'il se passait dans sa tête, mais elle n'était pas sûre de s'en être très bien sortie. À vrai dire, elle savait qu'elle était nulle. Cacher des choses à son mari était presque impossible. Ce n'était pas comme si elle lui faisait d'atroces cachotteries ; c'était tout à la fois un rêve et un cauchemar qu'elle ne pouvait contrôler, pas la fin du monde. Elle savait qu'elle se montrait irrationnelle, mais elle n'arrivait pas à apaiser ses inquiétudes.

Des mains puissantes prirent son visage en coupe et elle cligna des yeux.

— Shea ? Ma belle ? Je te demandais si tu étais prête ?

Elle se lécha les lèvres et se laissa aller contre ses mains.

— Oui. Perdue dans mes pensées, apparemment.

Il scruta son regard et soupira. Mince. Elle faisait tout de travers. Ça devenait de plus en plus dur de dissimuler ses inquiétudes. Sans y penser, elle posa la main sur son ventre et pria pour que tout aille bien.

— J'aimerais que tu me dises ce qui ne va pas.

— Tout va bien. Je suis juste un peu fatiguée. On devrait rentrer ou frapper à la porte, je ne sais pas. Rester à traîner devant, ce n'est pas la meilleure façon pour moi de faire bonne impression.

Il fronça les sourcils et l'embrassa délicatement.

— Je t'aime, Shea. Tu peux tout me dire.

Elle lui sourit alors. Elle l'aimait plus qu'elle ne l'aurait jamais cru possible.

— Je sais. Je t'aime aussi.

La porte s'ouvrit. Austin se tenait sur le seuil.

— Vous avez fini de vous rouler des patins dans la véranda, ou bien je vous laisse encore quelques minutes ?

Shea se tourna dans les bras de Shep, les joues rougies mais un sourire sur le visage. Austin lui fit un grand sourire, plus jovial qu'elle ne l'avait jamais vu. Quelque chose s'était passé depuis qu'il était venu à La Nouvelle-Orléans, quelque chose qui ne compensait peut-être pas totalement la mauvaise nouvelle, mais c'était déjà ça.

— Ça me fait plaisir de te voir, Austin, dit-elle en glissant des bras de Shep pour passer dans ceux de son cousin.

Il la serra contre lui. Austin était le seul Montgomery qu'elle avait rencontré, et elle était contente qu'il y ait au moins un visage familier dans ce qui ne manquerait pas d'être une foule dont elle n'arriverait pas à se rappeler tous les noms.

Il l'embrassa sur le dessus du crâne et puis recula, son bras toujours sur sa taille.

— Ça me fait plaisir aussi. Je ne comprends pas pourquoi vous ne m'avez pas laissé venir vous chercher à l'aéroport.

Shea leva les yeux au ciel tandis que Shep haussait les épaules avant d'étreindre Austin à son tour. Elle recula. Ce n'était pas une de ces démonstrations viriles où l'on se tapait sur l'épaule et tout ça. Non, c'était une étreinte entre cousins, entre frères qui connaissaient la même douleur.

— On voulait louer une voiture puisque personne ici ne peut nous en prêter, expliqua Shep. On a toutes nos affaires à l'arrière, alors on n'aura qu'à aller chez Griffin après le dîner.

Son mari semblait aussi épuisé qu'elle l'était, et elle soupira. Ce voyage allait être terriblement fatigant, mais il fallait qu'ils soient là. Austin le leur avait demandé et ils étaient venus sans y réfléchir à deux fois. Ça ne voulait pas dire que ce serait facile pour autant.

— Tu vas les forcer à rester sur le seuil toute la soirée, ou bien ils ont le droit de rentrer ?

Shea se tourna pour découvrir une version plus âgée d'Austin – sans la barbe et sans tatouages visibles – avancer vers eux. Il n'avait pas l'air malade. Elle en fut étonnée. Austin avait dit à Shep que Harry paraissait plus petit qu'avant, plus maladif.

C'était peut-être vrai, mais Shea ne s'en apercevait pas. Elle voyait un homme plein de vitalité et prêt à se battre.

Tant mieux.

Harry ouvrit les bras avec, sur les lèvres, un sourire qui n'atteignait pas vraiment ses yeux. Là. C'était de ça qu'Austin voulait parler. Eh bien, d'accord, elle ferait de son mieux pour les soutenir. Ils étaient sa famille désormais et elle ne comptait pas être le maillon faible.

— Eh bien, ma fille, viens voir ton oncle Harry et fais-lui un câlin.

Elle ne put retenir un sourire et fit ce qu'il demandait. Il enroula ses bras autour d'elle comme Austin l'avait fait et la serra fort. Il avait peut-être la soixantaine et il était au début d'un cancer, mais il n'avait pas perdu sa force.

Il lui sourit quand ils se séparèrent.

— Tu es superbe, Shea. Je suis navré que nous n'ayons pas pu venir au mariage.

Elle se mordit la lèvre. Elle avait personnellement tenu à ne pas attendre pour faire un grand mariage et à se passer de la présence de toute la famille. Elle voulait seulement que Shep devienne son mari et il ne s'en était pas plaint. Elle commençait à penser qu'elle avait peut-être commis une erreur.

— Oh, ne fais pas cette tête, ma belle, dit Harry en lui relevant le menton. On se marie pour soi et son partenaire. Pas pour les autres. Nous n'avions pas besoin d'y être, mais vous êtes ici maintenant. C'est tout ce qui importe.

Il se racla la gorge et Shea retint des larmes.

— Vous êtes ici maintenant, murmura-t-il.

Elle recula tandis que Shep disait bonjour à son oncle. Elle cligna frénétiquement des yeux pour ne pas pleurer.

— Shea, ma chérie, je suis tellement contente que tu sois là, fit Marie en arrivant dans la pièce.

Elle se séchait les mains avec une serviette qu'elle posa sur une console avant d'ouvrir les bras comme Harry l'avait fait.

Shea se laissa aller contre elle, pas étonnée le moins du monde par cette douceur mêlée à une volonté d'acier. Marie était la mère de huit enfants et d'un certain nombre de pièces rapportées. Ce n'était pas étonnant qu'elle soit si forte. Quand elle passa la main dans son dos, Shea se détendit et la petite boule d'angoisse dans son ventre se relâcha.

Seigneur, était-ce ainsi que les choses auraient dû être avec sa propre mère ? Une étreinte pour faire passer un peu de ce qui piquait, un peu de ce qui faisait mal ?

Elle était officiellement une cause perdue sur le plan émotionnel, mais au moins, elle avait retenu ses larmes. Pour le moment.

— Eh bien, ma chérie, dit Marie en séchant ses propres yeux.

Maintenant que nous sommes là, allons manger un peu, vous installer, puis on pourra faire quelques visites.

— C'est formidable, dit Shea. Y a-t-il quelque chose que je peux faire ?

Marie secoua la tête.

— Non, je suis une experte pour ce genre de choses. Tout est sur la table, on peut y aller.

Shep la rejoignit et la prit par la main pour la faire passer dans la salle à manger. Bientôt, elle se délectait d'une belle portion de poulet farci à l'orange, avec de la purée et des asperges au citron. Elle n'avait pas mangé suffisamment ces derniers temps, et le matin, elle avait eu beaucoup de nausées. Là, elle finit son assiette et se détendit pour la première fois depuis des semaines.

Shep passa la main sur son genou et elle se pencha contre lui. Oui, elle lui dirait bientôt ce qu'il se passait, mais d'abord, il fallait qu'elle comprenne ce qui clochait émotionnellement chez elle pour pouvoir aider la famille de Shep.

Alors que le dîner se terminait, ils passèrent au salon. Elle se laissa aller dans le canapé et se détendit contre lui. Austin s'assit de l'autre côté, comme s'il savait qu'elle avait besoin de réconfort elle aussi.

— Alors... nous voilà ici, commença Shep en se passant une main sur le visage.

— Vous voilà, dit Harry. Vous êtes là parce qu'Austin vous l'a demandé, et j'en suis reconnaissant.

Il croisa le regard de Shea, puis celui de Shep.

— Comme vous le savez, j'ai un cancer de la prostate. Nous l'avons détecté tôt parce que ma femme m'impose des dépistages.

Il poussa un soupir et attrapa les mains de Marie.

Shea laissa couler une larme. Ça ne servait plus à rien de les retenir.

— Est-ce que tu peux nous en dire plus ? demanda Shep. Où

est-ce que tu en es ? Quel traitement tu suis ? Je veux m'assurer de comprendre ce qui se passe pour vous aider au mieux.

Harry hocha la tête.

— Je vais vous en dire autant que possible. Je n'ai pas envie de te cacher ça, et je ne veux pas non plus que tu ailles t'imaginer le pire... ou le meilleur. J'en suis à un stade très précoce de la maladie, avec une tumeur qui évolue lentement, peu agressive.

— C'est bien, non ? demanda Shep en serrant la main de Shea. Merde. Je veux dire, mieux. Pas bien. Il n'y a rien de bien là-dedans.

— La maladie a été détectée tôt et c'est une bonne chose, dit Austin à voix basse.

— Oui, mon fils. C'est exactement ça. Et peu agressive, comme je disais. Ça veut dire qu'on envisage une radiothérapie, et non une prostatectomie radicale. Cependant, si les médecins pensent qu'il le faut, alors je le ferai. Je ne vais pas risquer ma vie et renoncer à un traitement à cause du coût – pas pour le moment.

Shea ne pensait pas qu'Harry parlait du coût financier.

— Sierra et moi, on a regardé les différentes formes de radiothérapies et comment ça fonctionne, commença Austin avant de tousser. J'espère que ça ne te pose pas de problème.

Pour la première fois, le visage d'Harry sembla vraiment s'éclairer.

— Sierra, hein ?

— C'est juste le début, Papa.

Shea sourit tandis qu'Austin s'agitait sur son siège.

— Pourquoi elle n'est pas venue ce soir ? demanda Harry.

— Il fallait qu'elle travaille à Eden. C'est sa boutique, en face de Montgomery Ink. Je l'amènerai la prochaine fois, d'accord ?

Austin eut un petit sourire, même si, à l'évidence, il aurait préféré ne pas être observé ainsi par ses parents.

Tant mieux pour lui.

— Allez, dit Marie avec bonne humeur. Je veux rencontrer cette fille dont parle Maya.

Austin gémit.

— Tu sais bien qu'il ne faut pas écouter ce que Maya raconte.

— Austin Montgomery, sois gentil avec ta sœur, ordonna-t-elle avec un sourire.

Elle jeta un regard à son mari et soupira.

— Bon, où est-ce qu'on en était ?

— Ils me préparent toujours pour la radiothérapie, dit-il après avoir laissé Austin suer un moment. Je commence dans trois jours, et ça va probablement me mettre K.-O., mais je ne compte pas me laisser abattre.

Shep laissa échapper un soupir tremblant et Shea passa sa main sur sa cuisse.

— On va rester là quelques semaines, dit-elle. Je peux faire presque tout mon travail à distance, et les collègues de Shep à Midnight Ink veulent bien le remplacer pendant qu'on sera ici. Ça veut dire qu'on peut vous aider avec tout ce qu'il vous faudra.

— Vous avez loué une voiture, pas vrai ? demanda Harry en haussant un sourcil.

— Oui, on voulait rester mobiles, répondit Shea.

— Eh bien, vous pouvez la ramener, dit Harry. Prenez la mienne. Je ne vais pas pouvoir conduire de toute façon.

Shea savait qu'il devait prendre sur lui pour avouer cela, et elle avait envie de l'étreindre avec chaleur.

— Oncle Harry... commença Shep avant de secouer la tête. Merci.

— De rien. Et maintenant, laisse-moi serrer ta femme dans mes bras de nouveau, parce qu'on dirait qu'elle en a besoin.

C'était vrai, mais Harry semblait en avoir encore plus besoin qu'elle. Elle le serra fort avant de se retirer pour laisser la place à Austin et Shep. Marie passa un bras autour de son épaule et les deux femmes se tinrent de côté, immobiles comme des pierres.

Il était clair pour tout le monde que Harry était le centre de la famille Montgomery. S'ils le perdaient... eh bien, Shea n'avait pas envie d'y penser. Elle se passa une main sur le ventre à nouveau, et son inquiétude revint comme si elle n'était jamais partie.

Une chose à la fois, se morigéna-t-elle. Une chose à la fois.

CHAPITRE ONZE

MIRANDA MONTGOMERY ÉTAIT PEUT-ÊTRE la plus jeune de la famille, mais elle n'était plus une gamine. Or pour faire admettre ça à ses frères et sœurs, il lui faudrait probablement un miracle.

Forcer l'homme qu'elle aimait depuis des années à s'en rendre compte serait encore plus difficile.

Enfin, vu qu'elle sortait en ce moment avec quelqu'un d'autre pour se sortir l'homme en question de la tête, ce n'était pas gagné.

Pourtant, elle était arrivée à sa limite et ne supportait plus qu'on la traite comme un bébé.

Elle avait vingt-trois ans, elle était sortie de la fac, et elle était prête à se mettre en chasse.

Elle ne put s'empêcher de sourire à cette pensée. Se mettre en chasse ? C'était plus une marche lente et sûre vers ce qu'elle désirait. Mais là, elle faisait un arrêt pour s'assurer qu'elle n'était pas idiote.

Ce n'était pas parce qu'elle était amoureuse du meilleur ami de son grand frère qu'il l'aimait aussi.

Oh, non. Decker Kendrick n'en faisait qu'à sa tête, et l'amour n'était pas prévu au tableau. La voir comme une adulte avec ses propres désirs semblait si loin de lui que Miranda n'était pas loin de considérer cet espoir comme une cause perdue.

— Miranda, ma belle, tu m'écoutes ? demanda Edward, l'homme avec qui elle avait rendez-vous.

Le sourire neutre qu'il affichait commençait à l'énerver. Il ne faisait pas exprès d'être agaçant, mais il ne pouvait pas s'en empêcher. Tout chez lui était neutre. Son sourire, ni trop vif, ni trop crispé, son costume qui ne sortait pas de chez un couturier mais n'était pas non plus un premier prix, son travail de comptable absolument banal, et sa voix qui n'était ni trop grave, ni trop aiguë, ni aucun autre adjectif qui lui vienne à l'esprit. Il était seulement... neutre.

Qu'avait-elle pensé en acceptant ce rendez-vous ?

Oh, oui... au fait que Decker la voyait comme une petite sœur et qu'elle n'était pas sortie avec un homme depuis des mois.

Elle secoua la tête et posa calmement sa serviette sur la table. Ils étaient allés dans un chouette restaurant, ni trop chic ni trop décontracté. On restait dans le thème avec ce type, c'était certain, et rien ne l'en ferait dévier.

— Je suis désolée, Edward. Je ne me sens pas bien. Je crois que je vais rentrer chez moi pour être sûre de pouvoir aller travailler demain matin.

Un rendez-vous un jeudi soir. Sérieusement. À quoi est-ce qu'elle pensait ? Elle avait cours le lendemain matin, et des copies à corriger ensuite. Mais elle essayait de ne pas devenir pantouflarde et un rendez-vous ce jeudi avec Edward, aussi neutre et barbant qu'il soit, lui avait paru une bonne solution.

Ou pas.

Edward fronça les sourcils, sans trop marquer sa déception, toutefois.

— Je suis désolé d'entendre ça. Tu es venue en voiture. Tu es capable de rentrer toute seule ?

Elle était venue en voiture parce qu'elle avait eu l'intuition qu'elle mettrait rapidement fin à ce rendez-vous. Et puis, ses frères l'auraient tuée si elle était allée à un premier rendez-vous sans prévoir d'échappatoire.

— Ça ira. Merci pour cette soirée.

Elle se leva et il fit de même, déposant un baiser délicat sur sa main.

Et *nada*.

Pas d'étincelle.

— Peut-être une autre fois ? demanda-t-il, de l'espoir dans le regard.

Au lieu de répondre, Miranda lui fit un petit sourire puis lui dit au revoir. Elle n'allait pas réduire ses espoirs en bouillie en plein milieu du restaurant, mais elle ne comptait pas sortir avec lui à nouveau. Pas alors qu'elle s'ennuyait autant.

Elle rentra chez elle, retira ses talons et s'effondra sur le canapé. Elle enlèverait sa robe et son maquillage un peu plus tard. Il n'était que sept heures et demie, alors elle avait le temps.

Sept heures et demie.

Seigneur, quelle soirée minable.

Miranda n'aurait pas dû dire oui à Edward pour ce rendez-vous, mais elle voulait sortir de chez elle et se changer les idées, mettre un peu son tourment de côté.

Son père avait un cancer et elle ne savait pas comment gérer cela. Les autres avaient dressé des listes, fait des recherches, cuisiné pour apporter à manger même si leur mère était parfaitement capable de s'en occuper pour le moment. Miranda avait serré son père dans ses bras et dit qu'elle serait présente quoi qu'il arrive. Qu'il suffisait de lui dire quoi faire.

Ça lui fichait quand même une trouille immense.

Elle baissa les yeux sur son téléphone et se mordit la lèvre. Austin en avait peut-être fini avec le dîner chez leurs parents avec Shep et Shea. Elle allait voir comment ça s'était passé. Son grand frère savait toujours quoi faire. Elle lui envoya un message rapide pour lui demander des nouvelles et sourit quand il répondit aussitôt.

Ça va. Aussi bien que possible. On vient d'arriver à la maison et je suis en train d'installer Shep et Shea dans leurs pénates. Ils vont rester un moment.

Miranda ne put s'empêcher de lever les yeux au ciel. Pour un homme avec des doigts aussi épais, son frère était particulièrement prolixe dans ses sms. Elle sourit et se sentit réchauffée. Shep avait l'âge d'Austin, si bien qu'elle n'avait pas grandi avec lui comme l'un de ses frères, mais il avait toujours fait partie de sa vie. Il blaguait encore sur le fait qu'il avait aidé à changer ses couches.

Ce n'était pas quelque chose qu'elle aimait qu'on lui rappelle, surtout qu'il l'avait dit une fois devant le garçon avec qui elle allait au bal de fin d'année.

J'ai hâte de rencontrer Shea.

Elle va te plaire. Elle est toute petite, mais forte. On se voit bientôt, ma chérie. Va dormir. Tu as cours demain.

Grand frère un jour, grand frère toujours. Peu importe qu'elle soit prof désormais, et non plus élève. Elle avait toujours cours tôt le matin.

Cependant, il n'était même pas encore huit heures du soir et elle avait envie de parler à sa famille. Elle composa le numéro de Meghan, consciente que les enfants seraient couchés à cette heure-ci et qu'elle aurait plus de chances de tomber sur sa sœur.

— Salut. Qu'est-ce que tu fais au téléphone ? Je pensais que tu serais à ton rendez-vous.

Miranda soupira à ces mots.

— Edward était chiant, je m'ennuyais. Je suis rentrée.

Meghan eut un petit rire.

— Chérie, il s'appelle Edward. Tu m'as dit toi-même que tu

n'arrivais pas à penser à autre chose qu'à un vampire scintillant et dépressif en disant son prénom.

Miranda pouffa de rire.

— Il n'était pas émo, Meghan. Juste... chiant.

— Bon, tu es chez toi maintenant. Je suis désolée que ça n'ait pas marché.

Moi, je ne le suis pas. Edward n'était pas Decker, mais Miranda n'allait pas s'en ouvrir à sa sœur.

— Qu'est-ce que tu fais ce soir ?

— Oh, comme d'hab'... je nettoie du vomi dans la salle de bain parce que Boomer a décidé d'essayer de manger une de mes chaussures et que ça ne lui a pas réussi.

— Oh, pauvre Boomer, dit Miranda en retenant un rire.

— Ne te moque pas de moi, Miranda Montgomery. Ce chiot est peut-être hyper mignon, mais c'est un vrai diable. Et Richard en a vraiment marre...

Sa sœur s'interrompit et Miranda eut envie de hurler. Elle détestait le mari de Meghan, mais elle ne pouvait pas l'exprimer à voix haute. Elle l'avait fait une fois et sa sœur lui avait dit de ne pas juger ce qu'elle ne comprenait pas.

Alors, elle faisait en sorte d'être une bonne sœur, elle se retenait et elle se montrait présente pour Meghan quand il le fallait. Elle disait juste du mal de Richard dans sa tête... ou avec le reste de la fratrie.

Quelqu'un cria à l'autre bout de la ligne et Miranda grimaça.

— Mince. Richard vient de trouver une autre flaque de vomi. Il faut que j'y aille. Je t'aime, ma chérie.

Elle raccrocha avant que Miranda puisse répondre. Putain. Elle était inquiète pour Meghan tout comme elle était inquiète pour leur père. C'était nul d'être coincé à sa place de petite sœur sans rien pouvoir faire pour aider, à part se tenir en retrait, prier pour que tout se passe bien et être là en cas de besoin.

Si seulement elle avait été ce dont Decker avait besoin.

Non, elle n'allait pas se mettre à penser comme ça. Pas maintenant.

Elle savait que l'amour, c'était compliqué. Elle l'avait vu toute sa vie... mais elle avait aussi été amoureuse toute sa vie. Qu'est-ce que c'était qu'un jour de plus ?

CHAPITRE DOUZE

SIERRA RETOMBA SUR LE DOS, en sueur, tremblante et rassasiée. Ses yeux menaçaient de se fermer, mais elle les garda ouverts. Faire l'amour le matin, même si c'était génial, lui imposait de sortir du lit et de se dépêcher si elle voulait arriver à temps au travail.

Faire l'amour le matin avec Austin... Eh bien, heureusement, il l'avait réveillée tôt en la prenant par-derrière ; il n'y avait rien de rapide ni de facile avec lui.

— Ne t'endors pas, Austin, marmonna-t-elle, prête à se recoucher elle aussi.

Elle ne pouvait s'autoriser à se blottir contre lui pour un câlin réconfortant parce qu'il fallait qu'elle se lève et qu'elle se prépare. Si elle se dépêchait de prendre sa douche, en solo, elle aurait le temps de manger avant de partir.

Il se redressa dans le lit et passa la main dans sa barbe. Elle rougit en se rappelant la sensation de ces poils drus sur ses seins et son sexe quelques instants auparavant.

Seigneur, ce qu'elle aimait cette barbe.

Il croisa son regard et haussa un sourcil.

— Je croyais que tu devais aller au travail. Si tu continues à me regarder comme ça, on ne va pas sortir de ce lit avant un moment.

Elle essaya de se lever d'un bond, mais chancela car ses jambes étaient toutes molles suite à ce réveil musclé.

— Oui. Garde tes mains loin de moi. Je n'arrive pas à réfléchir quand tu me touches.

— Oh, Gambettes, c'est un des plus beaux compliments que tu m'aies faits.

Sierra leva les yeux au ciel et partit toute nue dans la salle de bain en ramassant son sac au passage. Elle n'était pas prête à laisser des vêtements chez lui, comme ça ne faisait que quelques semaines qu'ils sortaient ensemble et qu'elle n'en était pas encore à cette étape. Prendre un sac de voyage, ça lui allait très bien. Il ne servait à rien qu'elle se mente à elle-même en se disant qu'elle ne resterait pas dormir, pour ensuite devoir se débrouiller sans aucune affaire une fois le matin venu.

— Je file sous la douche et je me sèche les cheveux.

Elle plissa les yeux.

— Et non, tu ne peux pas venir avec moi, parce que je veux prendre un petit déjeuner avant de partir pour que les filles ne me crient pas dessus. Si tu viens, ça me prendra deux fois plus de temps vu que tu es incapable de garder tes mains loin de moi.

Austin sourit largement et se leva, nu et tellement sexy que Sierra dut garder sa bouche fermée pour éviter de baver. Son sexe n'était qu'à moitié dressé, étant donné qu'il venait de jouir à peine cinq minutes auparavant, mais bon sang, il était impressionnant. Quelle petite chanceuse.

— Tu sais, on économiserait de l'eau si on prenait notre douche ensemble. Pense à la planète, Gambettes.

Elle leva les yeux au ciel et passa dans la salle de bain. Elle ouvrit l'eau et s'assit sur les toilettes. Elle avait fermé la porte, mais il rentra quand même. Très bien, manifestement ils avaient dépassé le stade de la pudeur dans leur relation.

Ça n'avait pas traîné.

Elle sauta sous la douche pendant qu'il allait aux toilettes de son côté, et Sierra réfléchit. Où en avait été sa vie avant et où elle en était maintenant. Elle se trouvait dans une relation plutôt sérieuse, même si aucun d'eux ne l'avait dit, et voilà qu'elle partageait la salle de bain avec un homme.

— Au fait, Gambettes, les filles ne seront pas les seules à être fâchées si tu ne prends pas soin de toi et que tu ne manges pas.

— Je prends un petit déjeuner dès que je sors. Promis.

Elle se sentit réchauffée de voir qu'il se préoccupait d'elle en dehors du sexe. Leurs vies commençaient à se mêler l'une à l'autre en dehors de leurs activités au lit. Ils déjeunaient ensemble la journée et mangeaient ensemble le soir. Il avait réparé sa fenêtre et elle l'avait aidé à choisir des rideaux pour son salon. Il s'assurait qu'elle mange et elle s'assurait qu'il avait un plan pour aider son père à gérer les épreuves à venir.

Ils formaient un couple et elle n'était plus en mesure de le nier.

Elle n'était d'ailleurs pas certaine d'en avoir envie.

Le temps qu'elle sorte de la douche et se sèche les cheveux pour arriver au travail avec une allure correcte, Austin était dans la cuisine, vêtu seulement d'un jean. Il versait du porridge dans deux bols. Elle sourit et passa derrière lui pour entourer sa taille de ses bras.

— Eh, Gambettes, tu sens bon, déclara-t-il d'une voix basse en ajoutant des fruits dans son bol et du sucre roux dans le sien. Je me suis dit que du porridge, ce serait mieux que des œufs au bacon. Je n'ai pas de yaourt, sinon c'est ce que je t'aurais proposé.

Sierra lui prit le bol des mains, le posa, puis se dressa sur la pointe des pieds pour prendre son visage dans ses mains.

— Merci.

Il balaya ses traits du regard et il abaissa ses lèvres sur les siennes.

— De rien, Gambettes. Mange maintenant, pour ne pas te mettre en retard.

— Tu ne prends pas de douche ? demanda-t-elle en s'assoyant au bar à côté de lui.

— Si, mais je ferai ça rapidement pendant que tu te maquilleras ou je ne sais quoi.

Ils avaient tellement l'air d'un vieux couple avec cette conversation que Sierra dut prendre un moment de recul. Cela ne faisait pas si longtemps que ça qu'ils étaient ensemble, mais on ne l'aurait pas cru en les voyant. Une chose à la fois, se rappela-t-elle. Elle n'était pas prête pour le mariage et les enfants – elle n'était pas sûre de l'être un jour –, mais à être assise là ce matin, elle se dit que ça pourrait bien arriver.

— J'ai raté le porridge ? demanda-t-il.

Elle cligna des yeux.

— Quoi ?

— Tu es devenue toute pâle. Est-ce que ça va ?

Elle secoua la tête pour recouvrer ses esprits et sourit.

— Ça va.

Vraiment. Elle allait bien. Pour la première fois depuis longtemps, il lui semblait qu'elle était capable d'aller bien.

— Tu as prévu quoi aujourd'hui ?

— J'ai quelques rendez-vous, puis je dois travailler sur la jambe d'un client une bonne partie de la journée. J'aurai environ une heure de libre à midi pour déjeuner, et je serai pris de nouveau jusqu'à la fin de la journée. Et toi ?

Elle mâchonna une fraise.

— Il faut que je m'occupe de la compta pendant que je ne suis pas à l'accueil. Je suis libre pour le déjeuner, mais je travaillerai probablement tard vu le temps que ça prend, la compta.

Austin lécha sa cuillère et se leva pour déposer leurs bols vides dans l'évier.

— Je devrais avoir terminé vers sept heures, on peut dîner un peu tard si tu veux passer ici. Je commanderai un plat asiatique, puis on pourra passer une soirée tranquille.

— Deux jours de suite ? demanda-t-elle.

— C'est un problème ?

Il se tenait devant elle, imposant autant du point de vue physique que par son charisme. Elle y réfléchit et secoua la tête.

— Non. Pour tout dire, ça me plaît. Viens me sortir de ma compta quand tu auras fini, ou bien je risque d'y passer la nuit. Il faudra que je fasse un saut chez moi pour prendre des vêtements pendant que tu t'occuperas du repas.

— Tu sais, ce serait plus facile si tu apportais des affaires ici.

Elle laissa échapper un soupir.

— C'est vrai, mais je ne suis pas prête pour ça. D'accord ?

Il hocha la tête et l'embrassa à nouveau.

— D'accord. Je file sous la douche. Je fais vite.

Elle sourit et se demanda comment diable elle s'était retrouvée là. En même temps, elle n'avait pas du tout envie de partir.

Quand l'heure du déjeuner arriva, Sierra était sur les nerfs. Elle n'avait pas arrêté de la matinée, un client après l'autre, qui avaient tous besoin d'attention détaillée. D'habitude, ça lui aurait donné l'impression d'être une reine dans ce qu'elle faisait, mais aujourd'hui la compta réclamait son attention. Jasinda avait la grippe et Sierra était toute seule pour la journée.

Ce n'était pas quelque chose qu'elle aurait pu gérer sans sa persévérance forcenée.

Le déjeuner avec Austin fut vite expédié, car ils devaient tous les deux retourner travailler. Elle ignora les regards entendus de Hailey qui murmura « brute » dans le dos d'Austin. Eh bien, elle s'était trompée. D'accord. Elle l'avait jugé trop vite, lui aussi, mais ils avaient dépassé ça.

Une accalmie finit heureusement par arriver et elle put souffler un peu dans la boutique vide. Eden tournait bien pour son premier mois d'ouverture, et elle savait qu'elle devrait embaucher quelqu'un avant de faire une crise de surmenage. Elle ne pouvait pas tout faire.

La cloche au-dessus de la porte sonna et elle se retourna pour voir qui c'était. Aussitôt, elle sentit son sourire se figer sur son visage.

Elle se rappelait cette femme et sa proie.

Shannon.

L'ex d'Austin.

Oh, mince.

— Bonjour, comment puis-je vous aider ? demanda-t-elle avec un sourire artificiel.

La princesse de glace était de retour, mais elle s'en fichait. Et vu la lueur dans les yeux de Shannon, celle-ci n'était pas là pour une écharpe ou une robe.

Non, elle était là pour une raison entièrement différente.

Peu importe.

Shannon retroussa les lèvres dans ce qui aurait pu être un sourire, mais qui avait tout du rictus.

— Je regarde seulement. Je ne suis pas sûre que vous ayez quoi que ce soit qui convienne à... mes goûts et ma personnalité.

Alors, elle la jouait comme ça ? Bon à savoir. Sierra n'appréciait guère les femmes jalouses qui jugeaient de leur valeur à l'aune des hommes qu'elles prenaient dans leurs filets. Shannon était de celles qui faisaient du tort à la gent féminine, et elle n'avait pas envie de perdre son temps avec elle.

— Je suis là si vous avez besoin de moi. Prenez votre temps.

Shannon leva un ongle peint en rouge.

— En fait, mon sucre, j'ai quelque chose à dire.

Sierra croisa les mains devant elle.

— Oui ?

L'autre étrécit les yeux. Sierra refusait de s'écraser. Cette femme n'était rien pour elle, à part le passé d'Austin. En fait, sans le comportement de Shannon et la remarque de Sierra, Austin et elle n'en seraient peut-être pas là aujourd'hui. Qui sait comment les choses se seraient passées ?

— Je ne sais pas pour qui tu te prends à te pointer dans ma ville et à parader comme ça, mais tu n'es pas assez bien pour lui. Austin s'ennuiera de toi d'ici une semaine ou deux, et il reviendra vers moi. Il revient toujours.

Tout dans cette phrase était un mensonge et Sierra n'allait même pas prendre la peine de la contredire.

— Si c'est ce que vous pensez, ça vous regarde, *mon sucre*. Mais là, c'est moi que vous ennuyez, alors vous pouvez sortir si vous ne comptez rien acheter. Vous pouvez essayer de mettre le grappin sur qui vous voulez, mais vous n'allez pas me faire fuir.

Elle avait déjà suffisamment fui comme ça dans sa vie.

— Tu es une salope sans cœur, tu le sais, ça ?

Sierra haussa un sourcil.

— On me l'a déjà dit.

C'étaient les parents de Jason, pour tout dire, qui avaient employé cette expression, mais elle refusait d'y penser.

— Ce sera tout ? Parce que j'ai du travail.

Shannon renifla et sortit du magasin la tête haute. Eh bien, quelle comédienne. Elle n'avait pas que ça à faire. Il faudrait qu'elle en parle à Austin pour éviter que cet incident ressurgisse en mode surprise, mais pas la peine de s'y attarder. Cette femme avait jeté aux orties quelque chose d'incroyable et Sierra commençait juste à se rendre compte de ce qu'elle pourrait avoir si le destin le voulait bien.

Le destin n'avait pas été très coopératif par le passé, alors elle préférait ne pas faire de plans sur la comète.

Becky franchit la porte à cet instant, le visage rouge.

— Je suis là, je suis là. C'était horrible sur la route. Il y a eu un accident sur la 70, mais je suis là maintenant. Tu peux aller t'occuper de la compta, je prends la caisse.

Sierra renifla et la serra dans ses bras.

— Merci, ma belle. Je n'ai pas envie de faire des calculs, là, mais je n'ai pas le choix.

Becky fronça le nez.

— Je n'en aurais pas envie non plus, mais tu es la patronne et moi une bouseuse.

— Une bouseuse, tu parles.

La cloche sonna à nouveau et Sierra partit vers l'arrière.

— Amuse-toi bien. Je vais me noyer dans les chiffres.

— Je préfère que ce soit toi que moi, marmonna Becky avant de saluer les deux femmes qui venaient d'entrer.

Sierra pénétra dans le petit bureau derrière la boutique, s'assit et se déchaussa. Elle s'étira et maudit la personne qui avait inventé les talons aiguilles. Ce devait être un mec. Son portable vibra et elle décrocha sans regarder le numéro.

— Allô, Sierra à l'appareil.

— Te voilà. Je savais qu'on trouverait ton numéro. Ce n'est pas la peine d'essayer de te planquer. On te retrouvera *toujours*, meurtrière.

Sierra faillit lâcher le téléphone devant la cruauté et la colère dans cette voix. Une voix qui n'aurait pas dû la retrouver aussi vite. Cela dit, il y avait une ordonnance de protection en place pour cette situation.

— Marsha, tu sais que vous n'êtes pas censés m'appeler.

Elle déglutit avec difficulté, les mains moites, la vision floue.

— Tu penses que j'ai quelque chose à faire de ce que raconte un petit bout de papier ? Tu as tué mon *fils*, espèce de salope. Tu l'as tué, et pourtant tu es là, libre, à ouvrir ton petit magasin comme si tu n'en avais rien à foutre. Tu n'étais pas digne de Jason et tu l'as rendu taré avec tes méthodes de putain.

Sierra ferma les yeux et essaya de trouver la force de ne pas hurler elle aussi, de ne rien faire d'autre que raccrocher et appeler son avocat. Marsha et Todd ne pouvaient plus lui faire de mal. Ils ne pouvaient rien lui prendre qu'elle n'ait déjà perdu à cause d'une stupide erreur.

— Il faut que vous me laissiez tranquille, Marsha. Jason est mort, et on ne peut pas le ramener. Mais je ne l'ai pas tué.

Si elle continuait à répéter cela, peut-être finirait-elle par y croire.

— Tu as tué mon fils ! s'égosilla Marsha dans le téléphone.

Sierra se trouva incapable de raccrocher.

Elle méritait cette souillure. Les cicatrices sur son corps ne suffisaient pas. Les échos familiers de pensées dont elle croyait avoir réussi à se défaire se mirent à défiler en boucle dans sa tête.

Meurtrière.

Tueuse.

Salope.

Tarée.

Souillée.

Putain.

Tous ces mots que Marsha avait répétés encore et encore quand ils avaient perdu leur fils, et qui ne quitteraient jamais la mémoire de Sierra, peu importe avec quelle force elle essayait de les faire taire.

Elle serait toujours sale.

Marquée.

— Sierra, c'est Todd.

Elle retint un sanglot en entendant la voix du père de Jason. Il n'avait jamais crié, n'avait jamais fait montre d'aucune émotion à part une royale indifférence.

— Oui, Todd ?

Seigneur, pourquoi s'infligeait-elle cela ? Pourquoi est-ce qu'elle laissait cet homme et cette femme ruiner sa vie à nouveau ?

Elle ne le méritait pas. Elle essaya de s'en convaincre... mais ça sonnait faux.

— Marsha a pris une décision malheureuse en laissant ses émotions prendre le contrôle de son appel aujourd'hui ; cependant, tout ce qu'elle a dit est vrai. Tu es celle qui salit la mémoire de notre fils avec ses mensonges. Tu es celle qui l'a conduit sur le chemin dégénéré de la Dominance et de la soumission. Je me rends compte maintenant que tu souffres réellement d'une maladie mentale et que tu as besoin qu'un homme te dise quoi faire pour vivre. À cause de ça, tu as gâché l'existence de notre fils. Tu lui as fait croire qu'il devait te frapper, et en faisant cela, tu lui as fait du mal. C'était déjà assez cruel comme ça, mais ensuite tu l'as tué.

Tout le corps de Sierra se mit à trembler. Ce refrain bien connu l'atteignait comme un coup fatal. Certes, elle ne croyait pas à ce que disait Todd. Lui et sa femme y croyaient dur comme fer, en revanche, et ça suffisait pour l'ébranler.

— Ce n'est pas fini, Sierra. Ce ne sera jamais fini jusqu'à ce que nous obtenions justice.

Il raccrocha et Sierra se retrouva à fixer le téléphone dans sa main, paralysée. Elle s'était crue en sécurité, libre. Elle avait essayé de se trouver un endroit à elle, un homme à elle.

Mais ce ne serait jamais suffisant.

Bon sang. Elle n'était pas cette personne. Elle n'était pas faible ni disponible pour se faire cracher dessus parce que les gens ne comprenaient pas. Ils se battaient contre ce qu'ils estimaient mauvais, souillé.

Après s'être essuyé le visage avec un foulard qui se trouvait dans son tiroir, elle appela son avocat, prête à se battre. Ou du moins, à faire bonne figure quand elle se mentirait à elle-même.

Une femme répondit et Sierra se racla la gorge en retenant les larmes qui la submergeraient si elle ne trouvait pas un moyen d'être plus forte que la personne à laquelle ils l'avaient réduite.

— Il faut que je parle à Monsieur Trust, dit-elle, surprise que sa voix soit si claire.

Un peu atone, peut-être, mais elle ne chevrotait pas.

— Il est en réunion. Souhaitez-vous laisser un message ?

— Dites-lui que c'est Sierra Elder et que j'ai besoin de lui parler le plus vite possible.

— Oh, Mademoiselle Elder, Monsieur Trust m'avait prévenue que vous risquiez d'appeler. Il m'a dit de lui passer votre appel immédiatement. Juste une seconde.

Eh bien, Rodney semblait s'attendre à son appel. Qu'est-ce que ça voulait dire ? À l'évidence, il se passait quelque chose et Jason et son passé l'avaient rattrapée.

— Sierra, bon sang. Je voulais t'appeler après avoir eu l'information, mais étant donné ce coup de fil, j'en déduis que c'est trop tard ?

Rodney était un homme d'âge moyen qui ne s'était jamais marié parce qu'il avait épousé son métier bien des années auparavant. Il avait peut-être un peu de bedaine, mais à part ça, il donnait toujours l'impression d'avoir son âge à elle. Il s'était rangé de son côté dès le début, son seul ami au milieu de cette débâcle.

Si elle était prête à avoir un amant quand ils s'étaient rencontrés, elle savait qu'elle se serait retrouvée dans son lit. Mais lorsqu'elle s'était enfin sentie capable de se remettre en selle, ils étaient arrivés à un stade où ils avaient davantage besoin l'un de l'autre comme amis que pour une passade.

Il travaillait comme un dingue et l'avait protégée à une époque où personne d'autre n'était prêt à le faire.

Apparemment, il allait devoir recommencer.

— Marsha et Todd m'ont appelée, murmura-t-elle.

Elle n'avait pas besoin d'être forte devant Rodney... un peu comme elle n'avait pas besoin de l'être devant Austin.

Elle réfléchirait à cela plus tard.

— Bon sang. Il y a l'ordonnance de protection.

Elle secoua la tête.

— Ça ne compte pas. Ils n'ont pas appelé depuis leur numéro et je n'ai pas enregistré l'appel. Qu'est-ce que je peux faire ? Je m'en fiche, Rodney. Je veux juste passer à autre chose.

Il poussa un soupir et Sierra eut envie de balancer le téléphone.

— Ils ne vont pas te faciliter les choses, ma chérie.

— Qu'est-ce qu'ils font en ce moment ?

— Ils ont essayé de t'avoir au pénal et ça n'a pas marché. Leur truc ne tient pas debout. Maintenant, ils vont passer par des cours civiles et essayer de trouver un moyen de te faire payer. S'ils ne peuvent pas t'envoyer en prison, ils vont s'en prendre à tout ce que tu possèdes.

— Eden, souffla-t-elle.

— Eden. Bon sang. Je suis désolé. Je fais ce que je peux, mais je ne sais pas si je vais réussir à les empêcher d'aller jusqu'au procès. S'ils partent sur les dommages émotionnels qui leur ont été causés à eux plutôt que directement sur la mort de Jason et qu'ils tombent sur un juge sympa, ils pourraient bien réussir.

Son estomac se révolta, mais elle se força à garder ce qu'elle avait avalé pour déjeuner. Seigneur, pour déjeuner ? Il lui semblait qu'une éternité s'était écoulée depuis qu'elle s'était assise avec Austin, qu'elle avait vu son visage et ses magnifiques yeux bleus.

— Qu'est-ce qu'on va faire ?

— Je vais trouver un moyen d'arranger ça, Sierra.

— Et si tu n'y arrives pas ?

— Ce n'est pas parce qu'il existe un risque qu'ils aillent jusqu'au procès – et franchement, leur dossier ne tient pas –, qu'ils vont forcément le gagner.

— Ils ont perdu leur fils, Rodney.

— Toi aussi, tu l'as perdu, rétorqua-t-il. Tu as perdu tellement plus.

Il poussa un soupir.

— Je suis désolé. Je travaille là-dessus et je te tiens au courant. Vis ta vie, Sierra. Essaye de trouver un moyen de continuer normalement. D'accord ?

— Je vais essayer.

Ils prirent congé et raccrochèrent.

C'était comme si son passé refusait de la laisser partir. Il était toujours là, tapi dans l'ombre. Elle regarda ses livres de comptes et secoua la tête. Elle serait incapable de s'en occuper ce soir. Les chiffres attendraient jusqu'au lendemain.

Elle allait rentrer chez elle, prendre un bain, boire un verre de vin et essayer d'oublier tout ça un moment. Sauf que non, elle ne pouvait pas le faire. Austin l'attendait chez lui.

— Sierra ?

Quand on parle du loup.

Elle releva la tête vers Austin et s'effondra. Des larmes coulèrent sur ses joues et un sanglot lui échappa. Il la rejoignit aussitôt.

— Oh, ma puce, qu'est-ce qui ne va pas ?

Il la ramassa comme si elle ne pesait rien et la tint contre sa poitrine avant de s'asseoir sur son fauteuil. Il craqua et elle pria pour qu'il ne casse pas sous leurs poids à tous les deux.

Il la réconforta tandis qu'elle pleurait, l'embrassant et la caressant doucement.

— Je suis désolée, murmura-t-elle quand elle fut calmée.

— Ma belle, dis-moi ce qui ne va pas.

— Je...

Elle se rendit compte qu'elle allait le lui dire. Tout lui raconter. Il avait vu les cicatrices et pourtant il n'avait pas posé de questions. Il lui faisait confiance pour lui en parler quand le temps serait venu.

— Je ne veux pas en parler ici. Allons chez toi, on pourra discuter là-bas.

Il scruta son visage et hocha la tête.

— Je ne veux pas que tu conduises, d'accord ? Je vais demander à Maya et Jake de ramener ta voiture quand ils auront fini, si ça te va. On passe chercher tes affaires et puis on va chez moi.

Elle hocha la tête, vidée.

— Je vais te le dire, Austin. Je vais tout te dire.

Il glissa une mèche derrière l'oreille de Sierra.

— C'est entendu. Rentrons à la maison.

La maison.

C'était une idée qui lui plaisait.

Elle espérait seulement qu'une fois qu'elle aurait tout raconté à Austin, il ne lui demanderait pas de partir.

Le monde s'était écroulé autour d'elle une fois déjà, mais si Austin la renvoyait, elle savait qu'elle se briserait en mille morceaux.

CHAPITRE TREIZE

AUSTIN LAISSA le goût de houblon de sa bière glisser dans sa gorge tandis qu'il regardait Sierra, dehors sur la terrasse. Il s'appuya à l'encadrement des baies vitrées. Elle se tenait contre la rampe, ses cheveux lâchés volant au vent. Le soleil se couchait et les tons orangés et roses du ciel rappelaient à Austin pourquoi il aimait sa maison et sa ville. Il était en pleine nature, mais il n'avait que deux minutes à faire en voiture pour retrouver la civilisation.

En cet instant, il voulait serrer Sierra contre lui et la protéger du monde entier. Quelque chose lui avait fait peur aujourd'hui. Quelque chose de si terrible qu'elle s'était aisément abandonnée à ses ordres et à son contrôle. Elle n'avait pas moufté quand il avait pris ses clés de voiture et l'avait ramenée chez elle. Il avait empaqueté ses affaires tandis qu'elle lui disait ce qu'il lui fallait. Il ne voulait pas qu'elle lève le petit doigt.

Le fait qu'elle l'ait laissé faire en disait long.

Ils avaient commandé à manger chez un traiteur chinois et s'étaient fait livrer, mais ils avaient à peine touché à leur nourriture. Il ne voulait pas lui mettre la pression pour qu'elle vide son sac, mais si elle continuait à se taire, il allait devoir le faire.

Il dominait au lit, pas dans la vie courante, mais puisqu'elle avait l'air perdue, brisée, il ferait son possible pour la garder en sécurité.

Sierra Elder avait pris plus d'importance pour lui qu'il ne le pensait possible en un temps si court.

Oh, et puis merde.

Il posa sa bière sur la table de la terrasse et la rejoignit. Quand il se colla à son dos, la piégeant entre son corps et la rambarde, elle s'adossa contre son torse. Elle releva la tête et il s'empara de ses lèvres en un baiser naturel.

— Qu'est-ce qui s'est passé cet après-midi, ma puce ?

Elle se retourna dans ses bras et passa les siens autour de sa taille. Il n'hésita pas à l'enlacer, la joue sur sa tête.

— Je ne sais pas par où commencer.

Il recula en la tirant par la main. Il ramassa sa bière et la conduisit dans le salon. Là, il s'assit sur le canapé et elle se blottit contre lui.

— Commence après le déjeuner. Qui est venu t'emmerder ?

Elle cligna des yeux, puis renifla.

— Oh, eh bien, avant que je passe à... disons, au vrai problème, quelqu'un est effectivement venu m'emmerder après le déjeuner.

Austin étrécit les yeux.

— Qui ? gronda-t-il.

— Alors, ne t'énerve pas, parce que j'ai su me débrouiller toute seule. Je me dis simplement qu'il vaut mieux que je t'en parle.

— Qui ?

— Shannon.

— Quelle garce. Qu'est-ce qu'elle t'a dit ?

Bon sang. Cette fois, il allait appeler les flics pour demander une ordonnance de protection. Lui, passe encore, mais personne n'avait le droit de venir provoquer Sierra. Personne.

— Elle m'a fait son numéro comme quoi tu es à elle et tout le délire. Je m'en fiche, à part que c'était sur mon lieu de travail. J'ai su gérer, Austin. Je pense franchement qu'elle s'ennuie et qu'elle arrêtera dès qu'elle aura rencontré un nouveau mec. Elle a besoin de quelque chose ou de quelqu'un pour l'occuper. Ne t'inquiète pas pour ça.

Il frotta sa joue avec son pouce, énervé que son passé empiète sur les plates-bandes de son présent.

— Je n'ai pas *tant* d'ex que ça, mais on dirait que celle-ci essaie vraiment de semer la discorde.

— Elle essaie, mais elle n'y arrive pas. Ce n'est rien. Elle va se lasser si on l'ignore, et on pourra passer à autre chose. Et puisqu'on en parle, tu as d'autres ex dont je devrais m'inquiéter ?

Austin rougit un peu.

— Heu, pas vraiment. Je n'ai pas de nouvelles des autres. Je crois que Maggie habite dans le coin, mais ça fait des années que je ne l'ai pas vue. La plupart d'entre elles sont mariées, je pense. Enfin, elles sont mariées maintenant. Pas à l'époque où on était ensemble. Tu m'as compris.

Sierra embrassa sa joue barbue.

— J'ai compris.

Elle poussa un soupir et Austin se tendit.

— Bon, passons à mon ex à moi.

— Jason ?

Elle hocha la tête.

— Jason. Bon sang. D'accord, alors tu sais un peu ce qu'était mon passé avec lui en termes de relation, et tu as vu mes cicatrices.

Elle ferma les yeux et Austin se tint immobile. S'il bougeait ou respirait trop fort, elle risquait de s'arrêter, et il savait qu'il fallait que ça sorte.

Pas uniquement pour lui, mais pour elle aussi.

— Ils sont liés.

— C'est lui qui t'a fait ça ? grinça-t-il.

Sierra rouvrit les yeux et secoua la tête.

— Pas comme tu penses. On a eu un accident. Et c'était ma faute. Je l'ai tué.

Le cœur d'Austin cessa de battre.

— Tu as *quoi* ?

Il secoua la tête.

— Raconte-moi tout, d'accord ? Dis-moi ce qui s'est passé et pourquoi tu penses l'avoir tué. Dis-moi comment c'est lié à l'état dans lequel je t'ai trouvée dans ton bureau aujourd'hui.

— Il avait une vieille Harley qu'il adorait, dit-elle avant de passer la langue sur ses lèvres.

— Une moto, marmonna-t-il. Oh, mince.

— Oui. Mince.

Son regard croisa le sien et il retint son souffle. La force qu'il y vit lui donna envie de la serrer contre lui sans jamais la lâcher. Elle avait peut-être l'impression d'être faible, mais elle se trompait. Il ferait tout ce qui était en son pouvoir pour le lui faire savoir.

— On allait partout à moto, reprit-elle. On était jeunes, amoureux et insouciants. Tu sais ce que c'est.

Pas vraiment, mais un sentiment qu'il n'avait pas trop envie d'approfondir lui serra le cœur.

— Quel âge avais-tu, déjà ?

Elle eut un sourire triste.

— Dix-neuf ans.

Il écarquilla les yeux et elle pouffa avec ironie.

— Oui, je sais. Dix-neuf ans et amoureux. On allait tous les deux à la fac, on faisait des études de commerce. Il comptait travailler avec son père, et moi ouvrir une boutique, puis on aurait des enfants et on partirait à moto au soleil couchant. Bon sang, ces rêves étaient si grands pour des ados, mais je croyais que ça pouvait vraiment arriver. Je croyais vraiment que nous pourrions trouver notre place dans ce monde et vivre heureux toute notre vie.

Jason était au centre de sa vie à cette époque. Sierra avait neuf ans de moins qu'Austin et il n'y pensait pas vraiment, mais elle avait connu l'amour et vécu un bonheur tel qu'il n'en avait jamais fait l'expérience.

Maintenant qu'elle était dans sa vie, cependant, Austin commençait à comprendre ce genre de sentiments, de désirs, mais ce n'était pas le moment de s'attarder là-dessus, pas alors qu'elle revivait son passé avec l'homme qu'elle avait aimé avant lui.

— Ça fonctionnait bien entre nous. En tout cas, c'est ce que je croyais.

— Qu'est-ce que tu veux dire ?

— Mes beaux-parents, enfin, les gens que je considérais comme mes beaux-parents étant donné que Jason et moi étions seulement fiancés et pas mariés, eh bien, ils me détestaient.

Il prit son visage dans ses mains.

— Comment pourrait-on te détester ?

L'ironie de cette déclaration ne lui échappa pas : il avait essayé de la détester avant même de la rencontrer, mais c'étaient ses préjugés.

Elle leva les yeux au ciel.

— Je n'étais pas assez bien pour leur petit chéri. Ils avaient de l'argent. Beaucoup d'argent. Moi pas. J'étais de classe moyenne. Mes parents s'étaient saignés pour financer mes études et je travaillais à côté pour payer ma chambre. L'Université du Colorado est très chère.

Austin hocha la tête, même s'il n'était jamais allé à la fac. Tous ses frères et sœurs qui avaient fait des études avaient fréquenté l'Université du Colorado. Il avait pris des cours de commerce à l'antenne de Denver afin de se préparer à ouvrir Montgomery Ink, mais c'était tout. Il n'avait jamais eu l'impression d'avoir besoin de plus et, franchement, c'était toujours le cas.

— Mes parents étaient assez âgés quand ils m'ont eue et ils sont morts il y a environ cinq ans. Enfin, mon père est mort d'une crise cardiaque, et ma mère trois mois plus tard d'une rupture d'anévrisme. Alors maintenant, je suis toute seule, mais j'ai continué à avancer.

Austin prit son visage en coupe. Tant de deuils en si peu de temps.

— Je suis désolé, ma puce. Vraiment désolé.

Elle ferma les yeux et se laissa aller contre lui.

— Ça va maintenant. Je sais qu'ils sont ensemble, et j'avais commencé à être en paix avec ça, mais maintenant, j'ai vraiment perdu le fil de mon histoire.

Elle prit une grande inspiration.

— Donc, Jason. Lui. On faisait de la moto les week-ends quand je ne travaillais pas. Il n'avait pas besoin de travailler étant donné que ses parents finançaient tout. Ça m'agaçait à l'époque, parce qu'il pouvait faire ce qu'il voulait et que je me crevais à être serveuse, mais ce n'était pas bien grave. Je me fichais de l'argent en soi, je voulais juste économiser suffisamment. Jason avait toujours été un peu gâté, je m'en rends compte maintenant, mais ce n'était pas sa faute. Pas avec les parents qu'il avait.

Sa bouche se tordit en un sourire amer.

— Ils me détestaient. Seigneur, ce que Marsha et Todd me détestaient. Ils me détestent toujours. Non seulement ils trouvaient que je n'étais pas assez bien pour lui, mais juste avant sa mort, ils ont appris que notre relation avait un aspect D/s.

— Merde, marmonna-t-il.

Il imaginait bien leur réaction. Rares étaient ceux qui comprenaient ce style de vie. Il n'en parlait pas ouvertement, sauf aux gens en qui il avait confiance, parce qu'il ne voulait pas cause de tort à sa famille et à son commerce.

— Oui. Merde. Ils m'ont traitée de salope et ils ont dit que je profitais de lui. Ils ont dit que j'étais une espèce de perverse dégénérée qui avait besoin d'être frappée et que j'avais corrompu leur pauvre fils, que je le forçais à me fouetter. Ils sont même allés voir les flics pour leur dire que j'obligeais Jason à m'étrangler et à me scarifier.

Elle plissa les yeux en regardant Austin.

— Je n'étais pas dans ces délires-là et ce n'est toujours pas le cas, mais ils sont allés voir la police avec les pratiques les plus hardcores qu'ils ont trouvées sur Internet. Ils ont essayé de me faire sortir de sa vie de cette façon.

— Les enfoirés.

Prendre une chose aussi précieuse que la relation entre un Dominant et une soumise et l'exposer au public de cette façon-là ? Putain, il ne savait pas ce qu'il aurait fait à sa place, mais cela n'aurait pas été beau à voir.

— On peut dire ça. Les flics n'ont rien fait, heureusement. Jason et moi, on s'est montrés ouverts et francs avec eux, et on a eu du bol, parce qu'un des policiers était aussi un Dom. Il s'est occupé de nous et il a gardé un œil sur Marsha et Todd au cas où ils changeraient de tactique.

— Heureusement.

— Oui, hein ? Alors, la partie où ça devient mauvais...

Elle secoua la tête comme si elle essayait de faire la poussière dans ses souvenirs.

— Un jour, on est partis faire de la moto sur Pike's Peak. On n'est pas montés jusqu'en haut parce que c'est trop dangereux et qu'il faisait trop froid, mais on aimait bien passer devant les sources.

— Je comprends.

Si elle continuait à parler, elle finirait par arriver à l'événement traumatisant et elle lui dirait pourquoi elle était si paniquée quand il l'avait vue dans son bureau. Seigneur, ce qu'elle lui avait dit jusque-là justifiait déjà une dépression nerveuse.

— On était sur le chemin du retour et le soleil s'était couché, alors on avait les phares et des lunettes de nuit pour le vent et les reflets. On portait des casques même si Jason détestait le sien. Je ne voulais pas qu'il prenne la moto sans casque ni sa combinaison en cuir si on partait longtemps. J'avais la langue bien pendue à l'époque et j'obtenais ce que je voulais.

Il ne mentionna pas que c'était toujours le cas, mais c'était ainsi qu'elle lui plaisait. Il n'avait pas envie d'un paillasson dans la vie : il voulait le feu et la glace.

— Qu'est-ce qui s'est passé, ma puce ?

Elle ferma les yeux et tressaillit, comme si elle revivait l'événement. Il la rapprocha de lui et posa ses lèvres sur son front. Il caressa son dos pour lui rappeler qu'il était là.

— On était sur une petite route qui menait à la voie rapide, parce qu'on ne voulait pas rentrer par des routes secondaires de nuit. Il y avait quelques voitures, mais relativement peu. C'était le week-end et l'heure de pointe était passée. Ça avait été une super journée, une super balade. On s'était arrêté pour déjeuner et on avait même fait l'amour dans la forêt à l'aller. On s'était presque fait choper, mais on avait eu de la chance. C'était vraiment une journée parfaite. J'avais enroulé mon bras autour de sa taille et j'ai hurlé que je l'aimais. Tu sais, quand tu n'entends rien dans le vent, alors j'ai crié. Dans son oreille.

Putain. Il n'avait pas envie d'entendre la suite parce qu'il n'avait pas envie qu'elle soit obligée de le dire, pourtant il fallait qu'ils en passent par là.

— Jason s'est retourné pour me crier la même chose. Il n'aurait pas dû, mais on ne réfléchissait pas. On était juste... heureux.

Une larme solitaire coula sur sa joue et il l'embrassa pour la faire disparaître. Il ne voulait pas la voir pleurer, il ne voulait pas la voir souffrir, mais un baiser ne résoudrait pas tout.

— On n'a pas vu les rails avant qu'il soit trop tard.

— Putain, est-ce que...

— Il n'y avait pas de train, mais les rails faisaient un angle par rapport à la route. Alors, au lieu de le prendre à quatre-vingt-dix degrés comme il aurait fallu en moto à notre vitesse, on est arrivés dessus n'importe comment. La moto est partie, et on a tous les deux volé. J'ai dérapé sur le côté droit de la route et ma combi cuir a été lacérée. Jason a atterri au milieu de la circulation.

Oh, Seigneur.

— Un semi-remorque qui partait vers l'autoroute l'a heurté de plein fouet. Il n'avait aucune chance. Les roues arrière ont percuté la moto et il y a eu une explosion. J'ai vu mon fiancé mourir, fauché par un camion, puis des morceaux de moto enflammés ont volé sur moi et j'en ai reçu un dans le flanc. C'était juste un petit morceau, mais j'ai été brûlée et l'impact a cassé trois côtes et perforé un poumon. Je ne me souviens pas de grand-chose après ça.

— Oh ma puce, putain !

Il la tint délicatement contre lui, comme si elle était toujours aussi brisée que le jour de cet accident, il y avait dix ans de cela.

Elle l'entoura de ses bras et s'accrocha à lui bien plus fort qu'il ne la tenait. Il prit cela comme un encouragement et resserra sa prise. Il ne voulait plus jamais la lâcher.

Ses épaules tressautaient tandis qu'elle sanglotait dans ses bras et il sentit ses propres larmes se perdre dans sa barbe. Elle était si jeune, et elle avait eu tant de chance de survivre. Être témoin de la mort de son fiancé, dans ces circonstances... bon sang, il ne savait pas comment elle avait survécu.

— Tu es tellement forte, Sierra. Tu as survécu, et tu es toujours là. Pour faire ça, ma puce, il faut être tellement forte, répéta-t-il.

Elle recula, perdue, et l'embrassa doucement.

— Merci. Ce n'est pas toujours ce que je ressens, et à l'époque, je pensais que j'étais faible. C'est ce que je n'arrêtais pas de me répéter en boucle. C'est ce que Marsha, Todd et leurs avocats n'arrêtaient pas de répéter.

155

— Tu n'as *jamais* été faible.

— Merci, murmura-t-elle avant de se racler la gorge. Jason est mort à cause de la collision. Il était toujours vivant quand le semi-remorque est arrivé, parce que je sais qu'il m'a regardée une dernière fois, mais il a dû mourir rapidement après ça, d'après les médecins. Je suis restée dans un coma artificiel pendant quatre jours avant de me réveiller.

Il passa la main dans son dos, de haut en bas. Il se sentait incompétent. Il ne savait pas comment la débarrasser de sa douleur, mais il pouvait faire de son mieux pour la réconforter.

— Il m'a fallu des mois d'opérations, de greffes de peau et d'agonie avant que je puisse quitter l'hôpital et ne plus avoir besoin d'une infirmière à domicile. J'avais arrêté la fac et j'étais retournée vivre avec mes parents.

Elle se mordit la lèvre et secoua la tête.

— J'ai fini par y retourner et passer mon diplôme, mais ça m'a pris bien plus de temps que prévu. Mes parents sont morts sans me voir diplômée.

— Oh, ma belle.

— Je sais, mais ils étaient là pour moi quand j'avais vraiment besoin d'eux. Pas juste pour les soins et la rééducation. Tu vois, c'était un accident d'après les flics. Au début.

Elle croisa son regard et Austin retint un juron.

— Je t'ai dit que Todd et Marsha avaient de l'argent. Eh bien, ils ont utilisé cet argent pour trouver un juge qui veuille bien se pencher sur leur cas. Ils ont fait tout ce qu'ils ont pu pour me faire porter la responsabilité de la mort de leur fils. Ils ont même essayé d'intenter un procès au conducteur du semi-remorque, même s'il n'avait rien fait. Il a appelé la police et m'a sauvé la vie en comprimant mes blessures, mais les parents de Jason s'en fichaient. En fait, je pense qu'ils lui en voulaient de m'avoir sauvée.

— Tu déconnes.

Elle secoua la tête.

— Non. Non, pas du tout. Ils m'ont dit en face que j'aurais dû mourir dans cet accident à sa place. Ils m'ont dit, et ils ont convaincu le juge, soit avec des pots-de-vin soit parce qu'il était idiot, que si je n'avais pas fait entrer Jason dans ce style de vie, il ne se serait jamais mis en tête de monter sur l'engin de mort qu'était la moto. Ils ont dit à tout le monde que j'avais dû faire quelque chose à l'arrière de la moto – quelque chose de sexuel ou de violent, la version diffère selon Marsha ou Todd – pour provoquer l'accident. Et ils ont continué sur ce registre, encore et encore, à essayer de m'envoyer en prison.

— Ça n'aurait pas ramené leur fils, cracha-t-il.

— Je sais. Les flics le savaient. Les autres juges le savaient. Il n'y a jamais eu de procès, heureusement. Ils n'avaient pas de quoi monter un dossier. Ça a pris des années et d'innombrables menaces, mais j'ai enfin réussi à reprendre le cours de ma vie. Entre-temps, mes parents étaient morts et j'avais des cicatrices sur le corps, mais moins profondes que celles de mon cœur. La police a classé l'affaire en tant qu'accident, et même si c'en était un, il m'a fallu longtemps pour l'accepter. En fait, il y a encore certains jours où je n'y crois pas. Certains jours où j'ai l'impression que c'est moi qui l'ai tué.

Il prit son visage entre ses mains. De la colère pulsait dans ses veines devant cette situation et l'idée qu'elle pense cela, qu'elle s'accuse d'une chose qui était hors de son contrôle. C'était dingue.

— Tu n'as rien fait de mal. Tu étais amoureuse d'un homme, et vous avez eu un accident.

— Ce n'est pas tout, murmura-t-elle.

La noirceur dans son regard força Austin à reculer.

— Quoi ?

— J'étais enceinte quand on a eu cet accident.

— Putain, gronda-t-il en la serrant contre lui. Oh, ma puce. Je suis tellement désolé.

— Je ne le savais pas à l'époque et j'ai perdu le bébé à cause du choc. Quand les parents de Jason l'ont appris, j'étais shootée par les médicaments et l'information m'a échappé, ils m'ont rendue responsable de cela aussi. J'avais perdu mon bébé et Jason en une seule journée, mais ils ont retourné tout ça contre moi.

— Je suis atterré, Sierra. Il n'y a pas de mots pour exprimer ça, mais tout ce que je veux, c'est te serrer contre moi et essayer de te réconforter.

— Je sais. Que tu sois là, à me tenir dans tes bras, ça marche, je me sens un peu mieux. Je n'ai jamais raconté tout ça à qui que ce soit, pas aux filles au travail, pas même à Hailey, même si elle connaît une partie de l'histoire.

Elle croisa son regard et carra les épaules.

— Je ne sais pas si je pourrai tomber enceinte à nouveau, Austin. Je ne sais pas si je pourrai avoir des enfants un jour.

Il laissa échapper un soupir tremblant. Bien sûr, il voulait des enfants, et plus il passait du temps avec Sierra, plus il pensait qu'elle était la bonne personne pour lui, mais il y avait d'autres moyens.

— Quand et si on en vient à ça, on se débrouillera, dit-il doucement. Il y a d'autres moyens d'avoir des enfants. Je ne vais pas te quitter à cause d'une chose qui pourrait ne jamais se produire. Tu comprends ?

— Je comprends, murmura-t-elle.

— Bien. Maintenant, dis-moi quel est le rapport avec l'état dans lequel je t'ai trouvée aujourd'hui.

Elle soupira et lui raconta le coup de fil et ce que son avocat avait dit. Chaque nouvelle information lui faisait grincer des dents. Il dut faire appel à toute sa force de volonté pour ne pas serrer les poings sur ses bras au risque de laisser des bleus à Sierra.

— Tu te fiches de moi, ce n'est pas possible.

— Non, ce n'est pas fini et ça m'épuise.

— Tant mieux, une Sierra en colère, c'est mieux qu'une Sierra qui pense qu'elle ne peut rien faire. J'aime bien quand tu deviens glaciale et que tu lèves le menton. Tu pourrais conquérir le monde comme ça.

Ses yeux se remplirent de larmes et il aurait voulu effacer ces dernières paroles. Peut-être avait-il été trop franc.

— C'est l'une des choses les plus gentilles que tu m'aies jamais dites, renifla-t-elle. Je sais que ça paraît dingue, mais c'est tellement important que tu croies en moi.

Il l'embrassa doucement et recula pour être à la hauteur de son regard.

— Bien sûr que je crois en toi. Tu as traversé beaucoup d'épreuves et tu n'as jamais abandonné. Je vais te dire un truc : tu n'es pas seule. Tu comprends ça ? Tu m'as, moi, et tous les Montgomery de ton côté. On ne va pas laisser ces enfoirés te faire du mal. Tu es mienne, Sierra Elder, et je ne compte pas te lâcher.

Il n'avait jamais dit ces mots à quiconque auparavant, et il savait qu'un jour prochain, il lui dirait aussi trois autres mots qu'il n'avait jamais dits à personne en dehors de sa famille.

— Je... merci, murmura-t-elle.

— Je ferais n'importe quoi pour toi, Sierra. Sois-en persuadée. Je ferais tout ce dont tu pourrais avoir besoin.

Y compris tuer ces fumiers s'ils s'imaginaient pouvoir lui faire du mal.

Elle le regarda droit dans les yeux et redressa le menton.

— Fais-moi tienne réellement, Austin.

Il se figea.

— Quoi ?

— Tu as déjà tellement fait pour moi et je n'ai jamais rien fait pour toi en retour.

— Sierra, le fait que tu sois toi-même me suffit.

Elle secoua la tête.

— Non, je veux dire, je ne t'ai jamais *servi*. Je veux passer au prochain stade de notre relation. Je veux prendre soin de toi comme nous en avons tous les deux besoin. Je veux que tu fasses ce qu'il faut. Je veux trouver cette confiance entre nous et aller plus loin.

Ces paroles étaient la plus douce musique à ses oreilles.

Il n'y avait qu'une seule chose à répondre.

— Mets-toi à genoux.

CHAPITRE QUATORZE

SIERRA NE FUT DÉCONTENANCÉE qu'un instant, perturbée de ne pas l'avoir fait depuis longtemps, avant de se laisser glisser des genoux d'Austin vers le sol. Il lui avait donné l'ordre de s'agenouiller et rien que cette expression faisait courir des frissons le long de sa colonne vertébrale.

Elle s'était ouverte à lui comme elle ne s'était jamais ouverte à personne, et maintenant elle en voulait plus. Et vu le regard d'Austin, c'était la même chose pour lui.

Elle aurait dû être prise de peur ou d'angoisse à l'idée de se donner corps et âme à un autre homme, mais ce n'était pas le cas. Au lieu de ça, elle brûlait d'un désir qui avait allumé en elle une torche qu'elle espérait ne jamais voir s'éteindre.

Toujours habillée, elle se laissa tomber à genoux au sol, les jambes écartées et les paumes ouvertes sur ses cuisses. Elle garda le menton levé, mais le regard vers le bas. Normalement, elle était nue quand elle faisait ça, mais comme c'était nouveau pour eux, autant y aller doucement.

Ses seins la démangeaient du désir d'être touchés, son sexe était humide, prêt pour lui rien qu'à entendre ces quelques mots.

Après tout ce qu'elle lui avait raconté, elle n'aurait pas cru être d'humeur aussi rapidement, mais c'était plus fort qu'elle.

Elle avait envie d'Austin Montgomery.

Maintenant.

Il se mit debout devant elle. Il prit sa joue dans sa main et lui fit lever le regard vers lui.

— Tu es belle, Sierra. Ce don que tu m'as fait... je vais prendre soin de toi. Tu comprends ?

Elle hocha la tête.

— Tu comprends ?

— Oui, Austin. Je comprends.

— Bien. Alors tu dis que tu veux me servir ? Dis-moi exactement ce que tu entends par là. Pour cette première fois, même si on se comprend, on parlera de chaque action avant de la faire. Au fil du temps, on se connaîtra suffisamment bien pour que les mots ne soient plus nécessaires, mais pour l'instant, j'ai besoin que tu me dises ce que tu veux.

— Oui, Austin.

Elle se lécha les lèvres.

— Je veux te sucer et te servir.

Il ne sourit pas, mais ses yeux pétillèrent.

— Bien. Je veux sentir ta bouche sur ma queue. Qu'est-ce que tu veux d'autre ? Que veux-tu que je fasse avec ton corps ?

Tout ? Non, elle ne pouvait pas répondre ça. Il fallait qu'elle se montre précise.

— Je veux que tu joues avec mes tétons.

Sa main partit vers son sein et il le prit doucement tandis qu'il continuait à la contempler.

— Je peux faire ça. Tu veux y aller plus fort ?

Elle hocha la tête.

— Bien. Je vais te mettre des pinces à tétons. Je veux les voir rougir dans le métal. Je veux voir tes yeux s'écarquiller quand je les enlèverai et que je les lécherai pour adoucir la douleur.

Seigneur, cet homme était doué pour les mots cochons.

— Quoi d'autre, Sierra ?

— Je... je veux que tu me fouettes.

Voilà. Elle l'avait dit. Après tout ce dont ils avaient parlé, elle avait besoin de sentir le cuir sur sa peau. Austin lui avait dit qu'il était un as pour manier le fouet, mais ils n'avaient encore jamais joué ainsi. Oh, ce qu'elle avait envie de sentir toute son attention sur elle tandis qu'il lui administrerait ces délicieuses flagellations.

Il gronda doucement et elle se sentit devenir plus humide.

— Je veux voir mes marques sur ton corps.

Elle ouvrit grand les yeux et il étrécit les siens.

— Mes marques ne sont pas similaires à tes cicatrices, Sierra. Mes marques seront pour nous deux, quelque chose à désirer, à *ressentir*.

Elle relâcha sa respiration et il hocha la tête.

— Je vais te fouetter dans le dos, sur les flancs et les fesses. Je veux te voir toute rouge avant d'adoucir ta douleur et de te baiser. Ce soir, on fera les deux, mais d'abord tu vas me sucer et avaler.

Il retira la main de sa joue et elle eut une impression de perte.

— Défais mon pantalon et sors ma queue. Prends-la dans ta main mais n'y mets pas les lèvres.

Nerveuse, elle regarda derrière lui vers la baie vitrée qui couvrait tout le mur, du sol au plafond. Austin entortilla ses cheveux autour de sa main. Il tira. Fort.

— Ne regarde pas par la fenêtre. Je ne t'ai pas dit de regarder par la fenêtre. Je t'ai dit de sortir ma queue. Personne ne peut voir à l'intérieur, même quand il fait noir et que les lumières sont allumées. Les vitres sont teintées. On peut voir l'extérieur, mais pas l'inverse. Si tu penses que je laisserais quiconque te voir à genoux devant moi, tu me manques de respect.

Des larmes lui montèrent aux yeux à la pensée qu'elle avait déjà commis une erreur. Elle manquait d'entraînement et Austin était si différent de Jason.

Mince.

Elle ne devait plus penser à lui. Il était mort et elle voulait servir Austin. Elle se hâta de défaire le bouton de son jean, puis elle tira lentement la fermeture éclair vers le bas. Il portait un boxer et comme il bandait déjà, elle ne voulait pas lui faire mal.

Ses mains se portèrent à la ceinture du jean et elle le fit glisser sur ses fesses afin d'obtenir un meilleur angle. Puis elle prit son boxer et répéta le mouvement. Son sexe jaillit, la frappant presque au visage.

Si la situation avait été différente, ça l'aurait fait rire, mais là, elle voulait juste le goûter et se sentir emplie par lui. Elle aimait son sexe. Elle aimait son apparence, le sentir dans ses mains, le sentir en elle. Elle voulait connaître son goût. Il ne l'avait pas encore laissé faire, et voilà que ce moment était arrivé.

Elle se lécha les lèvres et entoura son érection de sa main. Son pouce et son majeur ne se touchaient pas et elle écarquilla les yeux. Elle savait qu'il était imposant, elle l'avait senti, mais ouah !

— C'est bien. Maintenant, fais coulisser ta main de haut en bas. Sens-moi sur toute ma longueur. Et prends mes bourses dans ta main libre.

Elle fit ce qu'il demandait, pleine de zèle. Elle adorait la douceur de sa peau sur la rigidité de sa verge.

— Pose mon gland sur ta langue. Juste le bout.

Oui. C'était ça qui lui avait manqué. Elle ouvrit la bouche et laissa son gland venir appuyer sur sa langue. Elle ne bougeait pas les mains, puisqu'il ne le lui avait pas demandé.

— Suce.

Elle referma la bouche et suça, faisant courir le bout de sa langue autour du gland. La respiration d'Austin resta suspendue et elle sut que ça lui plaisait.

— Avales-en autant que tu peux et recule. Et ensuite, continue. Fais-moi bander le plus possible, amène-moi au bord de la jouissance. Sers-moi.

Elle retint un gémissement et ouvrit la bouche, détendant sa mâchoire au maximum. Elle le prit aussi loin que possible, jusque dans sa gorge, mais elle était incapable d'engloutir tout son pénis. Quand elle remonta, elle laissa ses dents l'effleurer doucement, pas trop fort. Austin siffla et elle retint un sourire.

— Tu ne t'étouffes pas si je touche ta glotte ? grogna-t-il.

Elle se retira et le laissa ressortir avec un « pop ».

— Pas vraiment.

— Putain, on va bien s'amuser.

Elle croisa son regard et sourit.

— J'y compte bien.

Sa main était toujours dans ses cheveux, alors il la ramena vers son sexe. Elle prit ça comme une indication et le reprit en elle avant de reculer. Elle lécha, mordilla et embrassa toute sa longueur avant de répéter le processus. Puis elle plaqua son sexe contre son ventre pour obtenir un meilleur accès à ses testicules. Elle les laissa emplir sa bouche, l'une après l'autre, et les fit rouler avec sa langue. Quand il gémit, elle revint à sa verge et le suça de nouveau. Elle augmenta sa vitesse, creusa les joues et fit de son mieux pour le stimuler. Quand le premier jet de sperme atterrit sur sa langue, elle serra son pénis dans sa main et ouvrit plus grand la bouche. Il cria son nom et se déversa dans sa gorge. Elle avala, manquant quelques gouttes qui glissèrent sur son menton. Elle ne s'était jamais sentie aussi dépravée.

Enfin, peut-être que si, mais en ce moment, elle s'en fichait.

Quand il eut fini, il recula et ôta son tee-shirt. Il essuya son menton et se pencha pour l'embrasser.

Passionnément.

— Tu as été très sage, Sierra. Et tu es à moi.

— À toi, Austin.

Il se redressa et se rajusta avant de lui tendre la main. Elle la prit et se leva.

— Suis-moi.

Il la mena vers la cave. Chaque marche descendue envoyait des frissons dans sa colonne vertébrale et son clitoris. Quand il la fit entrer dans une pièce qu'elle n'avait encore jamais vue, elle retint un hoquet. Il avait tout ce dont ils auraient besoin dans ce petit donjon personnel. Ce n'était pas trop chic, rien qui soit hors de prix, mais l'endroit semblait sûr et surtout follement sexy.

— Mets-toi au milieu pendant que je te déshabille.

Elle s'exécuta, les mains croisées devant elle. Sa poitrine lui faisait mal tant son cœur battait fort. Il la débarrassa de son tee-shirt et elle leva les bras pour l'aider. Puis il défit son soutien-gorge et retira sa culotte, la laissant nue sous son regard.

Il tourna autour d'elle en l'inspectant. Elle ne s'était jamais sentie si dévoilée, ainsi nue devant quelqu'un, et en même temps, elle se sentait protégée.

Quand il eut fini son tour et revint devant elle, il sourit.

— Tu es belle, ma puce. J'aime que tu ne te rases pas, que tu te contentes de tailler ta toison. Tes cicatrices ne font que montrer ta force. Et tes seins ? Putain, j'ai tellement hâte de les voir dans les pinces.

Ses genoux tremblèrent tandis qu'il la quittait pour aller chercher les pinces dans le tiroir d'une commode. Il revint et il sembla à Sierra qu'elle pourrait avoir un orgasme juste là. Il baissa la tête et prit l'un de ses tétons dans sa bouche. Il le suça et le taquina jusqu'à ce qu'il soit si dur qu'elle ait l'impression d'être sur le point de se briser. Quand il referma la pince, sa respiration se coupa. Oh, Seigneur, ça faisait mal, mais d'une manière délicieuse. Il fit la même chose à l'autre sein et elle dut se retenir pour ne pas gigoter. Elle était si détrempée qu'elle savait qu'il s'en apercevrait s'il regardait. Cette simple pensée l'électrisa.

Il l'embrassa de nouveau en une démonstration ardente de

force et de tendresse, et il mordilla sa lèvre inférieure en se retirant.

— Va te placer devant la croix, face au mur. Est-ce que tu as besoin que je t'y attache ? Ou est-ce que tu vas être courageuse et t'accrocher ?

Les deux options la firent brûler de l'intérieur.

— Je peux m'accrocher.

Il haussa un sourcil.

— Si tu lâches, tu seras punie.

Elle n'aurait pas été contre une punition, mais elle avait envie de voir si elle en était capable.

Elle alla jusqu'à la croix et mit ses bras sur les lattes, face au mur. Elle pouvait l'entendre chercher quelque chose, mais elle n'avait pas le droit de se retourner pour regarder. Il ne lui avait pas dit qu'elle pouvait le faire.

Quand un objet doux à l'odeur de cuir effleura son dos, elle eut un petit hoquet, mais elle ne lâcha pas la croix.

Austin vint se placer à côté d'elle et tourna son menton vers lui.

— C'est notre première fois, alors au lieu de te surprendre ou de te faire deviner au toucher ce que sont les objets, je vais te les montrer. Ça, c'est du cuir d'élan et c'est très doux.

Il tenait devant elle un fouet jaune qui avait l'air tout neuf. Ses pensées durent se voir sur son visage, car il hocha la tête.

— Il est neuf. Tout ce avec quoi je vais te toucher sera neuf. Tu es la première femme que j'amène ici en dix ans.

Elle hocha la tête et ses yeux s'emplirent de larmes.

— Bon, on va y aller doucement aujourd'hui. Je ne taperai pas trop fort. Je ne vais pas te faire saigner ni utiliser autre chose que ce qui est dans ma main en ce moment. Est-ce que tu te rappelles ton *safe word* ?

— Oui, Austin.

— C'est bien. Face au mur.

Elle obéit et l'entendit reculer. Elle ferma les yeux, dans l'expectative.

Le premier contact du cuir contre la chair de son épaule la laissa pantelante. La douleur cuisante fit rapidement place au plaisir. Il répéta le mouvement sur l'autre épaule, puis sur ses reins, ses fesses et ses cuisses. Il augmenta légèrement le rythme sans jamais toucher deux fois d'affilée le même endroit. La douleur laissa place à une chaleur qu'elle ressentait jusque dans son clitoris. Sa respiration ralentit et elle savait que ses pupilles devaient être dilatées. La douleur exquise se muait en jubilation.

Elle perdit vite la notion du temps jusqu'à ce qu'elle sente ses mains sur son dos et ses fesses.

— Lâche la croix, chuchota-t-il.

Elle obtempéra et vacilla, se laissant aller contre lui. Il l'apaisa en l'embrassant délicatement, faisant courir ses mains sur son corps. Il retira les deux pinces à tétons et prit sa chair dans sa bouche avant que la douleur se fasse sentir.

— Viens là, ma puce. C'était très bien. Tu es si sexy, comme ça, avec mes marques sur toi.

Il la souleva et l'attira contre sa poitrine. Elle ferma les yeux et laissa son corps se détendre davantage sous ses bons soins. Quand il la déposa sur le lit, elle s'allongea et ses jambes s'ouvrirent toutes seules.

Elle se sentait si *bien*.

Austin revint et l'essuya avec un chiffon humide. Il s'occupait d'elle comme si elle était la chose la plus précieuse au monde. Il porta à ses lèvres un verre d'eau qu'elle but avidement.

— Je n'ai jamais rien vu d'aussi beau que ta soumission envers moi, Sierra. J'ai envie de m'enfoncer en toi et de te faire jouir. Tu es prête à me recevoir ?

Elle cligna des yeux en le regardant et retrouva enfin ses esprits. Elle n'avait pas encore joui parce qu'il avait pris soin de ne pas toucher son clitoris.

— Oui, Austin. Fais-moi jouir.

Il se baissa vers elle, l'embrassa langoureusement, puis il déposa de petits baisers sur tout son corps jusqu'à arriver à son entrejambe. Là, il lécha son clitoris une seule fois et l'orgasme la saisit.

Elle ouvrit les yeux en grand et s'arc-bouta sur le lit. Il la maintint contre le matelas tandis qu'il léchait sa moiteur. Elle était si mouillée qu'elle pouvait l'entendre laper entre ses jambes. C'était tellement sexy qu'elle était au bord d'un nouvel orgasme. Il mordilla sa vulve, la pénétra de sa langue puis de ses doigts.

Elle jouit de nouveau quand il appuya sur le renflement de terminaisons nerveuses de son point G et ses muscles se contractèrent autour de ses doigts.

Lorsqu'il recula, elle geignit.

— Mets-toi à quatre pattes, la tête en bas. Je veux que tu lèves les fesses.

Elle roula sur le côté tandis qu'il allait chercher un préservatif. Elle appuya sa joue au matelas et agrippa la couverture. Avant qu'elle puisse lui demander davantage, il s'enfonça en elle jusqu'à la garde. Ils crièrent tous les deux et se figèrent.

— Putain, tu es si serrée. Je vais te baiser fort. Tu es prête pour ça ?

Elle gémit, puis elle eut un hoquet lorsqu'il donna une claque sur ses fesses.

— Tu m'as entendu ?

— Oui, Austin.

— C'est bien.

Il se retira pour mieux la pénétrer. Elle hurla son nom et sentit son vagin se contracter autour de lui. Austin se mit à aller et venir, les mains crispées sur ses hanches. Avant qu'elle puisse jouir, il se retira un instant et la retourna sur le dos. Elle rebondit, mais dès que son dos toucha à nouveau le lit, il fut en elle.

— Austin !

Il la pilonnait, les yeux rivés sur son visage.

— Dis mon nom encore. Dis-le.

— Austin. Austin. Austin, psalmodia-t-elle avant de le gémir quand ses lèvres s'écrasèrent sur les siennes.

Il fit rouler ses hanches une dernière fois et elle jouit, tremblant de tout son corps sous lui. Il rejeta la tête en arrière et cria alors qu'il se vidait dans le préservatif. Quand il en fut capable, il posa son front sur le sien. Ils respiraient fort tous les deux.

— Jamais été aussi bon...

— Oui, Austin, acquiesça-t-elle.

Il sourit contre sa joue, la gardant bien serrée dans ses bras.

— Ma petite chérie bien sage.

Oui, c'est ce qu'elle était. Elle était à lui.

Et rien ne pouvait lui arracher cela.

Rien.

CHAPITRE QUINZE

— ENCORE, cria Austin. Dis mon nom encore.

— Austin, haleta-t-elle.

Son corps eut un soubresaut alors qu'elle jouissait à nouveau, son pénis en elle. Ses mains vinrent se poser sur ses seins et il fit rouler ses tétons entre ses doigts.

— Tu es à moi, Sierra. Ta chatte est comme un putain d'étau sur ma bite et je vais jouir. Tu es prête ?

— S'il te plaît, s'il te plaît, jouis en moi.

Il s'enfonça en elle encore une fois et elle étouffa un cri alors qu'il giclait. Sans préservatif. C'était leur première fois sans protection.

Ils étaient restés éveillés des heures après cette fois dans le sous-sol, à faire l'amour et à parler. Ils avaient discuté de leur contraception et comme elle prenait la pilule et qu'ils étaient tous les deux clean, ils étaient prêts à abandonner le latex. Et maintenant, voilà qu'Austin l'avait réveillée en lui demandant de s'asseoir sur sa verge.

Elle s'effondra sur son corps et il l'entoura de ses bras. Il enfouit une main dans sa chevelure et, de l'autre, lui agrippa la hanche.

CARRIE ANN RYAN

— J'aime être en toi sans capote, Gambettes. C'est meilleur que tout.

Elle sourit contre lui.

— J'aime aussi.

C'était la première fois qu'ils utilisaient ce mot, aimer, pour parler l'un de l'autre, et elle ne comptait pas prendre ce bonheur pour acquis.

— Laisse-moi rester là un moment, puis je me retirerai et je te nettoierai.

— Je peux simplement passer sous la douche.

Il lui donna une claque sur les fesses qui lui arracha un cri.

— Je veux prendre soin de ma femme.

— Oui, Austin.

— C'est bien.

Cet échange était presque devenu une plaisanterie entre eux, la façon dont il la félicitait toujours pour son service. La blague s'était transformée en sentiment de bien-être qui la réchauffait de l'intérieur et elle savait qu'elle allait bientôt devoir se concentrer là-dessus. Mais pas maintenant. Pour l'instant, elle voulait juste se montrer paresseuse et profiter de leur jour de congé.

À vrai dire, elle avait un plan, mais il fallait qu'elle rassemble son courage pour le proposer à Austin. Ce n'était pas une mauvaise chose, à peine un changement monumental dans sa vie. Comme si *monumental* et *à peine* pouvaient se côtoyer.

Austin finit par se lever et se retirer. Elle serra les jambes pour essayer de le retenir. Cela n'avait aucune logique, mais un côté primitif en elle voulait le garder. Curieux.

Il revint dans la chambre avec un chiffon tiède et la nettoya sans jamais quitter son regard.

— Ça fait du bien ?

Elle sourit.

— Oui. Tu t'occupes bien de moi. Laisse-moi t'aider à te doucher et ensuite je te ferai le petit déjeuner.

Il se pencha et l'embrassa au coin de la bouche.

— Toi aussi, tu t'occupes bien de moi, Gambettes.

Ces paroles la réchauffèrent et elle prit sa main pour le conduire à la salle de bain. Ils prirent une douche *très* minutieuse, puis elle le laissa s'éclipser pour donner quelques coups de fil professionnels tandis qu'elle passait dans la cuisine pour s'occuper du petit déjeuner. Elle n'était pas la meilleure cuisinière au monde, mais elle était capable de combler les besoins de son homme.

Tous ses besoins.

Elle rougit en songeant à ce qu'ils avaient fait la veille. Elle ne s'était pas laissé aller comme ça, accordant toute sa confiance à une autre personne, depuis Jason dix ans auparavant. Et même alors, elle n'était pas certaine de s'être lâchée complètement.

Si elle était honnête avec elle-même, elle dirait qu'elle ne s'était jamais complètement abandonnée à Jason. Il y avait toujours eu un petit ressentiment entre eux. Il n'avait jamais travaillé, mais il avait un emploi assuré qui l'attendait depuis qu'il était né. Elle avait dû faire les fonds de tiroir seulement pour aller à la fac afin d'assurer un futur où elle ne serait pas serveuse jusqu'à la fin de sa vie.

Peu importe la distance que Jason avait essayé de mettre entre eux et ses parents, cela avait causé une faille dans leur relation. Il n'avait jamais coupé les ponts simplement parce que ça ne lui était jamais venu à l'idée. Elle ne lui faisait pas assez confiance pour lui lancer un ultimatum à ce sujet. Maintenant qu'elle y réfléchissait pour de bon, elle savait que cela aurait pesé sur leur relation au point où, peut-être, ils n'auraient pas été capables de rester ensemble. L'idée d'élever un enfant dans ce contexte l'inquiétait, mais elle aurait encaissé. Elle devait être consciente que tout n'était pas parfait entre elle et Jason, parce qu'elle ne lui avait jamais fait confiance, ne s'était jamais abandonnée comme elle l'avait fait avec Austin cette nuit.

Cela aurait pu lui faire peur, mais elle l'acceptait sans sourciller.

Elle en avait assez.

Elle refusait de fuir à nouveau.

C'était une gamine avec Jason, mais elle n'en était plus à ce stade aujourd'hui avec Austin.

Des bras puissants s'enroulèrent autour de sa taille et elle se laissa aller contre son homme.

— Bonjour, murmura-t-elle alors qu'il l'embrassait dans le cou.

Sa barbe la griffa délicieusement.

— Bonjour, gronda-t-il à son oreille. Ça sent bon. Une omelette ?

Elle hocha la tête et se détacha de lui afin de ne pas brûler les œufs, qu'elle disposa dans les assiettes. Elle n'arrivait pas à réfléchir normalement quand elle était dans les bras d'Austin.

— Je n'ai pas lancé le café pour éviter qu'il refroidisse. J'ai mis la dosette, il te suffit d'appuyer sur le bouton.

Il sourit et mit la machine en marche.

— Tu penses à tout. Alors, qu'est-ce qu'on fait aujourd'hui ? Je sais que tu dois faire ta compta et j'ai un peu de paperasse aussi, mais franchement je n'ai pas envie de passer toute la journée enfermé à l'intérieur.

Elle apporta les assiettes jusqu'au bar et s'assit alors qu'Austin tirait son siège pour elle.

— J'étais en train d'y réfléchir. Que dirais-tu qu'on travaille un peu d'abord ? Il n'est que six heures, on s'est réveillés tôt. On peut travailler jusqu'à huit heures ou huit heures et demie avant de sortir.

Austin prit une bouchée de son omelette et gémit.

— C'est super bon, Gambettes. Je vais être obligé de te garder rien que pour ça.

— J'aime servir, dit-elle, pince-sans-rire.

Elle faillit s'étouffer devant le regard embrasé qu'il lui jeta.

— Bon à savoir, murmura-t-il.

Elle se racla la gorge.

— Enfin bref, vers neuf heures, par là, je me disais que si tu avais fini, on pourrait aller faire un tour à moto à Estes Park.

Elle baissa les yeux vers son assiette plutôt que de regarder sa réaction. Le souvenir de sa panique quand il lui avait proposé de faire un tour avec lui la première fois dans le studio était toujours vivace dans sa mémoire.

La grande main d'Austin vint se poser sur sa nuque et elle prit une inspiration avant de lui faire face.

— Tu es sûre que tu es partante pour ça, Gambettes ?

Elle hocha la tête.

— Je pense que oui. Et puis, on le saura avant même de sortir de l'allée, non ?

— Tu n'as rien à me prouver.

Sa remarque la fit sourire. C'était vrai. Elle n'avait rien à prouver à Austin. Il la prenait comme elle était et elle n'aurait renoncé à cela pour rien au monde.

— Je sais. C'est à moi que j'ai quelque chose à prouver. Et puis, ça me manque, Austin. Je le faisais toutes les semaines avant, et là, ça va faire dix ans que je ne suis pas montée sur une moto. Je suis prête.

Il la dévisagea. Elle ne savait pas ce qu'il cherchait, mais il dut le trouver.

— Alors, d'accord. Je n'ai pas tant de paperasse à faire. Je peux préparer la moto pendant que tu finis ta compta. Estes Park n'est pas très loin, mais ce n'est pas la porte à côté non plus.

— Je sais. Je veux une vraie balade.

Il se pencha et effleura ses lèvres des.

— Et c'est ce qu'on va faire, ma puce. J'ai un casque en trop, que mes sœurs utilisent quand elles montent avec moi, donc tout va bien de ce côté-là. Il faudra qu'on s'arrête chez Maya pour qu'elle te passe une veste en cuir, parce qu'il risque de faire froid sur la montagne, par endroits.

Sierra pensa à la sœur d'Austin et au fait qu'elle ne semblait pas beaucoup l'apprécier.

— Pourquoi Maya ?

Austin lui fit un clin d'œil.

— Parce que c'est elle qui vit le plus près, et comme je sais qu'elle est au boulot aujourd'hui, on peut s'arrêter chez elle et prendre une veste.

Sierra leva les mains.

— Oh, non. Je ne vais pas piquer les affaires de ta sœur. Ta sœur qui ne m'aime pas.

Il écarquilla les yeux.

— Pourquoi penses-tu un truc pareil ?

— Heu, parce qu'elle a toujours été un peu cassante avec moi.

— C'est Maya. Elle vit pour être cassante. C'est son oxygène. Elle t'aime bien. Si ce n'était pas le cas, elle ne t'aurait pas laissé passer derrière avec moi.

Il lui sourit.

— Enfin, ça ne t'aurait pas empêchée, de toute façon. Tu as des nerfs d'acier.

— Si c'est ce que tu penses, d'accord. Mais pourquoi est-ce qu'on pique sa veste ?

Austin haussa les épaules et commença à faire la vaisselle.

— Parce qu'elle s'en fiche. Je vais lui envoyer un sms, juste au cas où, mais c'est bon. Elle ne la mettra pas aujourd'hui. Jake n'est pas là, alors elle ne fera pas de moto.

— Je pensais que Maya aurait sa propre moto.

Elle semblait être le genre de femme à aimer sentir cette puissance entre ses jambes. À vrai dire, par le passé, l'idée d'avoir sa propre moto avait effleuré Sierra une fois ou deux. Elle n'était pas sûre d'avoir été vraiment prête pour cela à l'époque.

— Elle préfère rêvasser sans avoir à s'occuper de la route à suivre. Je vois la tête que tu fais. Tu veux une moto à toi ?

Elle baissa les yeux et soupira.

— J'en voulais une, avant. Mais je ne sais pas si ça aurait convenu à Jason.

Austin prit son menton dans sa main mouillée.

— Si tu t'en sens capable, alors prends-en une. Mais voyons d'abord si tu peux monter derrière moi. Je trouve que ce serait super sexy que tu aies ta propre moto, franchement. Je ne suis pas un homme des cavernes.

— Non, bien sûr.

— Moi Austin. Moi veux toi.

Sierra renversa la tête en arrière et éclata de rire.

— Oh mon Dieu. Ne refais jamais ça. Je t'en prie. Je t'en supplie.

Il leva les yeux au ciel et lui donna une claque sur les fesses.

— Va travailler pendant que je finis la vaisselle. Je vais envoyer un sms à Maya pour voir si je peux prendre sa veste. Sinon, j'ai deux autres sœurs et une mère à qui en emprunter une à ta taille. La seule à ne pas avoir de veste, c'est la femme d'Alexander, mais étant donné qu'elle n'est jamais montée à l'arrière d'une moto, ce n'est pas vraiment un problème.

Au ton de sa voix, Sierra haussa un sourcil.

— Tu ne l'aimes pas ?

Il secoua la tête tandis qu'elle sortait ses affaires.

— Je ne peux pas la voir. C'est une salope, et comme j'essaie de ne pas utiliser ce terme pour qualifier les femmes, ça en dit long sur ce que je pense d'elle. Elle traite Alex comme de la merde et elle pense que sa famille n'est qu'un tas de minables consanguins. Entre elle et le mari de Meghan, Richard, on n'a pas eu de bol avec les mariages dans la famille Montgomery.

Il s'arrêta là et elle en fut heureuse. S'il avait fait une blague sur l'importance de rajouter un mariage réussi, elle aurait sans doute paniqué. Ils ne sortaient pas ensemble depuis assez longtemps pour penser au mariage, mais l'idée de passer le reste de sa vie avec Austin ne lui faisait plus aussi peur qu'avant.

ILS TRAVAILLÈRENT côte à côte pendant une heure. Étonnamment, la présence d'Austin ne perturba pas sa concentration. Elle avait pris son sac en allant chez lui, histoire d'avoir ses affaires à disposition. Comme ils étaient tous les deux concentrés, elle n'avait pas le temps de s'inquiéter ni de se sentir nerveuse. Leur relation coulait de source.

C'était agréable.

Austin la laissa toute seule le temps d'aller préparer leur tour à moto. Elle finit une rangée de calculs et décida que c'était suffisant pour la journée. Après avoir rangé, elle baissa les yeux sur sa tenue. Heureusement, elle portait un jean et un débardeur, et elle avait apporté des bottines, si bien qu'elle avait une tenue correcte pour monter à moto. Une fois qu'elle aurait un casque et une veste, elle serait parée.

Et pourtant, son estomac était au bord de la révolte.

Elle en était capable.

Elle n'aurait pas d'accident.

Il n'y aurait ni incendie, ni douleur, ni cris.

Elle allait faire de la moto avec Austin et tout irait bien.

Austin serait en sécurité.

Il entra dans la pièce et ses chaussures grincèrent sur le carrelage de la cuisine.

— On peut faire marche arrière, Sierra. On n'est pas obligés de faire ça.

Elle secoua la tête.

— Non. Je suis prête. Je rassemblais ma motivation. On emporte quelque chose ?

Il la regarda et lui tendit la main. Elle obtempéra sans réflé-chir, se laissant aller contre lui.

— J'ai pris de quoi manger, de l'eau et des affaires de rechange dans les sacoches. Ce n'est pas si loin que ça et c'est une destina-tion touristique, alors on pourra déjeuner là-bas et profiter des lieux. L'hiver a été rude, la rivière et les ruisseaux seront bien pleins. Ça devrait être joli. J'ai mon appareil aussi, si tu veux faire des photos.

Il avait pensé à tout et il faisait de son mieux pour se concen-trer sur leur destination plutôt que sur le trajet pour y arriver.

— Allons-y.

— La moto est devant la maison. On n'a plus qu'à monter dessus et partir.

Elle expira un bon coup.

— D'accord.

Il prit son visage dans ses mains.

— Je serai là tout du long et je ne lâcherai pas la route des yeux. C'est d'accord ?

Elle eut un petit sourire.

— D'accord.

— Très bien, alors. Allons-y.

Elle le suivit à l'extérieur du garage et il appuya sur le bouton pour refermer la porte. Il lui mit son casque et elle fixa le sien. Une fois qu'ils eurent tous les deux leurs lunettes de soleil, il se pencha pour l'embrasser rapidement.

— On va d'abord chez Maya, et ensuite, c'est parti pour Estes Park.

Il monta le premier et démarra de sorte qu'elle n'avait plus qu'à sauter derrière lui. Le rugissement du pot d'échappement ne lui provoqua aucune crise d'angoisse et elle décida que c'était bon signe. Sa moto était sacrément sexy. Tout en noir et chrome avec le logo de Montgomery Ink imprimé sur le côté. Tellement Austin.

Elle prit une grande inspiration et le rejoignit en faisant attention à ne pas toucher les tuyaux brûlants. Elle posa une main sur l'épaule d'Austin et respira consciencieusement.

Elle en était capable.

C'était Austin.

Il la protégerait.

Et elle se protégerait elle-même.

Elle se hissa sur le marchepied et passa rapidement sa jambe par-dessus pour ne pas déséquilibrer la moto. Elle n'avait pas vraiment à s'en inquiéter, car Austin avait les pieds fermement posés par terre.

Dès qu'elle fut assise derrière lui, elle sentit les vibrations de la moto. Elle aurait pensé que ça lui ferait peur, mais au lieu de ça, elle se sentit revigorée.

Bon sang, ça lui avait manqué.

La sensation de la moto, de cette puissance entre ses jambes, lui avait manqué. Se coller au corps d'un homme tandis qu'ils roulaient, aussi. Et la caresse du vent sur son visage.

Même si son dernier souvenir à moto était de serrer un homme dans ses bras, elle le fit sans appréhension, entourant la taille d'Austin de ses bras.

Le monde ne s'écroula pas.

Elle ne s'évanouit pas.

Dieu merci.

Austin lui tapota la main, mais ne tourna pas la tête.

Elle était en train de tomber amoureuse de lui et elle n'avait pas envie de s'arrêter en si bon chemin.

Il démarra doucement et traversa l'allée puis son quartier. Elle le serra plus fort alors qu'ils prenaient de la vitesse. Ça faisait longtemps qu'elle n'était pas montée à moto, mais c'était comme le vélo : ça ne s'oubliait pas.

Cette pensée la fit sourire et elle laissa son corps se rappeler les mouvements. Elle suivait la direction des virages, elle ne freinait pas avec son poids et elle laissait Austin contrôler, comme elle en avait besoin.

Elle fut surprise de se sentir déçue quand ils durent s'arrêter chez Maya pour prendre la veste, mais elle n'eut pas longtemps à attendre. Austin fila la chercher et voilà qu'ils étaient repartis pour Estes Park.

La route qui défilait et les montagnes à l'ouest apaisaient Sierra d'une façon qu'elle n'aurait jamais crue possible. Elle s'appuya contre Austin une bonne partie du trajet. Son corps était chaud, imposant et réconfortant. Il ne se retourna jamais vers elle, ne tourna jamais la tête pour regarder les montagnes ou le paysage autour d'eux. D'habitude, les gens se permettaient de jeter un regard rapide afin de s'immerger dans leur environnement, mais pas Austin.

Il garda ses yeux rivés à la route pour eux.

Pour elle.

Elle sourit et retint des larmes, cette fois des larmes de bonheur et d'émotion. Quand elle s'écarta de lui – les mains toujours posées sur Austin parce que, honnêtement, elle ne pouvait pas s'empêcher de le toucher – elle laissa sa tête partir en arrière. Les ombres et la lumière dansèrent sur son visage.

Tout cela lui avait terriblement manqué, et pourtant elle n'en avait pas conscience avant qu'ils partent. Certes, il y avait toujours une petite boule d'angoisse dans son ventre et elle ne pensait pas qu'elle disparaîtrait de sitôt. Quand ils étaient partis au début, sur l'autoroute pour traverser Boulder, elle s'était tendue. Pas seulement parce que Boulder était le théâtre de son passé, mais parce que des semi-remorques y circulaient et qu'elle ne pouvait éviter les souvenirs cuisants. Heureusement, Austin ne retira pas ses mains du guidon pour la rassurer, et il ne regarda pas non plus en arrière, même quand ils s'arrêtèrent à un feu rouge en plein milieu de la ville. Par contre il se laissa aller en arrière, appuyant son corps contre le sien pour lui montrer qu'il était là.

Il savait vraiment prendre soin d'elle. De son côté, elle avait l'impression d'être maladroite quand elle voulait le choyer de la même façon, ce qui lui donnait envie de faire plus d'efforts. Il était son maître. Il n'y avait vraiment pas d'autre façon de formuler leur rapport. Elle lui faisait confiance au lit comme en dehors, et il la traitait avec grand soin. Elle avait besoin de lui être totalement soumise. Non qu'elle ait envie de faire tout ce qu'il disait dans la vie de tous les jours et de s'agenouiller à ses pieds quand ils étaient tranquilles dans le salon – ce n'était pas leur genre de délire –, mais elle voulait s'assurer qu'elle était *sienne* de la meilleure façon possible.

Il fallait seulement qu'elle travaille sur ce point.

Quand ils arrivèrent dans les montagnes, Sierra se trouva reconnaissante qu'ils aient piqué – enfin, emprunté – la veste de Maya. Le soleil tapait toujours, mais le vent était plus frais, l'air plus vif. Il y avait encore de la neige sur les sommets les plus hauts. Quand ils arrivèrent à Estes Park, Sierra soupira.

Cet endroit était un vrai paradis.

Il y avait un grand lac et des ruisseaux partout. La ville était à la fois touristique et historique, tous les bâtiments avaient un charme suranné qui donnait envie à Sierra de revenir. Austin se gara rapidement sur l'un des parkings et elle descendit de moto, les jambes un peu douloureuses.

Il lui retira son casque et se pencha pour l'embrasser délicatement.

— Tu t'en es bien sortie, Gambettes.

Elle lui sourit.

— Merci. Je n'aurais pas pu le faire sans toi.

Il secoua la tête tandis qu'il rangeait leurs casques et sortait deux bouteilles d'eau.

— Je ne sais pas. Tu es forte par toi-même, mais je suis heureux d'être là si tu as besoin de moi.

Elle sourit et posa la main sur son torse avant de se laisser aller contre lui. Il baissa la tête, effleurant ses lèvres des siennes.

— Merci, murmura-t-elle.

— De rien. Bon, si on allait marcher un peu avant de déjeuner ?

— Ça me va.

Il prit sa main et la mena d'abord à la boutique de caramels. Il savait exactement ce dont elle avait envie.

Évidemment. C'était Austin.

Maintenant, il fallait juste qu'elle trouve comment faire de même avec lui.

CHAPITRE SEIZE

SI UN AUTRE abruti de première rentrait dans le studio, Austin lui balancerait la chaise à la figure. Les crétins qui voulaient des tatouages de merde s'étaient succédé ce matin. Ils étaient déterminés à ruiner sa bonne humeur après son tour à moto avec Sierra la veille.

Bande d'enfoirés !

La première personne qui était entrée ce matin n'avait pas rendez-vous. Normalement, ce n'était pas un problème. Ils essayaient tous d'avoir une ou deux heures dans la journée pour les imprévus et les urgences. Si ces heures n'étaient pas remplies, ils les occupaient à faire des croquis ou le million d'autres choses qu'ils devaient gérer. Ce qu'il leur fallait c'était une réceptionniste, mais ils ne semblaient pas être capables d'en garder une plus d'un mois.

Il se demandait bien pourquoi, en tout cas, ça fichait son emploi du temps en l'air.

La première personne voulait un dragon dans le dos. Bien sûr, Austin aurait pu le faire, mais le gamin souhaitait commencer immédiatement. Un dragon de cette taille prendrait au moins trois ou quatre sessions de trois heures chacune. Probablement davantage, à voir comment le gamin sautillait d'un pied sur l'autre comme s'il était incapable de tenir en place. S'il bougeait pendant le tatouage, Austin devrait arrêter et recommencer d'innombrables fois ou bien assommer le gosse.

Non, il ne ferait jamais ça, mais rien ne l'empêchait d'y penser.

Alors, le jeune avait vociféré et râlé, exigeant qu'on le lui fasse immédiatement pour cent dollars. Eh bien, ça ne risquait pas. La cliente suivante était une fille taillée comme une allumette qui voulait se faire tatouer des lapins Playboy sous les seins – à l'évidence pas naturels.

Austin refusait d'y toucher.

Pour s'assurer qu'il n'ait pas besoin de le faire, il lui montra son matériel. La fille paniqua en voyant les aiguilles et détala. Étant donné toutes les piqûres qu'elle avait dû endurer pour sa chirurgie esthétique, sa phobie n'avait aucune logique.

Et puis, elle croyait qu'ils faisaient quoi ici, de la peinture par numéros ?

La journée avait continué comme ça, un idiot après l'autre jusqu'à ce qu'Austin en ait marre et s'enferme à l'arrière. Il dessinerait jusqu'à la pause déjeuner et ensuite il s'occuperait de ses rendez-vous. Sierra ne pouvait pas venir manger avec lui parce qu'elle devait remplacer Jasinda qui avait découvert qu'elle n'avait pas la grippe mais qu'elle était enceinte.

Franchement, Austin n'avait qu'une envie : rentrer chez lui, caler Sierra à l'arrière de sa moto et oublier ses ennuis.

Mais ce n'était pas au programme.

Son père recevait ses soins aujourd'hui et ne pourrait pas rentrer à la maison avant le lendemain matin. Ses parents ne voulaient pas d'une foule autour d'eux, et vu que les Montgomery étaient nombreux, ce serait compliqué.

Seigneur...

Il ne pensait pas être capable d'encaisser une autre

mauvaise nouvelle, pas après que Sierra lui eut raconté son histoire, pas après la maladie de son père. Ses frères et sœurs avaient tous leurs propres problèmes à gérer, et leur stress déteignait sur lui.

Austin ferma les yeux et pinça l'arête de son nez. Il devait arrêter de s'en faire pour des choses qui échappaient à son contrôle. Il ne pouvait pas tout régler, même s'il avait envie d'essayer. Il prit une grande inspiration et la relâcha lentement.

Il allait faire ce qu'il était venu faire.

Travailler sur le motif de Sierra.

Il avait une idée pour les marguerites sur ses cicatrices, et puisqu'il connaissait son corps de près maintenant, il était mieux placé pour commencer. Son tatouage allait devoir attendre entre son travail à elle et leur relation, mais il avait envie de s'y mettre bientôt. Cela risquait de prendre plusieurs sessions, car il ignorait comment sa peau réagirait à l'encre. Ils allaient devoir improviser et avancer lentement.

Il espérait ne pas lui faire trop mal. Elle avait déjà vécu suffisamment d'épreuves comme ça.

Alors qu'il se penchait pour se concentrer sur son dessin, Maya ouvrit violemment la porte.

— Qu'est-ce que tu fous là ? On a des clients et j'ai besoin que tu viennes les voir et que tu fasses ton boulot, merde.

— Dégage, Maya.

— Non. Je t'attends. Tu es là à bouder dans ton coin et je ne peux pas tout faire toute seule.

— Tu dis que tu n'es pas capable de faire quelque chose, c'est du jamais vu. Et tu n'es pas toute seule. Il y a Sloane aussi.

Maya fonça sur lui, mais il ne se leva pas.

— Qu'est-ce qui t'arrive ?

— Qu'est-ce qui m'arrive ? J'ai dû gérer des abrutis toute la matinée, je ne vais probablement pas pouvoir voir Sierra avant demain, et Papa est à l'hosto en train de recevoir un traitement qui risque de le tuer avant que le cancer s'en charge. Alors désolé si je ne suis pas d'humeur à voir des gens.

Maya laissa un sanglot lui échapper et Austin se leva aussitôt. Sa sœur ne pleurait *jamais*.

— Oh, chérie, je suis désolé. Je suis un con. Viens là.

Il ouvrit les bras et elle s'y jeta.

— Papa ne peut pas mourir, Austin. Il n'a pas le droit. C'est le plus fort. Enfin, avec Maman, mais ils se partagent ce rôle. Tu sais ?

Il l'embrassa sur le sommet du crâne et fit courir sa main de haut en bas dans son dos.

— Je sais, Maya. Je sais. Il va s'en sortir. Je panique juste un peu et je me défoule sur toi.

— Tu crois que je faisais quoi, moi ?

Il renifla et la serra fort avant de la relâcher.

— On est doués pour se servir mutuellement de punching-balls.

Elle leva les yeux au ciel et essuya les dernières traces de pleurs sur ses joues.

— C'est pour ça que ça fonctionne aussi bien entre nous. On peut se hurler dessus, ne pas prendre de gants et on sait qu'on ne le prendra pas mal. Je suis désolée d'avoir pleuré. Je sais que tu détestes les filles qui pleurnichent.

— Si tu en as besoin, lâche-toi. Je suis capable de tenir une fille en pleurs dans mes bras quand elle a besoin de s'exprimer.

Maya inclina la tête de côté.

— Sierra ?

— Je ne peux pas en parler, Maya. Si tu as envie d'en connaître plus, peut-être que tu devrais apprendre à la connaître, justement. Tu sais, plutôt que de la regarder de travers chaque fois qu'elle vient.

— Je pensais qu'elle n'était pas assez bien pour toi.

— Sérieusement ? Tu délires, Maya. C'est plutôt moi qui ne suis pas assez bien pour elle. Tu as un sacré culot.

— Eh, je n'ai pas dit que je le pensais toujours, si ? Elle te rend heureux, Austin. Quiconque a des yeux est capable de voir ça. Si elle te fait du mal, je lui botterai les fesses, mais pour l'instant ? Tout va bien en ce qui me concerne.

— Ça irait mieux si tu étais capable de passer quelques minutes avec elle sans faire la gueule.

Elle leva de nouveau les yeux au ciel et lui donna un petit coup sur l'épaule.

— Je vais essayer. Si elle est là pour un moment, je vais devoir faire un peu connaissance avec elle.

Il croisa le regard de Maya et hocha la tête.

— Je pense qu'elle sera là très longtemps, Maya.

Sa sœur écarquilla les yeux.

— Sérieusement ?

— Sérieusement.

— Alors... heu... elle ne pense pas que tes délires sexuels sont bizarres ou quoi ? Pas comme Maggie ?

Austin ferma les yeux et gémit. Comment sa petite sœur était-elle au courant de ça, il n'en avait pas la moindre idée. Et il n'avait pas non plus envie d'en parler avec elle.

— Ça marche entre nous, Maya. Et on ne va pas aller plus loin dans cette conversation.

— Quoi ? Tout le monde a des fétiches, déclara-t-elle avec un clin d'œil.

Il se plaqua les mains sur ses oreilles.

— Je n'entends rien. La, la, la.

— Hilarant. Je vais te laisser travailler ici et je reviendrai. On va fermer un moment pour les clients sans rendez-vous, puisque les lourds semblent être de sortie.

— Merci, Maya.

— De rien, grand frère.

Elle le laissa terminer son dessin. Il se sentait mieux d'avoir dit tout cela de vive voix. Sa sœur le comprenait mieux que la plupart des gens, et il savait qu'il aurait dû lui dire ce qui le tracassait dès le départ.

Il voulait que les marguerites tombent en cascade sur le flanc de Sierra, délicates comme sa peau. Ça lui ferait un mal de chien, mais il le lui revaudrait. Peut-être qu'il lui laisserait faire le croquis de son prochain tatouage. Comme ça, elle serait pour toujours une part de lui.

Pour toujours ?

Cette idée lui plaisait. C'était inquiétant, mais doux à la fois. Il pouvait l'imaginer à ses côtés, vieillir avec elle, élever leurs enfants – que ce soit par adoption ou naturellement. Il y avait encore un mois de cela, il n'aurait pas cru possible de trouver une personne avec qui il ait envie de passer le reste de sa vie. Bien sûr, il souhaitait se poser parce qu'il savait que la quarantaine approchait, mais cela n'avait été qu'un rêve jusque-là, rien d'aussi concret que d'imaginer Sierra devenir une Montgomery.

Peut-être même qu'elle se ferait faire le tatouage de l'Iris des Montgomery comme le reste de la famille. Richard et Jessica ne l'avaient jamais fait. Richard parce qu'il ne se voyait pas comme un Montgomery – et qu'il était un parfait abruti. Jessica parce qu'elle n'avait pas voulu gâcher sa peau parfaite – et qu'elle était une garce de première classe.

Maintenant qu'il y pensait, intégrer Sierra ne pouvait être qu'une bonne chose. Il ferait croître leur clan d'une manière bénéfique, plutôt que d'y apporter des ajouts absurdes comme Alex et Meghan l'avaient fait.

Bon, c'était méchant de sa part. Son frère et sa sœur avaient trouvé l'amour ; ce n'était pas parce que leurs partenaires s'intégraient mal dans la famille que c'étaient de mauvaises personnes. D'après Austin, c'était la façon dont ils traitaient leur moitié qui les rendait suspicieux et indignes de sa famille.

Sierra le traitait correctement et lui faisait assez confiance pour lui partager son passé et son corps. Il se doutait qu'elle était également prête à lui confier son cœur et son âme, même si ni elle ni lui n'avait encore dit les mots. Mais ça viendrait ; il en était sûr. Ils étaient bien partis, et il priait pour que rien ne les fasse dérailler.

— Eh, Austin, tu as de la visite, l'interrompit Sloane.

Il cligna des yeux et secoua la tête pour éclaircir ses pensées. Mince, il fallait qu'il arrête de rêvasser. Il ne finirait jamais le dessin pour Sierra à cette allure.

Un instant. Une visite ? Si c'était Sierra, elle serait simplement passée derrière toute seule, alors qui cela pouvait-il être ?

Un nœud se forma dans son ventre. Bon sang, il espérait que ce n'était pas...

— Salut, Austin, ronronna Shannon.

— Je file, déclara Sloane en prenant la fuite.

L'enfoiré.

— Qu'est-ce que tu veux, Shannon ?

Elle se tenait sur le seuil avec une robe trop moulante et des yeux trop brillants. Il n'avait pas envie de s'occuper d'elle et il était heureux qu'ils ne soient plus ensemble.

— Je voulais te dire que je suis désolée.

Austin faillit se nettoyer les oreilles avec le petit doigt. Il avait dû mal entendre. *Désolée ? Vraiment ?*

— Sérieux ? Tu es désolée ?

Elle tordit sa lèvre inférieure en une petite moue.

— Oui. Je n'aurais pas dû aller voir ta copine comme ça. Elle n'a rien fait de mal à part prendre le jouet que je voulais et j'ai agi comme une sale gosse.

— Est-ce que tu viens de me qualifier de jouet ?

Elle rougit.

— C'est juste le mot que Tony a utilisé.

— Tony ?

Il n'arrivait pas à la suivre et il voulait qu'elle sorte de son bureau, mais si elle lui disait ce qu'elle avait sur le cœur, il finirait peut-être par être débarrassé d'elle. Il était prêt à souffrir un peu pour être libre.

— Mon nouveau mec.

Eh bien, c'était rapide. Exactement ce que Sierra avait prédit : dès que Shannon aurait quelqu'un d'autre, elle lui lâcherait les baskets. Il allait l'embrasser quand il la retrouverait. Passionnément.

— Tant mieux pour toi, marmonna-t-il.

Elle sourit.

— Merci. Tony est tellement... oh, bon, tu t'en fiches et je ne vais pas te retenir plus longtemps. Donc, je suis désolée pour les fois où je suis venue ici, où je t'ai appelé, et pour avoir embêté ta copine. Je n'aime pas être seule et je te l'ai fait payer. Alors, excuse-moi d'avoir été une salope.

Austin poussa un soupir.

— Tu n'as pas été une salope, Shannon. Tu étais juste... collante.

Elle renifla et secoua la tête.

— Je suis une salope et j'en suis consciente. Je vais essayer de m'améliorer et d'arrêter les histoires.

Austin ne savait pas si elle était capable d'arrêter si vite, étant donné que ça faisait seulement deux jours depuis la dernière fois où elle s'était conduite ainsi. Ça ne devait pas faire bien longtemps qu'elle était avec Tony, mais si cet homme la poussait à devenir une meilleure personne, tant mieux.

Bonne chance, Tony.

— Merci pour les excuses.

Il n'y avait pas grand-chose à dire, et il avait surtout envie qu'elle parte. Ce n'était peut-être pas gentil, mais il avait hâte de passer à autre chose.

— Merci de m'avoir écoutée. J'irais bien m'excuser auprès de ta copine, mais je ne pense pas que vous ayez envie de ça.

Il hocha la tête.

— Je le lui dirai.

Comme il en avait assez d'être à son bureau sans pouvoir se concentrer plus de cinq minutes, il la suivit à l'extérieur ; il voulait s'assurer qu'elle parte pour de bon. Ça faisait peut-être de lui un cynique, mais il ne faisait pas confiance à la plupart des gens ces temps-ci. Maya devait penser la même chose, car elle ne quitta pas Shannon des yeux jusqu'à ce qu'elle ait passé la porte. Dès qu'elle se fut refermée derrière elle, tout le monde dans la pièce laissa échapper un soupir soulagé – y compris les clients dans leurs fauteuils.

— Elle est partie pour de bon alors ? demanda Maya, concentrée sur le bras de l'homme devant elle.

— Oui. C'est ce qu'elle dit, c'est peut-être vrai cette fois. Elle s'est excusée.

— On sait, dit Callie avec un clin d'œil.

Elle était assise à côté de Sloane et le regardait travailler sur ses ombres.

— On avait baissé la musique pour pouvoir écouter ce qu'elle avait à te dire.

Austin ouvrit la bouche pour ronchonner, mais il se ravisa. Au lieu de quoi, il renifla et secoua la tête. À leur place, il aurait fait de même. L'équipe de Montgomery Ink était curieuse.

— Saleté, marmonna-t-il tandis que Callie battait des cils.

— Je fais de mon mieux.

Il alla s'installer à son poste et se prépara pour le prochain client. Quand il fut prêt, ils étaient arrivés à une parenthèse bizarre où il n'y avait aucun client en attente ni dans les fauteuils. Le prochain gros rush dans leurs rendez-vous aurait lieu bientôt, mais pour l'instant, il n'y avait que lui, Callie, Sloane et Maya.

La porte se rouvrit et Austin compta jusqu'à trois avant de se retourner. Si c'était Shannon ou un autre abruti, il allait se mettre à hurler.

Au lieu de ça, un homme avec une mallette et un costume bien coupé se tenait sur le seuil. Seigneur, il espérait qu'ils n'allaient pas se prendre un procès pour un tatouage. Ça ne lui était jamais arrivé, mais il connaissait d'autres tatoueurs qui avaient rencontré ce cas. Certaines personnes n'étaient jamais satisfaites, peu importe le mal qu'on se donne pour elles.

— Monsieur Montgomery ? demanda l'homme.

Austin fronça les sourcils. Et merde.

— Je suis Austin Montgomery. Il y a un certain nombre d'autres Montgomery, alors il vaut mieux être précis.

L'avocat hocha la tête.

— Oui, c'est vous que je cherche. À vrai dire, j'ai eu du mal à vous trouver.

Un frisson glacé lui parcourut l'échine.

— Comment ça ?

Maya vint se placer à ses côtés, les bras croisés. Sloane se leva, en même temps que Callie. Ils étaient unis contre ce qui se profilait, mais Austin avait le sentiment que ce ne serait pas suffisant.

— Je vous ai envoyé une lettre par rapport au sujet qui nous occupe.

Austin fouilla dans ses souvenirs et poussa un juron. Il y avait eu une lettre d'un cabinet d'avocats qu'il avait mise de côté, car ça ne lui disait rien. Tout avait été si compliqué entre son père et Sierra qu'il avait totalement oublié. Putain. Qu'avait-il manqué ?

— Désolé, j'ai été très occupé ces derniers temps. Que puis-je faire pour vous ?

— Nous ne sommes pas parvenus à vous joindre par téléphone, car il semblerait que votre numéro ait changé depuis dix ans.

Dix ans ? De quoi pouvait-il bien s'agir ?

— Et maintenant que les circonstances ont changé, il fallait que je vous voie en personne plutôt que d'en parler par courrier ou au téléphone.

— Bon, vous allez cracher le morceau, oui ? marmonna Maya.

— Et vous êtes Mademoiselle... ? demanda l'homme en haussant les sourcils.

Oui, ils étaient tous des marginaux tatoués à ses yeux, et alors ?

— Voilà ma sœur, Maya, et mes collègues, Sloane et Callie. C'est comme s'ils faisaient partie de la famille, alors dites ce que vous avez à dire. Vous n'avez pas besoin d'attendre qu'ils partent.

— Si vous en êtes sûr. C'est plutôt personnel.

Austin sentit son ventre se serrer, mais il ne laissa pas sa nervosité devenir visible. En tout cas, il l'espérait.

— C'est ma famille, ils finiront par être au courant de toute façon. Alors, qu'est-ce qui se passe ? Pourquoi êtes-vous venu me voir ?

L'avocat hocha la tête et s'avança pour poser sa mallette sur le comptoir.

— Il vaudrait peut-être mieux que vous vous assoyez, Monsieur Montgomery.

— Appelez-moi Austin. Monsieur Montgomery c'est mon père, et je suis très bien debout.

— Très bien alors, Monsieur Mont... je veux dire Austin.

Il se racla la gorge. Austin aurait pu l'étrangler.

— Vous souvenez-vous d'une certaine Maggie Forrester ?

Maggie. Bon sang, son nom était beaucoup revenu ces dernières semaines.

— Oui, je me souviens d'elle. On est sortis ensemble il y a une dizaine d'années. Je ne lui ai pas parlé ni eu de nouvelles depuis. Que se passe-t-il avec Maggie ?

Maya posa la main en bas de son dos et il se rendit compte que son corps tremblait. Quelque chose de grave se passait, et il n'était pas sûr d'avoir envie d'entendre ce dont il s'agissait.

— Je suis désolé d'avoir à vous annoncer que Maggie Forrester est décédée il y a trois mois de cela.

Austin cligna des yeux et une drôle de sensation traversa son corps. Il n'avait pas beaucoup pensé à elle depuis qu'ils avaient rompu après qu'elle l'eut traité de taré, mais ça lui faisait quand même de la peine d'apprendre sa mort.

— Mince. Je suis désolé d'apprendre ça. Qu'est-ce qui s'est passé ?

— Un accident de voiture. Elle est morte sur le coup.

— Encore une fois, je suis navré, mais je ne vois pas quel est le rapport avec moi. Ça fait des années que je ne l'ai pas vue.

— Eh bien, elle a laissé quelque chose derrière elle, Austin.

Maggie lui avait laissé quelque chose ? Pourquoi aurait-elle fait ça ? C'était vraiment bizarre. Sa perplexité dut se lire sur son visage, car l'avocat lui adressa un sourire empathique.

— Austin, c'est un fils qu'elle laisse derrière elle.

Il cligna des paupières et fit un pas en arrière, puis encore un autre. Sloane le rejoignit et l'aida à s'asseoir sur l'un des tabourets.

— Un fils ? grinça-t-il.

Non, ce n'était pas possible. Maggie le lui aurait dit s'il avait un fils. Non ?

Des images de son visage alors qu'elle lui criait dessus et le traitait d'agresseur emplirent son esprit et il poussa un juron. Peut-être que non. Peut-être qu'elle le lui aurait caché parce qu'elle avait peur.

Nom de Dieu !

— Je peux voir à votre visage que vous comprenez. Leif a dix ans et d'après son certificat de naissance, il s'agit de votre fils. Voulez-vous dire que vous n'étiez pas au courant ?

— Bien sûr qu'il n'était pas au courant, espèce de con, cracha Maya. Vous pensez qu'il se serait tenu à l'écart comme ça s'il avait pensé ne serait-ce qu'une seconde qu'il avait peut-être un gamin ?

— J'ai vu des tas de choses horribles dans cette profession, Mademoiselle Montgomery.

— Eh bien, vous faites un sale boulot, déclara Callie, des larmes dans la voix.

— Leif ? fit Austin d'une voix rauque.

— Oui, son nom complet est Leif Forrester Montgomery. Montgomery.

— Elle lui a donné mon nom. Pourquoi ?

— Je ne peux pas vous expliquer les décisions que prennent les gens, Austin. Pour l'instant, nous n'avons pas votre ADN pour authentifier sa déclaration, mais comme vous apparaissez sur le certificat de naissance, vous avez des droits.

— Des droits ? Attendez ? Où est-ce qu'il vit ? Où est Leif ? Chez ses grands-parents ?

L'avocat secoua la tête.

— Ils sont décédés à l'époque de sa naissance.

— Alors, elle a été toute seule tout ce temps. À élever un gamin, *mon* gamin. Putain, c'est dingue. Pourquoi est-ce qu'elle ne m'a rien dit ?

Des larmes emplirent ses yeux alors qu'il essayait d'accepter ce que l'avocat lui disait, mais il n'arrivait pas à se faire à cette idée.

— Où est Leif ? demanda-t-il à nouveau.

— Nous l'avons placé dans un centre d'hébergement pour le moment. À moins que vous ne fassiez valoir vos droits – et ce n'est pas aussi facile qu'il y paraît – il devra trouver une famille d'accueil et rester dans le système. Comme je l'ai dit, c'est votre choix. Puisque votre nom figure sur le certificat de naissance, nous pouvons faciliter le processus. Cependant, je ne veux pas que vous preniez une décision immédiate. Prenez votre temps, mais rappelez-vous que l'existence d'un enfant est en jeu.

Austin n'arrivait pas à respirer. Il n'arrivait pas à penser.

— Donnez-nous votre numéro, que l'on puisse vous contacter, exigea Sloane en prenant la direction des opérations.

Tous les autres semblaient en état de choc.

— On va y réfléchir et on vous appellera. Avez-vous besoin de quelque chose tout de suite pour le test ADN ?

— On peut faire un prélèvement immédiatement.

— Austin ? demanda Sloane en se campant devant lui.

Il cligna des yeux.

— Oui, d'accord. Allons-y.

Le gamin était le sien. Il le savait au fond de son âme, même s'il ne l'avait jamais rencontré.

L'avocat fit un prélèvement dans sa bouche et Austin resta immobile tandis qu'il procédait à l'opération. Il lui annonça qu'il le recontacterait et partit en laissant une véritable dévastation sur son passage. Austin n'aimait pas l'idée que Leif soit dans un centre d'hébergement alors qu'il avait toute la place qu'il fallait chez lui, mais l'information n'avait pas encore fait son chemin dans son cerveau. Il fallait qu'il en parle à ses parents, qu'il en parle à Sierra.

Putain. Sierra.

Misère...

Qu'allait-il lui dire ?

— Qu'est-ce que tu vas faire, Austin ? demanda Maya. Tu veux que j'aille chercher Sierra ?

Il secoua la tête.

— Non, laisse-la travailler. Il faut que je réfléchisse.

— Tu es sûr que c'est le mieux ? Ça la concerne aussi.

— Je sais, mais j'ai besoin de respirer. Je ne peux pas laisser mon gamin, si c'est vraiment le mien, tout seul dans cet endroit alors que je peux le prendre chez moi, mais qu'est-ce que je connais aux gosses ?

Maya secoua la tête et marcha jusqu'à la porte où elle retourna l'écriteau pour indiquer que le studio était fermé.

— Callie, appelle les clients qui avaient rendez-vous et déplace-les. On va ramener Austin à la maison et réfléchir à tout ça. Quand tu seras prêt, on appellera la famille. Maman et Papa seront à la maison, mais ils sauront gérer ça même avec le traitement.

— Putain, le traitement.

— Je sais, grand frère, mais on va s'en sortir. Une chose à la fois, « Papa ».

Papa.

Il se passa les mains sur le crâne. Papa ? Qu'est-ce qu'il allait faire, bon sang ? Il n'y avait qu'une seule chose qu'il *puisse* faire.

— Il faut que j'appelle Sierra.

Maya fronça les sourcils.

— Tu peux traverser la rue.

— Non, je ne suis pas capable de la voir pour le moment. Je ne peux pas... il faut que je lui parle, mais j'ai besoin de temps.

Il savait qu'il était en train de foirer en beauté, mais il pataugeait. Il composa son numéro et soupira quand il tomba directement sur son répondeur. Peut-être était-ce mieux comme ça. Elle avait suffisamment de choses à gérer sans ce chaos sans nom.

Il avait un gamin.

Tout allait si bien, et voilà que sa vie s'effondrait d'un coup. L'existence n'avait pas son pareil pour vous prendre à revers, et Austin ne savait pas s'il serait capable de s'en remettre. Pas cette fois.

CHAPITRE DIX-SEPT

AUSTIN N'AVAIT PAS RAPPELÉ. Il avait laissé un drôle de message disant qu'il la verrait plus tard, mais il n'avait pas rappelé de toute la soirée. Sierra n'avait pas envie de se dire que c'était mauvais signe, toutefois elle était inquiète. Plus de douze heures s'étaient écoulées depuis ce coup de fil et elle avait un mauvais pressentiment.

Il s'était passé quelque chose, elle le sentait, mais Austin n'avait pas décroché quand elle avait essayé de l'appeler et elle ne savait pas quoi penser.

La veille, elle avait passé la majeure partie de la journée à encaisser un afflux de clientèle qui était peut-être bon pour son compte en banque, mais pas pour ses pieds. Elle était restée debout tout du long, et le reste de la journée à l'arrière, courbée sur ses livres de comptes.

Il fallait avoir du cran pour gérer un commerce.

En tout cas, pour gérer un commerce qui avait du succès. Et elle voulait réussir.

Elle aurait dû travailler encore quelques heures une fois le soir venu, mais elle était rentrée chez elle avec le début d'un mal de tête. Elle avait fait de vagues plans avec Austin pour qu'il passe la voir, mais ils n'avaient rien décidé de définitif à cause de son boulot.

Et puis, il y avait eu cette migraine et elle s'était mise au lit en gémissant avant de s'endormir enfin.

C'était là qu'elle avait manqué l'appel d'Austin et son curieux message.

À présent, c'était le matin. Pendant que Jasinda et Becky géraient la boutique, elle allait passer prendre un café chez Hailey et l'apporter à son homme. Non seulement elle avait envie de le voir, mais elle voulait aussi s'assurer qu'il allait bien.

Sans lui avoir parlé depuis presque vingt-quatre heures, elle se sentait un peu mal, et c'était suffisant pour la faire paniquer. C'était très vite devenu sérieux entre eux, mais elle ne pouvait pas dire qu'elle le regrettait. Austin lui donnait la sensation d'être complète à nouveau. Elle n'avait pas besoin de lui pour se sentir humaine, mais il manquait quelque chose dans sa vie. Il avait regardé ses cicatrices et il y avait vu de la force et de la beauté, et elle l'avait cru. Son passé l'avait mis en colère et il l'avait aidée à respirer pour qu'elle soit capable de faire le nécessaire afin de surmonter cela.

Il était là pour elle, et maintenant elle voulait être là pour lui. Elle espérait qu'il ne se passait rien de grave. Seigneur, et si c'était son père ? Elle savait que le patriarche des Montgomery effectuait son premier traitement complet la veille et elle espérait qu'il n'y ait pas eu de complications.

Elle laissa échapper un soupir. Ce devait être ça. Austin devait se faire un sang d'encre parce que son père était malade. Bon sang, et elle n'était pas à ses côtés. Elle avait passé la nuit au lit avec une migraine au lieu d'être avec lui comme elle l'aurait dû.

Eh bien, ça ne se reproduirait pas. La prochaine fois, elle serait là pour l'aider, même si elle devait appliquer de la glace contre son front toute la soirée.

Il l'avait aidée à gérer sa douleur, et elle ne comptait pas le laisser affronter la sienne tout seul.

Les épaules carrées en arrière, elle dit au revoir à ses employées et traversa la rue pour passer chez Hailey. Elle jeta un regard à Montgomery Ink et vit un jeune garçon assis sur les marches de l'entrée. Ce devait être le gamin d'un de leurs clients. Il était encore tôt et l'air empli de rosée matinale était un peu frais. Elle espérait que l'enfant soit bien couvert, car elle n'aurait pas voulu rester dehors trop longtemps. Dans le Colorado, même en plein été, à l'ombre avant que le soleil soit vraiment levé, le vent des montagnes refroidissait l'atmosphère.

Elle demanderait à Austin qui était le gamin une fois qu'elle serait dans le studio. Peut-être ferait-elle le tour plutôt que de passer par la porte qui reliait Taboo et Montgomery Ink comme elle en avait pris l'habitude. Comme ça, elle pourrait voir si le gosse avait besoin de quelque chose. Franchement, elle ne comprenait pas pourquoi ce détail la perturbait autant. Le gamin avait probablement ses deux parents à l'intérieur qui le surveillaient, mais elle était incapable de s'en empêcher.

Dès qu'elle entra dans Taboo, elle sourit à Hailey qui était en train de se trémousser derrière le comptoir au rythme de la musique tout en préparant des cafés. Heureusement, il n'y avait pas trop de monde avant elle et Sierra n'eut pas besoin d'attendre longtemps. D'habitude, elle faisait un saut au café jouxtant Eden quand il y avait trop d'attente le matin, mais elle avait envie de voir son amie. Ça valait le coup de faire la queue.

— Eh, ma belle, bonjour, dit Hailey sans cesser de danser.

Sierra ne put s'empêcher de renifler.

— Tu es de belle humeur.

Hailey secoua la tête tandis qu'elle lui préparait deux *lattes*.

— Pas vraiment. Je suis sous l'emprise de la caféine. Je viens d'essayer une nouvelle variété de café pour mes expressos, et il a du punch.

Le regard de Sierra s'illumina.

— Oh, vraiment ? Tu vas le garder alors ?

Hailey hocha la tête.

— Oui. Ça sera parfait pour les matins difficiles. Et puis, il n'a pas un goût de goudron brûlé comme dans certains *autres* cafés.

Sierra eut la bonne grâce de rougir.

— Tu sais que quand je vais ailleurs, je ne pense qu'à toi. C'est plus rapide, c'est tout.

Hailey leva les yeux au ciel.

— C'est ce qu'ils disent tous, championne. Deux *lattes* à emporter. Dis bonjour à Austin pour moi.

— Comment tu sais que je vais voir Austin ? demanda Sierra avec sa plus belle façade de princesse des glaces. J'ai juste commandé deux cafés. Ça pourrait très bien être pour Jasinda ou Becky.

Hailey renifla.

— Ça aurait pu, mais tu es venue ici le matin pour travailler sur l'inventaire, les comptes, et les autres galères administratives, alors ce doit être important. Il n'y a qu'une personne qui me vienne à l'esprit du coup. Passe-lui le bonjour de ma part.

Hailey s'arrêta de danser et lui jeta un regard qu'elle ne comprit pas.

— Qu'est-ce qui se passe ?

Bon sang. Il y avait un truc qui clochait, elle ne pouvait pas se défaire de cette impression.

— Je ne sais pas, chérie. Il se passe quelque chose à côté. Ils ont fermé le studio hier avant leurs horaires habituels, et Sloane avait l'air encore plus grave que d'habitude.

Les joues de Hailey s'empourprèrent à la mention de Sloane, mais Sierra ne pouvait s'arrêter là-dessus pour l'instant.

— Ils ont fermé le studio ? demanda-t-elle, le cœur battant. Ils ne font *jamais* ça, si ?

Hailey secoua la tête et commença à préparer un café pour le client assis au bar.

— Non, c'est vrai. Peut-être qu'ils avaient une urgence familiale, mais je n'en sais rien.

Hailey ravala des larmes et secoua la tête.

— Va les voir et vérifie que tout va bien avec Harry, tu veux bien ? Je suis inquiète. Je sais que je dansais tout à l'heure, mais j'essayais de me distraire, tu comprends ? Vu que je suis coincée ici.

Sierra hocha la tête et déglutit avec difficulté. Elle se racla la gorge et prit ses *lattes*.

— Je vais voir ce qu'il se passe. Je suis sûre que tout va bien.

Hailey lui adressa un sourire triste.

— Oui. On est sûrement en train de paniquer pour rien. Allez, file voir ces Montgomery.

Sierra lui adressa un dernier au revoir et partit vers la porte de liaison avant de s'arrêter pour emprunter la porte d'entrée à la place. Même si elle se creusait les méninges à se demander ce qui se passait avec Austin, elle n'avait pas complètement oublié le gamin. Elle voulait s'assurer que lui aussi allait bien. Elle lui aurait bien pris un chocolat chaud ou autre chose, mais ce n'était pas son fils et elle ne voulait pas empiéter sur les prérogatives de quelqu'un d'autre. Et puis, le gosse aurait pu être allergique au sucre ou un truc du genre. Ça existait, non ?

Mince. Comment pouvait-elle gamberger autant pour deux tasses de café ? Maintenant, elle s'inquiétait pour un gamin qu'elle ne connaissait pas et qui n'avait probablement besoin de rien, et l'homme auquel elle tenait avait des soucis. En tout cas, c'était ce qu'elle pensait. Si ça se trouve, elle se faisait des frayeurs pour rien et il se mettrait à rire et à la traiter de folle quand elle lui en parlerait.

Oui, c'était exactement ce qui allait se passer.

Mais ils avaient fermé le studio...

Non. Elle n'allait pas s'appesantir là-dessus. Pas pour

l'instant.

Le garçon était toujours assis sur le perron quand elle arriva. Ses cheveux châtain semblaient emmêlés, comme s'il ne les avait pas brossés depuis un moment, et il portait une veste fine et un jean troué. Pour ce qu'elle en savait, c'était la mode chez les garçons de son âge, mais ce n'était pas le cas de l'immense tristesse peinte sur son visage.

Il entourait ses jambes de ses bras et son menton était posé sur ses genoux. Maintenant qu'elle le voyait bien, elle s'aperçut qu'il n'était pas exactement installé sur les marches de la boutique. Il était plutôt sur le côté, sous une fenêtre aveugle, si bien que depuis Montgomery Ink, on ne pouvait pas le voir.

Elle espérait toujours que sa famille se trouve à l'intérieur, mais elle avait le sentiment que le garçon avait dormi là ou dans le coin cette nuit. Elle ne voyait pas de couvertures ni aucune preuve, mais c'était une impression dont elle n'arrivait pas à se défaire.

Qu'était-elle censée faire ?

Eh bien, lui parler calmement serait une première étape. Même si elle était une inconnue et qu'il ne devrait probablement pas lui adresser la parole, elle ne pouvait pas passer devant lui sans rien dire.

Elle afficha un sourire et essaya de ne pas avoir l'air d'une psychopathe afin de ne pas l'effrayer.

— Bonjour, dit-elle d'une voix guillerette.

Le gamin, qui regardait dans le vide jusque-là, sursauta et se tourna vers elle, les yeux écarquillés.

— Bon... bonjour, marmonna-t-il avant de refermer la bouche comme s'il avait peur d'ajouter autre chose.

Oh, le pauvre garçon. Il avait sûrement des problèmes. Ou bien elle lui avait fichu la trouille. L'un ou l'autre, il fallait qu'elle règle ça.

Elle se mordit la lèvre et se morigéna. Prenant soin de ne pas renverser les *lattes*, elle prit une grande inspiration avant de s'asseoir sur le perron à côté de lui. Le garçon eut l'air surpris l'espace d'un instant, puis il haussa les épaules comme si tout lui était égal.

— Alors, qu'est-ce que tu fais là devant Montgomery Ink ?

Était-elle trop insistante ? Seigneur, elle ne savait pas s'y prendre avec les gosses. De plus, celui-ci devait avoir l'âge de l'enfant qu'elle avait perdu et... eh bien, il valait mieux ne pas y penser.

Le garçon soupira.

— Je suis venu voir mon père.

Venu ? C'est-à-dire qu'il n'était pas venu *avec* ses parents ? Était-ce une fugue ? Oh, bon sang. Ce n'était pas de son ressort. Elle avait besoin d'Austin et peut-être de la police.

— Ah oui ?

— Oui.

Il regarda par-dessus son épaule, puis de l'autre côté comme s'il se cachait. Peut-être était-ce le cas.

— Mais je ne sais pas s'il sera content que je sois là, vous voyez ?

Non, elle ne voyait pas, mais elle ne comptait pas laisser ce gamin dehors sur le perron pour en apprendre davantage.

— Est-ce qu'il est... dans le studio de tatouage ?

Ça ne pouvait être que cela, vu l'endroit où le gamin s'était réfugié. Une drôle de sensation parcourut son échine tandis qu'il réfléchissait à sa réponse.

Non. Sûrement pas. Il devait y avoir un client à l'intérieur. Ou peut-être même Sloane. Pas vrai ?

— Il y est. Je pense. C'est ce que le papier disait.

Elle poserait des questions sur le papier plus tard. Pour le moment, au moins, il était en train de lui parler. Elle ne voulait pas le faire flipper.

— Tu veux rentrer ? demanda-t-elle, la gorge nouée.

Il croisa son regard et elle déglutit. Des yeux bleus. Elle *connaissait* ces yeux, mais elle devait se tromper. Il y avait des tas de gens qui avaient les yeux bleus et les cheveux sombres. Des tonnes de gens. C'était juste une coïncidence.

— Je crois que oui, marmonna le garçon. C'est pour ça que je suis là.

Sierra hocha la tête, l'esprit vide.

— Comment... comment tu t'appelles ?

Le garçon se lécha les lèvres et se passa une main dans les cheveux en haussant les épaules.

— Leif. Leif Montgomery.

Oh, merde. Elle se sentait mal.

Austin avait un fils. C'était ça la réponse. Putain. Il ne le lui aurait pas caché, pas un truc de ce genre, elle le *savait*. Ce qui voulait dire qu'il n'était pas au courant, ou alors qu'elle se trompait sur toute la ligne.

Hier soir.

Oh, seigneur. Il était au courant *maintenant*.

Il le savait et il ne le lui avait pas dit.

En tout cas, pas cette nuit. C'était pour ça qu'il lui avait laissé ce drôle de message. Pour ça qu'il avait fermé le studio la veille. Seigneur ! Qu'était-elle censée faire ? Comment gérer la tournure qu'avaient prise les événements ? Qu'est-ce qu'*Austin* allait faire ?

Il ne lui avait pas parlé, mais franchement, si elle paniquait autant, ce devait être la même chose pour lui. Il l'avait appelée tout de suite si elle ne se trompait pas sur la chronologie, ce qui voulait dire qu'il avait essayé. C'était déjà quelque chose.

Elle prit une grande inspiration. Il ne servait à rien de s'alarmer pour une chose dont elle n'était même pas certaine à cent pour cent. Elle allait découvrir ce qu'il se passait avant de procéder à l'étape suivante. Après tout, est-ce qu'elle ne venait pas de se dire qu'elle devait être aux côtés d'Austin peu importe ce qui arrivait ? C'était là un véritable test de ses sentiments pour lui, et s'enfuir ou être en colère à cause de quelque chose qu'elle ne contrôlait pas n'aiderait personne.

À l'évidence, certainement pas le garçon qui la fixait avec cette tristesse dans le regard.

Des questions comme « comment était-il arrivé là ? », « où était sa mère ? », « *qui* était sa mère ? » emplirent son esprit mais elle les mit de côté. D'abord, il fallait qu'elle vérifie. Ensuite, elle gérerait les conséquences.

— Oh. Bien.

Que pouvait-elle bien dire ?

— Tu es devant Montgomery Ink, alors tu dois être au bon endroit.

À moins que tout cela ne soit qu'une erreur. Une très grosse erreur.

Le garçon, Leif, hocha la tête

— Je suis au bon endroit. C'est ce que disait le papier. Mon père travaille ici alors je suis là pour le voir.

Sierra déglutit.

— Très bien, alors. Rentrons et allons le voir. Il fait un peu froid ce matin pour rester longtemps sur le perron, tu ne trouves pas ?

C'était vrai, mais c'était aussi une excuse comme une autre. Leif haussa les épaules.

— J'ai passé toute la nuit ici dans l'allée derrière, alors il fait plus chaud maintenant. Mais d'accord, allons-y. J'essayais de trouver quoi dire, mais je vous l'ai dit à vous, alors ça va. Non ?

— Tout à fait.

Toute la nuit ? Dans une allée de Denver ? Leif avait de la chance d'être là en ce moment. Denver n'était pas la plus dangereuse des villes, mais ça restait une zone urbaine et Leif était un jeune garçon.

Elle réprima un frisson à la pensée de ce qui aurait pu lui

arriver. Elle poserait les bonnes questions et obtiendrait le fin mot de l'histoire une fois qu'ils seraient à l'intérieur. Il fallait juste qu'elle voie Austin et tout irait bien.

Ou bien tout s'effondrerait autour d'eux, mais elle ne saurait pas où elle en était tant qu'elle restait dehors.

Ses jambes étaient chancelantes et ses *lattes* commençaient à refroidir.

— Bon, très bien. Rentrons.

Leif hocha la tête et se tint à côté d'elle. Les poings fermés le long du corps, il la regarda, elle et ses cafés. Il s'avança jusqu'à la porte et l'ouvrit pour elle. Eh bien, il avait de bonnes manières, c'était déjà ça.

Non ?

Oh, misère.

Elle entra la première, puisqu'il lui tenait la porte ouverte, et elle regarda autour d'elle avec le besoin désespéré d'apercevoir Austin. Mais il n'était pas là. Maya se trouvait dans un coin, courbée sur un papier, tandis que Sloane venait de quitter le comptoir.

Il se figea en la voyant… ou peut-être était-ce Leif qui lui faisait cet effet.

Il écarquilla les yeux et Maya marmonna quelque chose dans sa barbe.

Il semblait que Sierra avait deviné juste.

En tout cas, tout semblait l'indiquer.

— Sierra, dit Austin en surgissant soudain derrière Sloane hors de la réserve.

Ses bras tremblaient et elle était incapable de bouger. Sloane la rejoignit rapidement et lui prit les cafés des mains pour les poser sur le comptoir. Elle lui adressa un sourire reconnaissant. Enfin, en tout cas, c'était son intention. À voir la tête qu'il tirait, ce devait ressembler davantage à une grimace.

— Austin, dit-elle après s'être raclé la gorge. Bonjour.

Il fronça les sourcils et blêmit en regardant derrière elle. Lui aussi avait vu. Il ne pouvait pas manquer cette ressemblance. Qu'est-ce qu'ils allaient faire, bon sang ? Qu'est-ce qu'ils *pouvaient* faire ?

— Qui... qui est ton ami ? demanda-t-il d'une voix neutre.

Elle se tourna et fit quelque chose d'instinctif. Elle tendit la main et Leif la prit aussitôt. Ils en furent tous les deux surpris à en juger par son visage. Il se rapprocha, comme si elle pouvait l'aider.

Oh, mon petit, si seulement c'était vrai.

Elle croisa le regard d'Austin. Les seules personnes dans la pièce, à l'exception de Leif et d'elle-même, étaient Austin, Maya et Sloane – ils étaient sa famille, que ce soit par le sang ou par choix. D'après la mine des deux autres, ils avaient une petite idée de ce qu'il se passait.

Elle ne se laissa pas blesser par cette révélation, ou du moins elle essaya, même si elle sentit son cœur se fendre un peu. Ils avaient dû se trouver là quand il l'avait appris, ou quelque chose de ce genre. Après tout, il avait *essayé* de l'appeler. Une fois. Non, elle ne devait pas se montrer mesquine. Cela n'aiderait pas. Elle n'avait pas le choix.

Sierra baissa la tête vers le garçon qui n'avait pas quitté Austin du regard, les yeux écarquillés, les lèvres serrées en une fine ligne.

— C'est Leif, dit-elle doucement, les yeux sur Austin. Il dit qu'il est là pour voir son père.

Des larmes vinrent lui piquer les yeux, mais elle ne pleura pas. Pas maintenant. Elle laisserait ses émotions s'exprimer plus tard.

— Leif, gronda Austin qui sembla sortir d'une sorte de transe. Leif.

Sierra serra l'épaule du garçon. Il fallait qu'elle se reprenne et qu'elle soit forte.

— Je pense qu'on va tous devoir s'asseoir et parler de ce qu'il se passe. Je ne suis au courant de rien, mais je crois que je peux deviner. Qu'est-ce que tu en dis ?

Leif s'appuya davantage contre elle, tremblant de tout son corps. Elle s'agenouilla aussitôt pour se placer à la hauteur de ses yeux.

— Dis-moi ce qui se passe, mon cœur. Je ne peux pas t'aider si tu ne m'aides pas.

C'était à Leif qu'elle parlait, mais elle s'adressait aussi à Austin.

L'enfant croisa son regard et hocha la tête. Il ne lui parla qu'à elle :

— Je me suis enfui du centre d'hébergement. Ils étaient méchants. Je ne voulais plus vivre là-bas. Je sais que Maman est... morte... mais ça ne veut pas dire que je suis obligé de vivre là-bas. Si ? Je veux dire, mon père est ici.

Il ne regarda pas Austin, mais ces mots lui faisaient l'effet d'un coup de poing en plein ventre.

— Tu t'es enfui ? demanda Austin qui s'était soudain rapproché.

Sierra regarda vers lui juste à temps pour le voir s'agenouiller à côté d'eux.

Dieu merci.

Leif le regarda avec hésitation.

— Oui. Pourquoi ?

Austin secoua la tête. Ils avaient tout à bâtir. Cette situation dans son entier.

— Tu es le fils de Maggie ?

Maggie. Il avait déjà mentionné ce nom en parlant de ses ex. Elle ignorait que leur relation avait été sérieuse. Apparemment, les preuves étaient là.

— Tu n'aurais pas dû t'enfuir, Leif, dit Austin d'une voix douce.

Les yeux du garçon se remplirent de larmes et Sierra retint un juron, jetant un regard noir à Austin.

— Attends. Je veux dire que les gens là-bas doivent être à ta recherche. Ils sont sûrement inquiets. Ne crois pas que je ne voulais pas te voir, parce que j'en avais envie, mon grand. Putain.

Aussitôt, il écarquilla les yeux.

— Je pense que je ne devrais pas dire de gros mots.

— Non, tu ne devrais pas, marmonna Sierra.

Elle retint un soupir quand Austin passa la main dans son dos.

C'était déjà ça.

— Donc... tu es Leif, dit Austin.

À l'évidence, il ne savait pas quoi dire.

Au moins, ils étaient deux.

Leif se tourna vers Austin et Sierra retint sa respiration.

— Je ne veux plus vivre là-bas. Maman a dit que tu es mon père parce que j'ai ton nom. Si tu ne veux pas de moi, alors tant pis. Mais je ne veux pas retourner là-bas. Je vivrai dans la rue comme j'ai fait hier soir.

Les yeux de Sierra s'emplirent de larmes et elle regarda Austin qui devait faire la même tête qu'elle.

— Dans la rue ? murmura-t-il par-dessus la tête de Leif.

Elle secoua la tête. Ils verraient ça plus tard.

Maya s'approcha d'eux, le téléphone dans la main.

— Il faut qu'on appelle l'avocat et l'assistante sociale. Il faut qu'ils sachent qu'il est en sécurité.

— Je ne retourne pas avec eux !

Leif entoura Sierra de ses bras et s'accrocha de toutes ses forces.

Elle étouffa un hoquet, surprise par son poids, mais Austin l'aida à garder l'équilibre. Elle referma les bras autour du corps frêle du garçon et le câlina pendant qu'il était secoué par les sanglots.

— Oh, mon cœur, murmura-t-elle.

Austin passa la main dans son dos, mais il ne toucha pas Leif. Elle ne pouvait pas lui en vouloir. Elle ne connaissait même pas toute l'histoire.

Austin se rapprocha et l'embrassa sur la tempe avant de murmurer :

— Je te raconterai tout bientôt. Tu me fais confiance ?

Elle recula pour croiser son regard et répondit la seule chose qu'elle pouvait répondre.

— Oui. Toujours.

Les épaules d'Austin se détendirent.

— Ne me quitte pas, d'accord ? chuchota-t-il à nouveau.

— Jamais. Bon, Leif, mon chéri, il faut qu'on les appelle, comme disait ta tante Maya.

Leif se figea et regarda par-dessus son épaule.

Zut, elle n'avait pas réfléchi à ce qu'elle disait, ça lui avait paru naturel. Bon sang, elle faisait tout de travers, mais il n'y avait aucun manuel expliquant comment réagir quand l'enfant secret de votre petit ami surgissait de nulle part.

En tout cas, s'il y en avait un, elle n'était pas au courant.

— Ensuite, on verra comment régler tout ça, poursuivit-elle comme si elle n'avait pas commis de gaffe.

— D'accord, marmonna Leif.

Sierra laissa un soupir lui échapper.

Austin ne parvenait pas à détacher son regard du garçon et elle avait le cœur serré pour lui. Elle ne savait pas à quoi il pensait ni ce qu'il prévoyait, mais elle savait qu'elle resterait à ses côtés.

Elle ne pouvait pas le quitter.

Pas alors qu'elle l'aimait.

Leif la serra plus fort et son cœur fit un bond.

C'était sorti de nulle part, mais elle ne comptait pas s'enfuir. Pas cette fois. Elle ne fuirait plus jamais.

CHAPITRE DIX-HUIT

DEUX SEMAINES.

Deux semaines au cours desquelles tout avait changé dans la vie d'Austin. Un petit garçon vivait sous son toit, il aimait une femme à qui il n'avait pas encore avoué ses sentiments, et il était secoué par un tourbillon d'émotions dont il lui semblait qu'il ne parviendrait jamais à s'extirper.

Depuis le matin où Sierra avait pris les choses en main quand Leif était arrivé, tout s'était enchaîné. Leif ne voulait pas la lâcher, mais ça ne l'avait pas arrêtée. Austin était resté à ses côtés, essayant de garder le contrôle sur ses propres pensées et émotions, mais le succès n'était pas franchement au rendez-vous. Il avait toujours eu le dessus, toujours su quoi faire, pourtant les deux dernières crises dans sa vie lui avaient prouvé qu'il n'était pas aussi solide qu'il le pensait.

Ça lui fichait une trouille bleue.

Et pire encore, il paniquait.

Maya avait appelé l'avocat, mais c'était Sierra qui lui avait parlé. Elle n'avait même pas entendu toute l'histoire de la part d'Austin, mais elle avait pris les choses en main alors qu'il était perdu.

Il ne savait pas ce qu'il aurait fait sans elle.

Alors que Leif s'accrochait à Sierra, refusant de la lâcher, elle avait parlé à l'avocat de ce qu'il convenait de faire, puis elle avait passé le téléphone à Austin quand ils en étaient arrivés aux choix inévitables.

Ce coup de fil avait changé sa vie.

— Austin, je peux trouver une solution qui permettra à Leif de vivre avec vous si c'est ce que vous souhaitez tous les deux. Mais je dois savoir la décision que vous comptez prendre.

Austin avait regardé Leif et Sierra et il avait compris qu'il n'y avait qu'une seule réponse possible.

— Allez-y. Il ne retournera pas là-bas si on peut faire autrement.

Maggie avait mis le nom d'Austin sur le certificat de naissance, ce qui voulait dire qu'il était le responsable légal de son fils.

Leif avait lâché un soupir tandis que Sierra était secouée d'un sanglot. Austin s'était senti envahi par une sorte d'engourdissement, comme lorsqu'il avait trop de choses à gérer d'un seul coup. Il ne savait pas s'il avait pris la meilleure décision ni même une décision qui serait bonne pour eux deux, mais c'était la seule qui lui semblait juste.

Les choses étaient allées tout à la fois vite et lentement après cet appel. Sierra avait dû retourner au magasin, mais seulement pour récupérer ses affaires. Elle avait laissé Becky et Jasinda s'occuper d'Eden, et ce détail en disait long sur ce qu'elle était prête à faire pour lui. Bien sûr, elle les avait déjà laissées seules auparavant, mais elles étaient sur le point d'ouvrir et elle figurait au planning. Eden était son roc et son bébé, pourtant elle l'avait abandonné pour s'occuper de lui et de son fils.

Quand les résultats du test ADN revinrent, positifs, quatre jours après que Leif eut emménagé chez lui, le monde d'Austin trembla sur ses fondations une nouvelle fois.

C'était son fils.

Son enfant.

Ce n'était pas un enfant en famille d'accueil ou une adoption, mais un fils qui revenait à son père. Malgré cela, il ne le connaissait pas.

Son *fils*.

Bon Dieu, ça le bouleversait toujours et ça faisait deux semaines qu'il se le répétait en boucle pour se donner une chance de comprendre ce qui s'était passé.

Le centre d'hébergement n'était pas un mauvais endroit, en dépit des scénarios catastrophes qui étaient venus à l'esprit d'Austin. Comme la plupart des établissements sous financement public, il était en manque de personnel et surpeuplé de pensionnaires. Leif n'y avait pas été agressé, négligé, affamé ni battu.

Mais là-bas, il ne se sentait pas chez lui.

Le gamin refusait de parler de sa mère, si ce n'est pour dire qu'elle n'était plus là, et Austin le comprenait. Étant donné que lui-même craignait pour la vie de son père, il connaissait cette douleur et il ne le reprochait pas à son fils.

Il ne savait pas quoi faire avec un gosse de dix ans. Mais sa famille et Sierra avaient relevé le défi et l'avaient aidé. Il avait forcé sa mère et son père à rester chez eux et à prendre soin de leur santé tandis que le reste de la famille était venu lui donner un coup de main pour préparer la maison. Leif ne voulait pas partir sans Sierra, alors Austin était resté à la maison avec eux. Il avait débarrassé une chambre d'amis et il avait laissé Leif choisir ce qu'il voulait. À ce moment-là, Austin ne savait pas si ce serait temporaire ou permanent, mais cela n'avait pas d'importance. Leif avait besoin d'une maison, et à en juger par leur ressemblance, Austin était presque certain qu'il était son fils. Les tests ADN n'étaient qu'une formalité, une vérification pour les avocats et la cour. Il trouverait un moyen de faire fonctionner cette nouvelle famille – pour eux tous. De toute façon, Sierra avait déjà bouleversé sa vision des choses.

Sa sœur Meghan était la première à être venue donner un coup de main. Elle avait deux enfants et elle les avait amenés. Leif avait quatre ans de plus que Cliff, et une différence d'âge encore plus grande avec Sasha, mais les enfants l'avaient tenu suffisamment occupé pour que Sierra et Austin puissent souffler un peu. C'était très bizarre au début, mais Cliff avait apporté ses jouets, peut-être trop « bébé » pour Leif, et les enfants avaient joué ensemble tout en faisant connaissance.

Il n'était pas surpris que sa sœur n'ait pas eu besoin d'y réfléchir à deux fois avant de présenter ses enfants à leur cousin.

Leur *cousin*.

Miranda, Wes et Storm étaient allés acheter le nécessaire pour le garçon de dix ans. Leif avait quelques affaires dans un garde-meuble, mais jusqu'à ce que le juge décide s'il pouvait vivre là de façon permanente, il allait lui falloir des vêtements. Alex était parti en mission et ne pouvait pas être présent pour les aider. De toute façon, Alex avait ses propres problèmes. Austin ne lui en voulait pas de ne pas tout avoir plaqué pour lui. Maya faisait tourner la boutique et assurait la partie professionnelle de la vie d'Austin. C'était Griffin qui les avait aidés avec l'avocat et tout ce qui concernait les questions juridiques.

Sierra coordonnait le tout pendant qu'Austin se tenait à côté d'elle, s'efforçant de faire ce qu'il pouvait, même si cela se résumait à acquiescer ou donner son avis de temps en temps.

Il ne savait pas ce qu'il aurait fait sans sa famille.

Sans Sierra.

Elle n'avait pas dit un mot quant à ce retour à la surface du passé d'Austin, elle avait fait front, carré les épaules et elle avait foncé droit devant. Ils avaient discuté de la probabilité que Leif soit son fils, mais Sierra s'était contentée de secouer la tête.

— Attends d'être prêt pour me raconter toute l'histoire. Si tu n'es pas prêt et que tu essaies juste de me réconforter, ça n'aidera personne.

— Il n'y a pas vraiment d'histoire, avait-il répondu d'une voix douce.

Il l'avait embrassée et s'était détendu.

Elle dormait chez lui tous les soirs, comme si elle avait emménagé. Ils n'avaient pas fait l'amour depuis l'arrivée de Leif, mais ils dormaient blottis l'un contre l'autre, s'accrochant l'un à l'autre au plus profond de la nuit.

Sierra passait ses journées à travailler et ses soirées à l'aider.

Austin, quant à lui, passait ses journées à inscrire Leif à l'école et à gérer les avocats, et ses soirées à apprendre à être père.

Les détails et la mise en pratique avaient accaparé leur temps, et maintenant que tout était à peu près sous contrôle, le poids émotionnel de la situation se faisait sentir.

Voilà qu'il était père, et un père célibataire qui plus est. Certes, il y avait Sierra, mais ils n'avaient pas encore eu la discussion qu'ils devaient avoir. Il n'allaient pas tarder, parce qu'il n'était pas sûr de pouvoir déverser éternellement tous ses problèmes sur les épaules de la jeune femme. Il se faisait déjà l'effet d'être un tire-au-flanc tant il s'était reposé sur elle.

Sierra était au travail quand Austin rentra à la maison pour découvrir Leif assis dans la véranda, en train de fixer les montagnes, replié sur lui-même. Même si Austin s'inquiétait pour sa vie, celle de Sierra et celle de sa famille, Leif était toujours au premier plan de ses préoccupations.

Il avait toujours su qu'un jour il serait père.

Seulement, il ne s'attendait pas à manquer plusieurs années de la vie de son enfant. Voilà qu'il se retrouvait avec un fils de dix ans et il ne savait pas quoi faire. Comment était-il censé apprendre à connaître son fils alors qu'aucun d'eux ne semblait très doué pour communiquer ?

Il reconnaissait ses yeux dans ce petit visage. Son menton, ses cheveux, ses pommettes. Leif avait le nez de Maggie, mais c'était tout.

C'était un Montgomery, et Austin ne savait pas quelle devait être la prochaine étape.

— Vas-y, mon fils, dit sa mère à côté de lui.

Elle avait pris congé cet après-midi pour surveiller Leif quand il sortirait de l'école afin qu'Austin puisse retourner travailler un peu. Harry allait aussi bien que possible au vu des circonstances et il ne voulait pas que Marie traîne dans ses pattes. Un nouveau petit-fils était exactement ce qu'il leur fallait à tous les deux.

C'était amusant de voir comment les choses s'enchaînaient.

— Je ne sais pas quoi lui dire, Maman, fit Austin à voix basse.

Il n'avait jamais eu le sentiment de devoir mentir à sa mère en tant qu'adulte. Bien sûr, c'était un petit garnement quand il était gamin, mais maintenant, il voulait des conseils et du réconfort. Il ne lui cachait rien.

À part ce qu'il ressentait pour Sierra, mais c'était une chose à laquelle il devait s'habituer de son côté.

Ça finirait par venir.

— Demande-lui quels sont ses passe-temps. Quelle est sa couleur préférée. Comment était sa journée. Il a fini ses devoirs, mais tu peux lui demander en quoi ils consistaient.

Marie prit son visage entre ses mains et Austin soupira.

— C'est un garçon très enjoué, Austin. Il sourit quand il pense que personne ne le regarde.

— Je sais. J'ai vu.

Il l'observait, après tout. Il essayait de trouver comment interagir.

— Je sais, mon petit. Tu fais de ton mieux. Ça nous a tous laissés baba, cette histoire. J'aimais bien Maggie quand tu sortais avec elle, mais je ne la connaissais pas très bien. C'est vraiment triste qu'elle soit morte.

Austin hocha la tête.

— Oui. Je ne sais pas comment Leif s'en sort.

Marie secoua la tête.

— Eh bien, heureusement, Sierra lui a pris rendez-vous avec un psychologue, dit-il.

Austin soupira avant d'ajouter :

— Elle dit que le sien l'a aidée, et franchement, même si je n'aime pas parler de mes sentiments à des inconnus, si c'est une bonne béquille pour lui, alors tant mieux.

— Bien dit, mon fils. C'est une bonne chose. Je le sais. Nous avons la chance de l'avoir avec nous maintenant, mais il ne faut pas le prendre pour acquis. Je suis triste que nous ayons perdu ces dix années avec lui.

Elle serra les lèvres et Austin se pinça le nez. Ils en avaient déjà parlé. Personne, y compris Austin et Sierra, n'était content que Maggie lui ait caché son fils. Pour tout dire, Austin était furieux. Mais maintenant, hurler et faire un scandale ne serait d'aucune utilité.

Il n'y avait pas eu de lettre secrète ni de message de la part de Maggie dans sa succession. Rien d'autre que le nom de famille de Leif et le prénom d'Austin sur son certificat de naissance. Le manque de réponses le faisait enrager, mais il n'y avait rien qu'il puisse faire à part tourner la page et se construire un futur avec le fils qu'il venait juste de se découvrir.

— Je sais que tu es triste, Maman.

Marie poussa un soupir.

— Je suis désolée de revenir là-dessus. Je vais essayer d'arrêter, mais je n'en suis pas capable pour le moment. Va dans la véranda avec ton fils et parle-lui. Il ne fait pas peur, tu sais, et je suis à peu près sûre qu'il ne mord pas.

Un sourire échappa à Austin et il embrassa sa mère sur la joue.

— Je t'aime. Merci pour tout.

Marie eut un doux sourire.

— Je t'aime aussi. Sierra rentre bientôt ?

Rentrer. Sierra ne vivait pas officiellement ici, mais il s'était habitué à sa présence constante. Seigneur, il trouvait cela injuste de lui mettre tout ce fardeau sur les épaules. Elle avait perdu un enfant, et maintenant elle se retrouvait à en élever un avec lui – un enfant qui était du même âge que le sien s'il avait vécu.

Ce n'était pas juste, mais Austin ne savait pas quoi faire.

— Oui, bientôt, répondit-il machinalement.

Sa mère le dévisagea et fronça les sourcils.

— À plus tard, chéri.

— Merci, Maman, répéta-t-il avant de la raccompagner.

Il observa Leif dans la véranda, les mains dans les poches, tout comme son fils.

Son fils.

Il n'était pas sûr de s'habituer à ces deux mots un jour.

— Qu'est-ce que tu fais ?

Leif se retourna, les yeux écarquillés.

— Je réfléchis, c'est tout.

Il fallait vraiment lui tirer les vers du nez, constata Austin, mais il n'était pas bien différent. Tel père, tel fils.

Putain.

— À quoi ?

Leif haussa les épaules à nouveau et se laissa tomber sur l'un des fauteuils de la terrasse.

— À des trucs. C'était bien à ton travail, Austin ?

Le gamin l'appelait Austin et non Papa – ni l'un ni l'autre n'était prêt pour ça, et de loin. Austin haussa les épaules comme Leif venait de le faire.

— Pas mal.

Le gamin cligna des yeux et détourna le regard. Il devrait peut-être en dire un peu plus pour pousser Leif à en faire de même. Le gamin était un être humain, et Austin avait parlé à des tas d'êtres humains dans sa vie. Pourquoi était-ce aussi dur avec lui ?

— J'ai eu deux consultations aujourd'hui. Ça veut dire que je parle avec mes clients de ce qu'ils souhaitent.

Leif se redressa et se retourna.

— Vraiment ? Et tu les tatoues tout de suite ?

Austin se détendit en le sentant curieux. Les tatouages, c'était un truc dont il pouvait parler. Il n'avait peut-être pas l'air du papa parfait avec ses bras tatoués, sa barbe, sa carrure, mais les tatouages n'étaient pas tabous pour lui. Peut-être qu'il montrerait cela à Leif.

— Quelquefois. Ça dépend du motif et du temps qu'on a. Un grand motif prend parfois plus qu'une seule séance. Et puis, j'aime bien que les gens avec qui je travaille rentrent chez eux avec le dessin pour y réfléchir, au cas où. Je ne veux pas les tatouer, et puis qu'ils paniquent parce qu'ils ont pris la mauvaise décision.

— Parce qu'un tatouage, c'est pour toujours.

Austin hocha la tête et tendit le bras.

— Oui. Je peux dessiner par-dessus et il y a un processus pour les effacer s'il le faut vraiment, mais ça fait un peu mal – non, ça fait très mal. Et ça laisse des cicatrices, alors ce n'est pas pareil qu'avant.

Leif fixa le bras d'Austin avec intensité.

— Tu es tatoué partout ?

— Oui. Les deux bras. J'en ai fait une partie, Maya a fait le reste. On appelle ça des manches.

Leif releva la tête en faisant de grands yeux.

— Tu t'es tatoué *toi-même* ?

Austin eut un grand sourire.

— Oui, je ne peux pas faire de grands motifs sur moi parce que la douleur finit par me fatiguer et souvent l'angle ne me permet pas de travailler, mais j'aime bien l'idée d'avoir mes propres œuvres d'art sur le corps.

— C'est cool.

Leif tendit une main hésitante.

— C'est quoi celui-là ? C'est la même chose que sur ta vitrine.

Austin prit une brève inspiration.

— C'est l'Iris des Montgomery. La boîte de Wes et Storm utilise le même logo. C'est le blason de notre famille. Tous les Montgomery ont ce tatouage, mais à différents endroits du corps ou dans différentes couleurs.

— Vraiment ? Même Marie et Harry ?

Austin sourit.

— Même Marie et Harry.

— Qu'est-ce qu'il faut faire pour le recevoir ? demanda Leif en regardant le tatouage d'Austin plutôt que son visage.

Austin déglutit.

— Faire partie de la famille. Et avoir dix-huit ans.

Leif releva la tête et sourit.

— Est-ce que tu penses....

La respiration d'Austin resta suspendue.

— Si tu en veux un quand tu auras dix-huit ans, pas de problème. Mais pas à un endroit qui se voit si tu veux faire un métier où les tatouages ne sont pas appréciés. Nous, on aime bien et on n'a pas de problèmes avec ça, mais il y a des gens qui jugent, et je préférerais que tu n'aies pas à supporter ça à dix-huit ans.

Leif cligna des paupières, le regard humide. Austin avait les larmes aux yeux, lui aussi. Ce devait être le pollen.

— Plus que huit ans à attendre.

Bon sang. Seulement huit ans. Il avait manqué tant de choses. Certes, c'était nul, et il n'aurait pas dû en vouloir à quelqu'un qui n'était plus là pour se défendre, mais c'était le cas. Maggie lui avait pris quelque chose de précieux, que ce soit pour une raison ou une autre. Elle avait mis son nom sur le certificat de naissance, alors on aurait pu le retrouver en fin de compte, comme cela avait été le cas, mais elle avait tenu son fils à l'écart. Peut-être qu'au fond d'elle, elle voulait qu'il soit au courant, mais il ne pouvait pas en être certain. Elle l'avait caché. Probablement parce qu'elle pensait qu'il était trop dépravé, mais en l'espèce, il se fichait de connaître ses raisons. La seule chose qui importait, c'était qu'il avait manqué la naissance de Leif, il avait manqué ses premiers mots, ses premiers pas, son premier jour d'école.

Il avait manqué tellement, et il manquait encore des choses parce qu'ils avaient devant eux une longue route pour découvrir comment fonctionner en tant que famille.

La vie était courte et Austin n'avait pas envie de perdre plus de temps avec son fils.

— Salut, vous deux. J'ai ramené à manger, lança Sierra depuis le seuil, une boîte de poulet à la main.

Austin se leva et lui prit le repas des mains, avant de se pencher pour l'embrasser.

— Merci, Gambettes.

Elle lui sourit et regarda Leif par-dessous son bras.

— Tu as faim, Leif ?

— Mmh-mmh. Tu as pris des haricots et du riz ? C'est ce que je préfère.

Il pencha la tête et rougit.

Bon sang, son gamin était en train de lui voler son cœur.

Austin regarda Sierra dans les yeux et il sut que c'était pareil pour elle.

Il fallait qu'ils parlent.

Bientôt.

— Oui, dit-elle après s'être raclé la gorge. J'ai pris des haricots et du riz. C'est ce que je préfère aussi.

— Moi encore plus, ajouta-t-il en remarquant à quel point ils se comportaient comme une famille.

Tous les trois.

Il n'était pas sûr de ce qu'il en pensait, mais il comptait prendre les choses comme elles venaient. C'était tout ce qu'il pouvait faire.

. . .

— Il dort ? demanda Sierra en se passant les mains dans les cheveux.

Austin rentra dans la chambre et referma la porte derrière lui. Leif avait pris la chambre à l'étage, de l'autre côté du hall d'entrée, la plus éloignée de la grande chambre qu'Austin occupait au rez-de-chaussée. Ça fonctionnait pour le moment, et sachant ce qu'il avait envie de faire ce soir, c'était une bonne chose.

— Oui. Il a plongé directement. Apparemment, il y avait une sortie sport aujourd'hui, alors il était fatigué.

Sierra inclina la tête de côté.

— On était au courant qu'il y avait une sortie ?

Austin secoua la tête.

— Non, en tout cas ni toi ni moi. Ma mère non plus, sans doute, sinon elle l'aurait probablement mentionné. Mais Leif a dit que c'était une petite sortie, à la salle de gym, pas une expédition qui durait toute la journée comme quand on était gamins.

Elle fronça les sourcils.

— Dans ce cas... Mais c'est quand même quelque chose dont on aurait dû être au courant, non ?

Austin se passa une main sur le visage.

— Franchement, je n'en sais rien. Maintenant, on le sait et je pense qu'il commence à s'ouvrir suffisamment. S'il y en a une autre à l'avenir, on sera au courant.

En tout cas, il l'espérait. Pour le moment, il fallait parier sur le fait qu'il arrive à faire parler Leif de ce qu'il se passait dans sa vie. Leur conversation sur les tatouages et la famille dans la véranda avait été intéressante, meilleure que la plupart des échanges qu'ils avaient eus jusqu'alors.

Sierra se tenait à côté du lit. Elle portait l'un de ses tee-shirts et un short de volley. Le short rendait ses jambes encore plus sexy. Sa verge se dressa à cette vue et il retint un gémissement.

Ça faisait un moment qu'ils n'avaient pas fait l'amour. Ils avaient la trouille de tenter quoi que ce soit quand Leif était dans la maison. Bien sûr, ce n'était pas un problème pour la plupart des couples qui avaient des enfants, mais c'était nouveau pour lui et il ne voulait pas se planter.

Du coup, avec Decker, ils avaient discrètement démonté les installations de la cave. C'était rapide, vu qu'Austin n'avait pas grand-chose, mais c'était un peu comme dire au revoir à une partie de lui. Il ne pouvait pas prendre le risque d'avoir un endroit comme ça, que Leif puisse trouver facilement. Ce que Sierra et lui faisaient en privé ne le regardait pas, mais il aurait été irresponsable de ne pas le protéger de ce qu'il ne pouvait pas comprendre. En plus de ça, rien n'avait été officiellement décidé quand Leif était arrivé chez lui. Bien sûr, le gamin partageait son sang, mais la cour devait encore donner son approbation. Les gens avaient peur de ce qu'ils ne comprenaient pas, et au vu des raisons pour lesquelles Maggie l'avait quitté, il ne comptait rien faire qui puisse perturber la vie de Leif à nouveau.

— Qu'est-ce qui se passe dans ta tête ? demanda Sierra en se rapprochant lentement.

Il ouvrit les bras et elle se laissa couler contre lui, la tête sur son torse.

— Tu m'as manqué, murmura-t-il.

Elle recula, le front plissé.

— J'étais là tout du long, Austin. Comment ai-je pu te manquer ?

Il passa la main dans ses cheveux.

— C'est vrai, tu étais là. Je ne sais pas comment te remercier.

Il fronça les sourcils.

— Est-ce que je t'ai seulement remerciée ? Ou ai-je pris pour acquis ton aide, tes conseils et ton attitude de battante ?

Elle eut un doux sourire et prit sa joue en coupe. Il se tourna vers sa paume et l'embrassa délicatement.

— Tu m'as dit merci. Tu t'es aussi démené comme un fou dans cette situation impossible. Tu as un *fils*, Austin. C'est un truc terrorisant, mais tu as levé le menton et tu as dit « d'accord, allons-y ».

Il secoua la tête.

— Si j'ai été capable de le faire, c'est parce que tu étais à mes côtés à chaque étape. Bien sûr, il n'y avait pas d'autre décision possible pour Leif. Je n'allais pas le laisser dans un centre d'hébergement alors que j'ai toute la place qu'il faut ici, mais tu as fait la même chose, Sierra. Tu as tout mis en attente et tu as bouleversé ta vie pour lui. Et pour moi. Tu l'as accepté sans rien dire. Je ne sais pas comment je pourrais te rendre la pareille.

Elle soupira.

— Tu avais de la place dans ton cœur pour lui aussi, Austin. J'en suis persuadée, même si tu ne t'en rends pas compte pour le moment.

Il déglutit avec difficulté. Il ne savait pas quoi faire de ses émotions avec Leif. C'était trop surréaliste pour y penser en profondeur.

— Je vois que tu n'es pas encore prêt et je le comprends. Quant à me rendre la pareille ? Tu n'as pas à le faire. Je vois que vous vous apprivoisez, que vous comprenez ensemble ce que sa présence ici signifie. J'ai tout ce qu'il me faut.

Seigneur, elle était parfaite. Elle abandonnait tant de choses pour lui. Ils avaient commencé en essayant de s'amuser et de voir comment leur relation évoluerait, et voilà qu'elle vivait pratiquement avec lui et qu'ils jouaient au papa et à la maman avec Leif. Elle n'avait rien demandé de tout ça, et Austin avait l'impression d'attendre qu'elle lui dise qu'elle en avait marre et qu'elle s'en aille.

Mais il ne pouvait pas avoir ce genre de pensées pour le moment.

Pour l'heure, il avait envie de penser à autre chose.

Il se pencha et effleura ses lèvres.

— Tu es sûr que tu as *tout* ce qu'il te faut ?

Sierra rougit et la chaleur de sa peau embrasa Austin.

— Austin...

— Ça fait deux semaines, ma puce. Il est de l'autre côté de la maison et on peut se montrer silencieux.

Il haussa un sourcil.

— En tout cas, moi je peux être silencieux. On va devoir trouver un moyen de te bâillonner pour que tu ne hurles pas trop.

— Oh, vraiment ? De me bâillonner ?

Il n'était pas fan des bâillons-boules parce qu'il aimait l'entendre gémir son nom mais... non, pas maintenant.

— J'ai envie de m'engouffrer dans ta chaleur tout en te recouvrant de mon corps. J'ai envie d'y aller lentement et doucement, de m'assurer que tu sentes le moindre centimètre. Qu'est-ce que tu en dis, Gambettes ?

Elle écarquilla les yeux et ses pupilles se dilatèrent rien qu'en entendant ces mots.

— Tu es sûr que tu es capable de me garder silencieuse ?

Austin gémit et l'attira plus près.

— On va faire de notre mieux. Je ne compte pas arrêter de te faire l'amour parce que Leif vit ici. On va trouver un moyen.

— Alors, fais-moi l'amour.

Il se pencha vers sa bouche et apprécia la douceur de son goût sur sa langue. Il la fit marcher à reculons vers le lit, les mains dans ses cheveux, sur son visage, sa bouche sur la sienne. Elle gémit contre lui et il mordilla sa lèvre.

— Silence, chuchota-t-il.

Son regard s'éclaira.

— Mais tu as si bon goût.

Elle posa la main sur son pénis et il gémit.

— Silence, chuchota-t-elle en l'imitant.

Il renifla et recula avant de la déshabiller d'un geste brusque. Elle étouffa un cri, surprise qu'il soit aussi preste.

— Mets-toi sur le lit, allongée sur le dos.

Elle obtempéra sans le quitter du regard. La pointe rose de ses tétons durcit et il posa la main sur son érection à travers son jean.

— Écarte les jambes.

Quand elle le fit, il retint un autre gémissement.

— Tu mouilles pour moi, ma puce, chuchota-t-il. Tu es tellement mouillée. Tu as envie que je te lèche avant de te prendre ? Est-ce que ça te soulagerait ?

Elle hocha la tête en se mordant la lèvre.

Austin se délesta de ses vêtements et monta sur le lit. Il passa les jambes de Sierra autour de son cou et donna un long coup de langue sur son sexe.

Quand il entendit un râle assourdi, il releva la tête pour voir un oreiller sur son visage. Eh bien, c'était une façon de rester silencieuse. Il revint à son festin et se mit à mordiller et suçoter ses lèvres et son clitoris. Elle se balançait contre son visage, gémissant doucement tandis que la pression contre son clitoris augmentait au fur et à mesure. Quand il la fit vibrer par sa voix tout en taquinant son anus de son doigt, elle jouit.

Violemment.

— Alors, ma petite Sierra aime ça quand je joue avec son cul ? demanda-t-il en se léchant les lèvres, parfumées par son goût.

Elle retira l'oreiller de son visage et hocha la tête.

— Oui. J'aime la sodomie. Mais tu sais quoi ? On pourra faire ça plus tard. Pour l'instant, s'il te plaît, prends-moi.

Il arqua un sourcil, étonné par ses ordres. Ce soir était différent pour eux et ils le savaient tous les deux. Ils n'étaient pas un Maître et sa soumise. Ils étaient Austin et Sierra qui faisaient l'amour. C'était leur délire et Austin savait qu'il était chanceux d'avoir trouvé quelqu'un qui était sur la même longueur d'onde que lui.

— Je vais te sodomiser plus tard, alors, Gambettes. Mais là, laisse-moi aller chercher une capote pour que je puisse te faire l'amour.

Elle agrippa son poignet et secoua la tête.

— Pas de capote. Plus jamais. Je prends la pilule et on s'est tous les deux fait dépister. J'ai envie de te sentir en moi.

Il retint un gémissement et écrasa ses lèvres sur les siennes.

— J'ai tellement hâte d'être en toi sans rien, ma puce. Je sais qu'on l'a déjà fait une fois, mais cette fois c'est pour de bon. Tu comprends ?

— Alors, prends-moi.

Il se plaça à l'entrée de son corps sans détacher son regard du sien. Quand il s'enfonça en elle, sa bouche s'ouvrit en un hoquet silencieux. Il la pénétra lentement, centimètre par centimètre jusqu'à ce que ses testicules appuient contre ses fesses et qu'il puisse sentir son corps enserrer parfaitement son sexe.

Il déglutit, les bras tremblants.

— C'est tellement bon en toi, ma puce, murmura-t-il.

— Je... Je...

Elle cligna des yeux, puis passa les mains sur son dos.

— Bouge. Je veux te sentir entièrement.

Il hocha la tête et se retira avant de revenir lentement en elle. Ils se regardaient droit dans les yeux tandis qu'il faisait l'amour à sa femme, celle qu'il aimait. Quand ils jouirent ensemble, ils murmurèrent le prénom l'un de l'autre en tremblant de tous leurs membres.

Il savait ce qu'elle avait failli lui dire juste avant de lui demander de bouger. Et il avait failli le dire aussi. Il avait une raison de ne pas lui faire cet aveu jusqu'à présent, mais il ne savait plus ce que c'était. Il aimait Sierra Elder, or maintenant que les choses avaient changé, il ne savait pas si leur relation durerait.

Son cœur fit un drôle de salto et il embrassa doucement Sierra en essayant de se débarrasser de cette douleur. Il avait besoin d'elle plus que tout au monde, mais il n'était pas sûr que ce soit réciproque.

Ça lui faisait trop peur de penser à l'éternité.

Bien trop peur.

CHAPITRE DIX-NEUF

— JE NE ME remets toujours pas que tu sois papa, dit Shep alors qu'ils étaient assis dans la véranda de son oncle et sa tante, à savourer une bière.

Austin renifla sur la chaise à côté de lui.

— Je ne m'en remets toujours pas non plus.

Shep secoua la tête et prit une autre gorgée.

— Qu'est-ce que tu en penses, Papy, tu arrives à y croire ?

Harry, assis de l'autre côté d'Austin, but une gorgée d'eau.

— Oui, parce que je peux voir Austin dans le moindre mouvement que fait Leif. C'est fou que ce gamin te ressemble tellement alors qu'il a passé toute une décennie sans toi.

Shep retint une réponse énervée à cette déclaration. Il avait rencontré Maggie une fois, au moment où il avait quitté Denver pour de bon afin de partir à La Nouvelle-Orléans. C'était une fille trop gâtée, égoïste, qui ne ressemblait pas du tout à la compagne actuelle d'Austin. Ce n'était pas la première fois qu'il devait se forcer à se taire quand il s'agissait de la mère de Leif. Ce n'était pas correct de dire du mal des morts, mais elle avait privé son cousin et les autres Montgomery de souvenirs et d'expériences qui ne reviendraient jamais. Sans compter que Leif avait été contraint de vivre dans un centre d'hébergement sans savoir de quoi serait fait son avenir parce qu'elle avait gardé le secret. C'était un tort impardonnable d'après Shep, et même si elle n'était plus là, il n'était pas sûr de pouvoir un jour passer l'éponge, quand il voyait la mine d'Austin en ce moment.

Son cousin pouvait bien dire qu'il avait tourné la page et qu'il regardait vers l'avenir, mais Shep savait ce qu'il en était. Austin ignorait comment agir avec son fils, et c'était bien dommage. Bien sûr, le gamin commençait à s'ouvrir, mais il n'avait pas encore été en présence de tout le clan Montgomery d'un seul coup. Cela aurait fichu la trouille à n'importe qui, alors ne parlons pas d'un gosse qui n'avait connu que sa mère pendant la majeure partie de sa vie.

— Il s'en sort bien à l'école ? demanda Harry, les mains tremblantes.

Shep cligna des yeux pour en chasser quelques larmes. La radiothérapie était difficile à supporter, ils le voyaient bien, mais Harry était fort. Et puis, Marie était à ses côtés, et elle était encore plus forte. Le pronostic était bon, et même s'ils étaient tous inquiets, Shep savait qu'en restant positifs, ils s'en sortiraient.

Pour autant, ce n'était pas facile de voir Harry souffrir.

Shep croisa le regard d'Austin et il sut que son cousin traversait la même chose que lui. C'était horrible de se sentir si impuissant pour les personnes que vous aimiez.

— Il s'en sort bien. Il avait un contrôle pour lequel on a révisé hier soir.

Shep eut un petit sourire à ces paroles. Son cousin se conduisait vraiment comme un papa – même s'il ne s'en rendait pas compte.

Ils parlèrent encore un peu de Leif et Shep absorba toutes les informations. Il voulait en savoir plus sur la vie de ce gamin, savoir comment Austin s'adaptait à tout ça.

— Tu penses qu'il est prêt pour le barbecue de demain ? demanda-t-il quand Harry s'endormit.

Austin se leva et borda son père d'une couverture.

— Leif ? Oui, je pense que ça ira. Sinon, on peut toujours partir. Il a rencontré la plupart de vous individuellement, mais jamais en groupe.

— On est un peu bizarres même pour les gens qui nous connaissent, alors pour un nouvel arrivant...

Austin renifla.

— Sierra sera là aussi et c'est son premier barbecue avec les Montgomery.

Shep émit un sifflement.

— C'est la même pour Shea, à vrai dire. Au moins, elles seront ensemble quand on les jettera dans le grand bain.

— C'est vrai. Puisqu'on parle de Shea, comment va-t-elle ? Ça fait un mois et, je ne sais pas, elle a toujours l'air un peu déphasée.

Shep laissa échapper un soupir.

— Je n'en sais rien, mon vieux. J'ai remarqué aussi et je lui en ai parlé. Tout ce qu'elle a dit, c'est que ça allait. « Ça va. » Je déteste cette expression. Ça ne veut pas dire que ça va. Ça cache des tonnes de larmes et de destins malheureux.

— Mince. Tu crois que c'est sa mère ?

Shep sourit. La mère de Shea était une garce de premier plan qui avait essayé de tout prendre à sa fille plus d'une fois.

— J'espère que non, mais l'idée m'a effleuré.

— Je ne sais pas quoi dire, Shep. Je ne peux pas vraiment t'aider tant qu'on ne sait pas de quoi il s'agit.

— Tu as suffisamment de soucis à gérer comme ça sans te soucier de moi. Occupe-toi de tes problèmes et je me débrouillerai pour découvrir ce qu'il se passe. Il doit y avoir quelque chose parce que ça ne va pas. On le sait tous les deux.

Avec un peu de chance, elle finira par m'en parler, parce que ça me tue qu'elle ne me fasse pas assez confiance pour ça.

Austin lui jeta un regard intrigué.

— La confiance ? Tu crois que c'est de ça qu'il s'agit ?

Shep se passa une main sur le visage.

— Qu'est-ce que ça pourrait être d'autre ? Je pensais qu'on était ouverts et francs sur tous les sujets. Je suppose que je me suis trompé.

— Shep.

— Laisse tomber. Je vais rentrer chez Griffin. Shea est là-bas, elle travaille et j'ai envie d'être avec elle.

Il croisa le regard d'Austin, puis il posa les yeux sur Harry qui dormait toujours.

— On va probablement rentrer à La Nouvelle-Orléans bientôt. Ça fait un mois qu'on est là, et même si Shea peut faire tout ce qu'elle a à faire depuis son ordinateur et que moi je bosse à Montgomery Ink, il va bien falloir qu'on rentre.

Austin hocha la tête.

— Je sais. Je m'en doutais. Dis-moi quand et je te donnerai un coup de main si besoin.

Il étreignit son cousin, passa une main sur la tête de son oncle et rentra dans la maison pour s'apprêter à partir. Quelque chose clochait avec Shea. Elle n'était pas heureuse et il se disait que ce devait être à cause d'une erreur de sa part.

Il déglutit avec difficulté. Ce n'était pas possible qu'il la laisse s'en sortir sans le lui dire. Il l'aimait plus que tout au monde et il avait besoin de savoir comment l'aider.

Même si ça le détruisait.

CHAPITRE VINGT

— IL Y AURA combien de Montgomery, déjà ?

Austin ne lui répondit pas et Sierra dut se retourner en plissant les yeux. Son homme afficha un grand sourire, les mains dans les poches.

— Tu es sexy dans cette robe, Gambettes.

À ces mots, elle retint un sourire. Elle était canon dans sa robe d'été, mais elle n'allait pas se laisser distraire par de belles paroles. Une minute. Était-elle *trop* sexy ? Elle pivota pour se regarder dans le miroir en pied d'Austin, au dos de la porte de son placard.

— Est-ce trop sexy ?

Et mince. Elle voulait faire bonne impression, ce qui ne risquait pas d'arriver si elle avait l'air d'une traînée en chaleur. Oui, une « traînée ». Ça lui arrivait de penser à elle-même en ces termes.

Des mains puissantes la saisirent par la taille et Austin s'avança derrière elle. Il lui fit incliner la tête sur le côté et déposa de doux baisers sur sa nuque. Des frissons parcoururent son corps et ses genoux flageolèrent. Il n'était pas croyable avec ses prouesses !

— Tu es superbe, Gambettes. Pas *trop* sexy, ajouta-t-il alors qu'elle étrécissait les yeux à nouveau. Tes jambes sont sexy, mais tout le temps. En fait, la seule façon qu'elles soient plus sexy, ce serait autour de ma taille... ou de mon cou.

Il l'embrassa sous la tempe. Sérieusement. Il était impossible.

— En fait, je vais peut-être te demander de mettre un pantalon ou une robe de nonne pour que mes frères ne voient pas ces jambes. Elles sont à moi, ma puce.

Elle leva les yeux au ciel. Un peu territorial, non ?

— Ils peuvent regarder autant qu'ils veulent, c'est avec toi que je rentrerai ce soir.

Oh Seigneur. Ça ressemblait plus à la déclaration d'une épouse que d'une petite amie. Elle ne croisa pas le regard d'Austin, de peur qu'il le prenne mal. Elle n'avait pas envie de gâcher la journée avant même qu'elle ait commencé.

— Bon, tu n'as pas répondu à ma première question. Il y aura combien de Montgomery là-bas ?

Austin recula et lui donna une petite tape sur les fesses.

— Juste mes frères et sœurs et leurs conjoints. Oh, et Shep, Shea et Decker. Peut-être que quelqu'un amènera une copine, ou dans le cas de Maya, Jake vu qu'il est tout le temps avec elle, mais à part ça, mes parents ne veulent pas que Shea, Leif et toi, vous vous sentiez submergés dès le départ.

— Tu réalises que, comme vous êtes huit dans ta famille, on sera toujours *submergés* ? Vous ne connaissez pas le dosage homéopathique.

Il tapota à nouveau ses fesses et elle leva les yeux au ciel.

— Que veux-tu que je te dise ? On aime le bruit. C'est réconfortant. Maintenant, finis de te préparer parce que je te connais et je sais que tu veux t'assurer d'être parfaite – même si c'est déjà le cas à mes yeux – pendant que je vais m'occuper de Leif. Il panique un peu.

Elle se sentit réchauffée par son compliment même s'il s'inquiétait pour le jeune garçon qui avait débarqué dans leurs vies de façon inattendue.

— Tu as besoin d'aide avec Leif ?

Une expression étrange passa dans son regard, mais il le dissipa. Bizarre.

— Ça va, je gère. Il faut que j'apprenne à mieux le connaître de toute façon, non ?

Heu. Cette réaction était... différente. Il l'embrassa au coin de la bouche et quitta la pièce. Qu'avait-elle fait ? Qu'avait-elle dit ? Peut-être qu'elle se posait trop de questions. Les dernières semaines n'avaient pas été faciles.

Elle finit d'appliquer son mascara et décida que c'était suffisant pour rencontrer la famille d'Austin. Toute la famille. D'un coup. Pas de pression ni rien. Dieu merci, Shea serait dans la même situation qu'elle.

Son téléphone sonna dans le sac à main posé sur le lit et elle alla répondre. Sa chaussure se prit dans le tee-shirt qu'Austin avait laissé par terre et elle décrocha sans regarder l'écran.

— Allô ?

— Sierra, c'est Rodney.

Son cœur s'emballa et elle s'assit en tremblant au bord du lit. Elle avait eu quelques nouvelles de son avocat et ami depuis l'horrible coup de fil de ses anciens beaux-parents, mais pas souvent. Heureusement, Todd et Marsha ne l'avaient pas rappelée. En fait, plus elle y réfléchissait et plus ça l'inquiétait. S'ils n'avaient aucun atout dans leur manche, ils l'auraient appelée pour la harceler comme ils le faisaient quand ils n'avaient pas d'autres options. Là, ils la laissaient tranquille. Cela aurait pu vouloir dire qu'ils avaient laissé tomber, mais Sierra les connaissait trop bien. Ils préparaient quelque chose, et elle ne savait pas quoi.

Le boule d'angoisse dans son ventre pesait aussi lourd qu'une pierre et elle dut prendre une profonde inspiration avant de répondre.

— Oui, Rodney. Que se passe-t-il ?

— Eh bien, j'ai à la fois de bonnes et de mauvaises nouvelles.

Elle déglutit.

— D'accord.

— La bonne nouvelle, c'est que nous n'avons pas reçu de documents du tribunal concernant leur procès. La mauvaise, c'est qu'ils essaient toujours de faire des vagues.

Elle sentit son corps trembler.

— Qu'est-ce que ça veut dire ?

— Ça veut dire qu'on n'en est pas encore sortis et qu'ils essaient de trouver un moyen d'intenter un procès. Je suis désolé, Sierra.

— Merci de me tenir au courant. Il faut que j'y aille.

Elle raccrocha avant qu'il puisse ajouter quoi que ce soit et elle essaya de reprendre contenance. Marsha et Todd voulaient lui faire un procès et lui prendre Eden. Ils n'en seraient pas capables. Il était impossible que cela fonctionne à moins qu'ils aient réussi à verser un pot-de-vin au bon endroit. Le fait qu'ils y soient presque parvenus par le passé l'inquiétait, mais il fallait qu'elle respire. Elle devait assister à un barbecue familial et un petit garçon avait besoin d'elle.

Un petit garçon qui n'était pas le sien, mais ça ne l'empêchait pas de le considérer comme tel.

Elle rangea le téléphone dans son sac, remis sa robe droite et sortit de la chambre en y laissant ses peurs et tous les « et si ». Elle parlerait du coup de fil et de ses craintes à Austin *après* le barbecue. Elle n'avait pas envie de gâcher la fête et la présentation de Leif à la famille avec ses problèmes à elle. Ils en avaient déjà assez comme ça.

Austin et Leif étaient assis dans le salon, silencieux. Ils ne se regardaient pas. Enfin, ils se jetaient quelques coups d'œil, mais seulement quand ils pensaient que l'autre regardait ailleurs. Elle savait qu'Austin essayait d'apprendre à connaître son fils, mais c'était difficile. Ils ne savaient pas franchement comment s'y prendre et par certains aspects, c'était un échec. Certes, Austin s'était lancé à corps perdu dans l'aventure, il n'avait pas essayé de tenir Leif à distance, et c'était le garçon qui était venu le chercher au départ, mais ça ne suffisait pas. Ils étaient deux inconnus dans une situation impossible.

— Prêts à partir ? demanda-t-elle, les faisant sursauter.

Austin se leva aussitôt et se passa la main dans les cheveux. Elle retint un sourire en voyant Leif faire de même. Ils étaient si mignons tous les deux qu'elle avait envie de les serrer dans ses bras sans jamais les lâcher.

— Prêt, répondit Austin d'une voix bourrue.

— Prêt, dit Leif en même temps.

Trop. Mignons.

LE NOMBRE de Montgomery réunis au même endroit était un peu perturbant – pour ne pas dire qu'on se sentait submergé, en mode « oh mon Dieu ».

— On dirait qu'ils se multiplient quand on les met ensemble, chuchota Shea à côté d'elle.

— De façon exponentielle, répondit Sierra sur le même ton, heureuse de la présence de l'autre femme même si elle avait l'air un peu pâle. Tu vas bien, ma belle ?

Shea croisa son regard, les yeux écarquillés.

— Ça va.

Ha, Austin avait raison. Shea n'arrêtait pas de dire que ça allait, mais personne ne la croyait. Le pauvre Shep devait devenir dingue.

— Si tu en es sûre.

— Oui. Je vais aller voir Shep. Tu te débrouilles toute seule ?

Sierra hocha la tête et regarda Shea partir vers son mari. Quel que soit ce qui perturbait la jeune femme, elle espérait que ça s'arrangerait le plus tôt possible.

Un corps de petite taille s'appuya contre elle et elle baissa les yeux pour découvrir Leif. Elle passa son bras autour de ses épaules.

— Que se passe-t-il, chéri ?

— Je regarde juste, marmonna-t-il tandis qu'elle lui caressait le dos.

Le pauvre. Il y avait *énormément* de Montgomery rassemblés dans le jardin de Marie et Harry. Heureusement, personne n'avait amené d'autre invité à part les conjoints, et Maya qui était venue avec Jake. Sierra ne comprenait toujours pas quelle était leur relation, si ce n'est qu'ils étaient meilleurs amis et qu'ils ne couchaient pas ensemble. Tant mieux pour eux si ça fonctionnait, mais il semblait y avoir des non-dits qu'elle ne saisissait pas. De toute façon, cela ne la concernait pas.

Enfin, ce n'était pas tout à fait vrai : Austin était venu à son bras. Se considérait-elle mariée pour autant ? C'était une forme de lapsus.

Ils restèrent là, en silence, à regarder les autres parler et blaguer. Leif avait déjà fait le tour avec Austin. Elle s'était tenue en retrait pour ne pas interférer. Elle se présenterait plus tard. Ce n'était pas comme si elle ne les avait pas déjà tous rencontrés – et Leif aussi. Seulement, c'était la première fête familiale à laquelle ils assistaient tous les deux.

Et voilà ce mot, encore une fois.

Famille.

Elle mit cette pensée de côté. La journée d'aujourd'hui concernait l'avenir de Leif, pas le sien. Son regard atterrit sur Harry, assis sur un fauteuil d'extérieur, un sourire sur son visage pâle. Bon sang, il devait avoir mal, mais il avait l'air de se reposer. Apparemment, il s'en sortait mieux qu'ils ne l'avaient craint, tant mieux. Cependant, elle savait qu'un cancer de la prostate n'allait pas disparaître en une journée. Il se battait, et c'était tout ce qui comptait pour l'instant.

Austin arriva vers elle d'une démarche conquérante, le regard fixe, les épaules larges. Seigneur, ce qu'elle l'aimait. Si seulement elle avait pu trouver le courage de le lui dire. Elle ne savait pas ce qui la retenait, mais il y avait quelque chose.

Son regard quitta le sien pour se poser sur Leif, et un reflet froid passa dans ses yeux avant qu'il ne cligne des paupières.

Oui. Ça, là. C'était en partie pour cela qu'elle se retenait de lui dire qu'elle l'aimait. Leif allait vers elle en premier. Toujours. Il lui faisait confiance et s'accrochait à elle plus souvent qu'il ne le faisait avec Austin... si tant est qu'il le fasse avec son père.

Seigneur. Est-ce qu'Austin était *jaloux* ? Non, c'était impossible. Elle se faisait des idées.

— Salut toi, dit-elle doucement en mettant de côté ses émotions.

Elle montait les choses en épingle. C'était forcément ça.

— Salut.

Il se pencha et effleura ses lèvres. Il se retira, puis il tendit la main vers Leif avant de s'arrêter en voyant que le garçon se recroquevillait contre elle.

La mine dévastée d'Austin lui brisa le cœur.

— Tu t'amuses bien ? demanda-t-il après un silence bizarre.

Leif haussa les épaules.

Des pas résonnèrent sur la terrasse et Cliff accourut, Sasha sur les talons, rapide malgré son jeune âge. Cette petite fille ne comptait pas se laisser mettre de côté par son grand frère. Sierra ne put s'empêcher de sourire.

— Eh, Leif. Tu veux jouer ?

Cliff avait une balle en caoutchouc comme celle que Sierra utilisait à la gym pour la balle au prisonnier ou pour faire des passes.

— Jouer ! s'écria Sasha en tapant dans ses mains.

Les ovaires de Sierra – ceux qu'elle croyait morts depuis long-temps – se réveillèrent.

Eh bien, voilà qui compliquait les choses.

— Je peux ? demanda Leif.

À elle. Pas à Austin.

Elle croisa le regard d'Austin, impuissante. Leif n'était pas à elle, peu importe le mal qu'elle se donnait. Elle n'était que la petite amie, pas quelqu'un qui pouvait remplacer Maggie.

Austin fit un petit signe de tête, les lèvres serrées.

— Bien sûr, mon cœur. Va t'amuser, mais laisse jouer Sasha et fais attention qu'elle ne se fasse pas mal.

Leif leva les yeux au ciel et la serra fort dans ses bras avant de partir en courant avec Cliff, Sasha à leur suite. Ses ovaires conti-nuèrent à se faire sentir.

— Doucement avec Sasha, Cliff ! Et laisse-la jouer, cria Meghan tandis qu'elle rejoignait Austin et Sierra avec son mari, Richard.

Austin se tourna et leva le bras pour que sa petite amie vienne se blottir dessous, serrée contre lui.

— Salut, petite sœur, dit Austin alors que l'autre couple approchait.

Meghan sourit et se dressa sur la pointe des pieds pour embrasser son frère avant de venir étreindre Sierra à son tour. Ce devait être un truc de famille.

En tout cas, pour la plupart d'entre eux. Richard ne lui avait même pas accordé un regard et ne s'était pas embêté à la saluer. Il lui avait déplu la première fois qu'elle l'avait rencontré et cette mauvaise impression n'avait pas changé depuis.

Manifestement, ce n'était pas près de changer.

— Richard, fit Austin d'une voix plus froide.

L'autre haussa un sourcil.

— Je pensais qu'on s'était déjà salués quand tu nous as amené ce gamin il y a environ vingt minutes. Faut-il vraiment recommencer ?

— Richard, chuchota Meghan.

Oui. C'était un connard.

— On aime bien dire bonjour aux gens quand on les croise, déclara Austin l'air de rien, collé à Sierra. Tu sais, la politesse et toutes ces conneries.

— Si tu le dis, répondit Richard d'une voix plate avant de se tourner vers Meghan. C'est la deuxième fois qu'on vient d'affilée. Je pense qu'on peut rentrer.

Meghan implora Austin du regard pour qu'il ne dise rien, et Sierra se sentit désolée pour elle. À l'évidence, il se passait quelque chose qu'elle ignorait, mais cette attitude n'était pas du goût d'Austin.

— Je vois que Griffin et Alex sont par là-bas. Allons leur parler, je ne les ai pas encore vus aujourd'hui, dit Sierra en clignant des yeux pour lui faire passer le message.

Austin poussa un petit grondement et soupira.

— Il faut que j'aille poser une question à Maman. Vas-y, toi. J'arrive tout de suite.

Il fusilla Richard du regard.

— Dis-moi si tu as besoin de quoi que ce soit, Meghan. Quoi que ce soit.

— Je pense que ma *femme* a tout ce qu'il lui faut, cracha Richard.

— Ça va, Austin, dit Meghan d'un ton las. Je vais dire au revoir à Richard, puis j'irai me mêler aux autres, promis.

— Pardon ? demanda son mari, le visage rouge.

— Tu as raison, chéri. Tu as des choses à faire, alors rentre à la maison. Je m'occuperai des enfants. Comme on est venus chacun avec notre voiture, ce ne sera pas un problème.

Sierra entraîna Austin avec elle alors que le couple se disputait. Au moins, Meghan se défendait et comptait rester au barbecue avec les enfants, mais Sierra avait le sentiment que les choses ne s'arrêteraient pas là.

— Je vais tuer cet enfoiré, je ne supporte pas de la voir comme ça, grinça Austin.

Sierra l'arrêta et se campa devant lui.

— Ne fais rien ici. Pas devant leurs enfants. Pas devant Leif. D'accord ?

Elle se dressa sur la pointe des pieds et l'embrassa sous le menton malgré sa barbe.

Austin grommela de nouveau, puis il l'embrassa passionnément. Devant tout le clan Montgomery.

— Pour eux et pour toi. Sans ça, je lui casserais la gueule.

— Je ne pense pas que ce soit ce que souhaite Meghan.

— On s'en fiche. Ce mec est un connard.

Sierra renifla.

— C'est vrai, mais si tu ne respectes pas les désirs de ta sœur, tu ne vaux pas mieux. Fais ce qu'elle souhaite.

Il plissa les yeux, mais il finit par hocher la tête.

— Très bien. Je vais parler à Maman comme je l'ai dit. Ça va aller avec Griffin et Alex ?

Elle tapota son torse et sourit.

— Bien sûr que oui. Ce sont tes frères.

— C'est bien ce qui me fait peur.

Il partit tandis qu'elle riait avant de rejoindre Griffin et Alex, assis sur des chaises longues. Il y en avait une troisième à côté d'eux.

— Je peux me joindre à vous ? demanda-t-elle.

Griffin eut un grand sourire et lui fit signe de s'installer.

— Bien sûr. On parlait de tout et de rien.

Alex lui fit un signe de tête et but une gorgée.

— Ce qu'Alex veut dire par ce hochement de tête, c'est : « oh, bonjour Sierra, est-ce que tu passes une bonne journée ? »

Sierra observa le visage d'Alex et retint un froncement de

sourcils devant son regard vitreux. On était encore l'après-midi. Il ne pouvait pas avoir déjà bu autant que ça !

Bien sûr, ce n'étaient pas ses oignons, mais à voir le regard inquiet de Griffin, cela risquait de devenir un problème dans la famille bientôt.

— Tu passes un bon moment ? demanda ce dernier après une autre pause gênante à la Montgomery.

Sierra sourit.

— Oui, vous avez une famille adorable.

Alex renifla, mais ne dit rien et se contenta de boire à nouveau.

Griffin soupira et se pencha en avant. Comme il était de l'autre côté, il devait parler par-dessus son frère silencieux pour s'adresser à elle.

— Est-ce qu'on t'a déjà raconté de bonnes histoires sur Austin ?

Sierra sentit son intérêt s'éveiller.

— Des histoires sur Austin ?

— Oh, oui. On en a des tonnes. Wes et Storm en ont davantage, vu qu'ils sont plus proches de son âge, mais on a de quoi le faire chanter.

Sierra rit en secouant la tête.

— Tu es sûr qu'Austin a envie que tu me les racontes s'il y a matière à le faire chanter ?

— Oh, que non. Et c'est bien pour ça qu'on va te les raconter.

Sierra se renfonça dans sa chaise longue et écouta Griffin lui narrer les frasques de jeunesse d'Austin, notamment une visite ou deux aux urgences. Apparemment, il avait envie de s'occuper de ses frères et sœurs plus jeunes que lui, mais il s'était souvent attiré des ennuis avec Shep. Seigneur, elle adorait cette famille.

Même les plus grognons lui avaient ouvert les bras. Enfin, peut-être pas Alex, mais il ne lui tournait pas le dos non plus. Ils commençaient juste à arriver à la meilleure partie – l'adolescence d'Austin – quand Wes et Storm les rejoignirent en apportant leurs chaises.

— Et cette fois où on l'a chopé avec, comment elle s'appelait déjà... dans sa voiture à côté des rails, dit Wes. Mince, comment elle s'appelait ?

Storm sourit.

— Susan. Susan Lady.

— Lady ? Eh ben, j'avais oublié ça, dit Wes en riant.

— Qu'est-ce qui vous fait rire ? demanda Maya en arrivant vers eux, Jake à ses côtés.

Il ne parlait pas beaucoup, mais bon sang, l'ami de Maya était sexy. Non que Sierra prête attention à cela. Pas vraiment.

— Ils me racontent des histoires sur Austin, répondit-elle.

— J'en ai quelques-unes, moi aussi, proposa Jake d'une voix basse et grave.

Maya leva les yeux au ciel.

— On en a tous. On ne connaît pas vraiment la notion de vie privée dans cette famille. Alors, qu'est-ce que tu veux savoir ? Je suis à peu près certaine qu'on connaît tous le jour où il a perdu sa virginité, Maman a pété un câble, c'était à voir !

Sierra arqua un sourcil et retint un sourire.

— Je crois que je peux me passer d'entendre ça.

Maya haussa les épaules.

— Tant pis pour toi. Hum, il y a eu la soirée pour ses vingt et un ans où il était vraiment, vraiment bourré. C'était marrant.

— Si vous en avez fini de vous payer la tête d'un type qui ne peut pas se défendre, je suis venu sauver Sierra, intervint Decker en se rapprochant.

Cette dernière inclina la tête.

— J'ai besoin d'être sauvée ?

Decker renifla.

— Non, mais Austin oui. Griffin, mon vieux, je m'attendais à mieux de ta part. Qu'est-ce que tu ferais si tu amenais une fille ici et qu'on lui raconte toutes tes conneries ?

Griffin sourit.

— Je l'ai fait. Une fois. Je ne recommencerai jamais. Oh, quelle atrocité.

Il frissonna tout en riant et Sierra leva les yeux au ciel avant de se mettre debout.

— Je n'ai pas envie qu'Austin se sente mal, alors allons-y.

Decker lui tendit le bras et elle s'y accrocha.

— Merci pour toutes les histoires. Je ne regrette pas d'être venue.

Ils lui dirent au revoir et continuèrent avec leurs anecdotes au sujet d'Austin. Apparemment, dès qu'on en racontait une, cela en entraînait trois autres. Quelle famille.

— Tu t'amuses vraiment ? demanda Decker en la conduisant vers Austin.

Elle hocha la tête.

— Absolument. Ta famille est hilarante.

Elle réprima une grimace.

— Ce n'est pas grave, Sierra. C'est ma famille, même si ce n'est pas par les liens du sang.

Elle se détendit et garda un œil sur Meghan qui surveillait les enfants. Leif s'éclatait, c'était un souci de moins.

— Je suis heureuse de te l'entendre dire.

Elle retint une réaction devant la tête que faisait Miranda. Elle se tenait avec ses parents, mais elle épiait les moindres faits et gestes de Decker sans détacher ses yeux de lui.

Intéressant.

Franchement, elle adorait cette famille.

— Eh, Gambettes, tu t'amuses bien ? demanda Austin qui les rejoignit à mi-trajet, des boissons dans la main. Merci d'être allé la repêcher, Decker.

Ce dernier sourit et secoua la tête.

— De rien. Maintenant, je vais y retourner et leur raconter l'histoire de la poire à sauce pour la dinde.

Sierra s'étouffa dans son verre.

— La poire à sauce ?

Austin rougit.

— Ce n'est pas ce que tu crois.

— Je ne sais pas quoi croire, à vrai dire.

Decker se contenta de rire et les laissa seuls.

— Non, vraiment, qu'est-ce que tu as fait avec une poire à sauce ?

— Il y avait de l'alcool, mais ce n'était pas sexuel. Juré. N'insiste pas pour en savoir plus.

Sierra s'imaginait tant de choses à la fois qu'elle frissonna à ces pensées.

— Non. Je préfère ne pas savoir.

Austin l'entoura de son bras libre et se pencha pour l'embrasser doucement.

— Merci d'être venue.

Elle soupira, ferma les yeux et s'appuya contre lui.

— J'aime absolument tout.

Il se figea avant de se détendre, comme s'il avait lentement analysé sa phrase. Elle déglutit pour faire passer sa déception. Il y avait un souci et elle n'arrivait pas à mettre le doigt dessus. Mais quoi que ce soit, ça lui faisait bien plus peur que des coups de fils menaçants et l'inconnu.

Infiniment plus.

CHAPITRE VINGT-ET-UN

AUSTIN GUIDA l'aiguille sur la peau de son client en faisant extrêmement attention aux détails. Il valait mieux ne pas rater ce tatouage-là. L'homme installé sur le fauteuil, Saint, était une montagne de muscles.

Et il était flippant.

Austin savait qu'il faisait partie du gang de motards Hell's Legion, mais c'était à peu près tout. Il ne savait pas ce qu'il faisait d'autre et il n'avait pas particulièrement envie de le savoir.

Si Austin était grand, Saint l'était encore plus. Il n'avait pas autant de tatouages que lui, mais il n'en était pas loin. Au fil des années, Austin en avait réalisé plusieurs sur lui, mais contrairement à ses habitudes, il n'avait pas demandé ce qu'ils signifiaient.

Il tenait trop à la vie.

Cela dit, il ne soupçonnait pas Saint d'être capable de meurtre.

Probablement pas.

Il termina l'ombre d'Anubis sur le flanc de Saint et l'essuya. Le motard terrifiant n'avait pas bougé d'un pouce durant l'intégralité de la session de cinq heures. Il n'avait même pas poussé un grognement ni frémi un tant soit peu.

Austin allait même jusqu'à grimacer parfois durant ses sessions.

Pas Saint.

Il lui fit son laïus sur les soins post-tatouage tandis que Saint se levait avec l'air de s'ennuyer ferme. Il semblait prêt à le tailler en pièces et il n'en fallut pas plus à Austin.

Pas le genre de mecs qu'il fallait se mettre à dos.

Saint laissa une liasse de billets de cent sur le comptoir et sortit. Il renfila ses couleurs – sa veste en cuir révélait de quel gang en particulier il faisait partie – sans même grimacer au contact du cuir sur le tatouage.

Dès qu'il fut sorti, Austin poussa un soupir. Seigneur, il ne savait pas ce qu'il y avait chez ce mec, mais il ne se sentait jamais parfaitement détendu avec lui. Pour tout dire, quand Saint prenait un rendez-vous – ou se pointait à l'improviste comme il en avait coutume – Austin s'assurait que le studio soit aussi désert que possible. Son client semblait apprécier la discrétion et Austin n'avait pas envie de l'embêter.

— Il est parti ? demanda Maya en sortant de derrière, les yeux sur la porte.

— Oui. Il a payé direct, même si je ne lui ai pas fait de devis. Voyons combien il a laissé.

Maya soupira.

— C'est sûr qu'il est costaud, et je ne dirais pas non s'il voulait me sauter, mais il me fout un peu la trouille, tu vois ?

Austin réprima un frisson.

— Ne parle plus jamais de te faire sauter par Saint ou un autre mec. On est peut-être amis, mais tu es aussi ma sœur. Oh, et si tu essaies de te faire Saint, ou même que tu imagines te le faire, je t'envoie dans un couvent.

Sa sœur renifla.

— Oui, mes tatouages et mon piercing au sourcil iraient telle-ment bien avec une robe de nonne. Et puis, j'ai le droit de fantasmer sur Saint, ça ne veut pas dire que je vais me le faire. Il a un côté serial-killer sexy. Tu as vu ces yeux bleus ? Ils sont froids comme la glace, mais j'adorerais les réchauffer. Il ressemble à Spike en plus costaud et plus sexy.

— Spike ?

D'où est-ce que sa sœur sortait des délires pareils ?

Elle leva les yeux au ciel avant de se détourner pour rejoindre son poste de travail.

— Tu sais, Spike ? Dans *Buffy* ? Super sexy avec ses pointes blondes.

— Alors, il te fait penser à Spike à cause de ses cheveux ?

Il était vraiment perdu.

— Non, c'est plus une histoire de pieux et de sang, je pense. Enfin bref, Saint est sexy, mais je ne sortirais jamais avec le membre d'un gang. Notre famille est déjà assez tarée comme ça.

— Dieu merci, marmonna-t-il en rangeant dans la caisse les trois mille dollars que Saint avait laissés.

Il avait trop payé, comme d'habitude, mais Austin les prit quand même. Il avait essayé de lui en rendre la dernière fois et le regard que Saint lui avait lancé l'avait presque fait pleurer. Il espérait que cette réaction ne diminue pas sa virilité.

— Alors, qu'est-ce qu'on a de prévu aujourd'hui ? Saint est venu tôt ce matin, il nous reste une partie de l'après-midi et la soirée, c'est ça ?

Austin hocha la tête et se débattit avec l'ordinateur, pour changer.

— Oui, j'ai une autre session ce soir qui ne devrait prendre qu'une heure. Le tatouage de Saint a mis du temps ce matin et je n'ai pas envie de me casser le dos sur un autre.

— Ravie de l'entendre, dit Callie en entrant au même moment d'une démarche guillerette.

— Qu'est-ce qui t'arrive ? s'enquit Austin.

— J'ai vu le mec le plus sexy du monde dehors. Il ressemblait trop à Spike !

— Non ! hurlèrent Austin et Maya en même temps.

Callie écarquilla les yeux et recula d'un pas. Austin ricana.

— Désolé, ma belle. Mais ne laisse pas traîner tes yeux sur Spike, d'accord. Ce n'est pas un mec pour toi.

Callie haussa un sourcil.

— Vraiment ? Parce qu'il est canon, et me dire que je ne peux pas avoir quelqu'un, ça me donne encore plus envie de l'avoir. Ou d'essayer, en tout cas, parce qu'une fois que je connais la personne, le seul truc qui compte, c'est ce que moi je veux et pas ce que les autres ne veulent pas. Vous voyez ?

— Non, dit Austin en se massant les tempes.

Seigneur, Callie était exactement comme Miranda avec une petite touche de Meghan et de Maya en plus. Celui qui aurait la chance de l'avoir dans sa vie un jour ne risquait pas de s'ennuyer.

— Chérie, ne taquine pas Austin. Saint ne t'apporterait que des ennuis. Il est peut-être sexy, mais même moi j'ai peur de lui. D'accord ?

Callie haussa les épaules.

— Ce n'est pas grave. Je ne comptais pas vraiment lui courir après et le supplier de me laisser chevaucher… sa moto.

Elle renifla quand Austin crispa la mâchoire.

— De toute façon, je préfère les mecs en costard qu'en veste en cuir.

— Vraiment ? Toi ? demanda Maya.

Austin était tout aussi surpris.

— Bien sûr. Ils peuvent avoir des tatouages, des piercings et autres jolies choses sous leurs fringues. Mais il n'y a rien de tel qu'un costume pour démarrer mon moteur.

Austin ferma les yeux et prononça une prière silencieuse.

— S'il te plaît, arrête de parler de démarrer quoi que ce soit. Et pour l'amour de Dieu, Maya, ne l'encourage pas. Arrêtez de parler de chevaucher. Pitié. Je n'en peux plus. Vous finirez par me tuer.

— Oooh, le pauvre Austin n'arrive pas à assumer que sa petite sœur couche avec des gens, dit Callie d'une voix sardonique.

— Je te jure que je vais te virer, Callie.

— J'aimerais bien te voir essayer. Tu ne t'en sortirais pas sans moi.

Là-dessus, elle disparut à l'arrière d'un pas léger en fredonnant une mélodie qu'Austin ne reconnaissait pas.

— Pourquoi je ne me suis pas trouvé un apprenti sympa, dépourvu d'ovaires, et qui ne me rende pas la vie impossible ?

Maya eut un grand sourire.

— Parce que Callie est une excellente tatoueuse et qu'elle avait besoin de ton aide.

— C'est vrai, mais je ne pense pas pouvoir supporter davantage de conversations de cul pour la journée.

— Alors, je ferais mieux de ne pas te demander comment ça va avec Sierra ?

Austin soupira et partit vers son poste de travail. Il sortit son carnet. Il n'avait toujours pas terminé le croquis pour Sierra. Elle ne lui avait pas non plus demandé où il en était. L'avait-elle oublié ? Ou peut-être qu'elle avait changé d'avis ?

Pour une raison quelconque, il lui semblait que s'il finissait le croquis, une part de ce qu'il partageait avec elle serait terminée. Cette appréhension n'obéissait à aucune logique, mais Austin n'arrivait pas à déceler ce qui n'allait pas dans ce raisonnement. C'était pitoyable de penser que leur attirance explosive et brûlante du départ n'existerait plus et qu'à sa place, il n'y aurait qu'un réconfort tel qu'il n'en avait jamais connu.

Non, ce n'était pas vrai. Il bandait toujours et il avait envie de la baiser contre tous les murs et tous les meubles quand il la voyait. Peut-être était-ce à cela que ressemblait une relation sérieuse. Quelque chose de différent, de confortable.

Mais alors, il n'avait aucune raison d'être toujours aussi nerveux.

— Heu, la terre appelle Austin. Est-ce que ça va ?

Il secoua la tête pour se libérer des pensées qui s'attardaient après les paroles de Maya.

—Ça va. Je réfléchis trop, c'est tout.

Maya avança jusqu'à lui.

— À quoi ? J'ai mentionné Sierra et tu es devenu tout sérieux. Est-ce qu'il se passe un truc dont tu as besoin de parler ? Je blague et je taquine peut-être, mais tu es mon grand frère et je t'aime. Si tu as besoin de parler, je suis là.

Austin écarta le croquis inachevé et soupira.

— Je ne sais pas, Maya. J'ai juste une drôle d'impression, je crois.

Elle s'assit sur le banc à côté de sa chaise et se mordilla la lèvre.

— On dirait vraiment que ça marche entre vous. C'est comme si vous vous correspondiez, tu vois ce que je veux dire.

Il hocha la tête. Il savait qu'elle avait raison.

— Je sais. C'est juste que...

— Que tout ça est arrivé très vite ?

Il laissa un soupir lui échapper, heureux que Maya comprenne autant la situation.

— J'ai l'impression qu'à un instant donné, on était en train de se chercher des poux à cause de Shannon, et la minute d'après, Sierra vit avec moi et mon gamin.

— Une famille instantanée.

— Putain. Oui. En quelque sorte. Ce n'est pas que je n'avais pas *envie* que ça arrive. Mais je ne pensais pas que ce serait plié en deux mois.

— Et le fait que Leif se soit pointé sans prévenir n'aide en rien.

— Je ne sais pas quoi faire avec lui, murmura-t-il.

Maya lui décocha un coup de poing dans l'épaule.

— Tu ne penses pas à essayer de te débarrasser de lui, au moins ? Parce que si tu fais ça, non seulement je te botterai les fesses, mais je récupérerai ce gamin si vite que tu n'auras même pas le temps de cligner des yeux.

— Quoi ? Non ! Ce n'est pas ce que je voulais dire. Il n'y a pas d'autre alternative. Il n'y en a jamais eu. Je ne vais pas m'en séparer, certainement pas ! Disons que je ne sais pas quoi faire avec lui maintenant qu'il est là.

— Sois son papa, Austin.

Il gronda et jeta son carnet à travers la pièce.

— Je le sais, putain. Je sais que je suis son papa, même s'il ne m'appelle pas comme ça. Non, il m'adresse à peine la parole. Il parle avec Maman et Sierra, mais moi ? Rien. J'ai essayé de lui parler, et ça a marché un peu quand on a discuté de tatouages, mais c'est tout. Il se contente de marmonner et il a l'air prêt à s'enfuir à tout moment. Je ne sais pas quoi faire.

Maya soupira alors que Callie revenait de l'arrière-boutique. Elle se pencha et ramassa le carnet qu'elle serra contre sa poitrine.

— Je ne veux pas le perdre, mais est-ce que je l'ai seulement trouvé ? J'ai l'impression d'être là, de lui avoir offert une maison pour qu'il soit en sécurité, mais d'être juste l'agent immobilier. Il n'a pas besoin de moi.

— Oh, Austin, bien sûr qu'il a besoin de toi, dit Callie.

— Vraiment ? Parce qu'on ne dirait franchement pas. Il a besoin de Sierra, ça c'est sûr, mais pas de moi.

Dès qu'il l'eut dit, il se fit l'impression d'être un abruti.

— Tu ne peux pas être jaloux de ta copine, chéri, dit Maya d'une voix compatissante.

Le fait qu'elle ait parlé doucement au lieu de le frapper en disait long.

— Seigneur, je suis super jaloux et je m'en veux encore plus pour ça.

— Il a eu Maggie avant, intervint Callie qui serrait toujours le carnet contre elle. Il a eu une maman et pas de papa. Oui, c'est nul que ça se soit passé comme ça, mais il n'est pas habitué à avoir des hommes dans sa vie. En tout cas, de ce que je peux en voir. Tu sais, mon grand, il y a des tas de mecs dans la famille Montgomery. C'est un peu suffocant de vous voir tous ensemble.

— Il faut que tu en parles avec Sierra, ajouta Maya. Elle ne va pas te juger, mais si tu gardes tout à l'intérieur, tu vas finir par lui en vouloir d'être une femme exceptionnelle qui non seulement supporte ta tronche boudeuse, mais en plus qui a ouvert les bras à un petit garçon qu'elle ne connaissait pas sans même y réfléchir. Ne te contente pas de me parler à moi et à Callie. Parle à ta copine. Je sais que tu l'aimes.

— Qui a parlé d'amour ? grogna-t-il.

— Oh, la ferme, rétorqua Maya. Tu l'aimes et elle t'aime. Vous ne vous l'êtes peut-être pas dit, mais ça n'en est pas moins vrai. Si tu le disais, tu parviendrais à dépasser ce qui te bloque pour te sentir à l'aise avec elle.

Seigneur, il aimait Sierra. Il l'aimait davantage qu'il n'aurait jamais cru pouvoir aimer, mais tout était arrivé si vite. Il pensait qu'il serait prêt pour cette émotion et tout ce que cela signifiait quand ça lui arriverait enfin, mais il ne savait pas qu'il aurait l'impression d'être passé sous un bus. Il avait eu envie de se poser, de se trouver une femme et d'avoir un bébé. Maintenant, il avait une copine qui semblait déjà faire partie de sa vie pour de bon et un enfant de dix ans qui ne voulait rien partager avec lui.

Qu'était-ce censé faire de ça ?

— Je ne sais pas, les filles, dit-il après être resté assis en silence un moment.

— Parle-lui, reprit Callie.

La porte s'ouvrit au même moment et Austin releva la tête

pour voir une Sierra toute pâle entrer avec Leif devant elle. Il ouvrit la bouche pour demander ce qui n'allait pas, mais il vit le visage de son fils.

— Que s'est-il passé, bon sang ? rugit-il. Comment s'est-il retrouvé avec un œil au beurre noir ?

— Austin, je t'en prie, murmura Sierra en secouant la tête.

Austin fonça sur eux, mais il se figea quand Leif se recroquevilla contre Sierra. Ce fut comme un coup dans le ventre et il eut envie de hurler. Il déglutit péniblement et se força à desserrer les poings.

— Qu'est-ce qui s'est passé ? demanda-t-il, plus doucement cette fois.

Il s'agenouilla devant Leif et tendit la main. Comme le jeune garçon ne bougeait pas d'un cil, il prit le menton de son fils et lui fit incliner la tête.

— Aïe.

— Dis-lui, mon chéri, chuchota Sierra.

Leif dansa d'un pied sur l'autre avant de soupirer.

— Il y a un garçon il m'a traité de bâtard, alors je l'ai frappé. Je lui ai cassé le nez et son ami m'a donné un coup de poing.

Il renifla.

— Mais l'autre, il a beaucoup saigné.

La fierté et la colère se mêlèrent en lui. S'ils avaient été seuls tous les deux, il lui aurait dit bravo pour avoir frappé un gamin qui l'insultait, mais il savait que ce n'était pas la bonne réaction.

— Bon sang, murmura-t-il. Tu as mis de la glace là-dessus ? demanda-t-il, car il ne savait pas quoi dire d'autre.

— Oui, à l'infirmerie.

— Eh, mon grand, on va aller te chercher un pack de glace à côté, dit Maya derrière lui.

Austin entendit que sa voix était un peu tendue, ce qui laissait entendre qu'elle était prête à distribuer des coups de poing si l'on s'en prenait à sa famille, mais il n'était pas sûr que les autres l'aient perçu comme lui.

— D'accord, dit Leif.

Il se tourna pour faire un câlin à Sierra avant de partir.

Il ne se donna pas la peine de dire au revoir à Austin.

Super.

Vraiment génial.

Austin se redressa et se passa une main dans la barbe.

— C'est quoi ce délire, Sierra ? Pourquoi est-ce qu'on ne m'a pas appelé ?

Sierra plissa les yeux.

— On a essayé. Ton portable est éteint et ça sonnait tout le temps occupé au studio. Ne m'envoie pas bouler pour avoir été là alors que toi, tu n'étais pas disponible. C'est pour ça qu'on a mis mon nom et mon numéro sur la liste d'urgence.

Il poussa un juron et regarda son téléphone.

— Putain. J'ai dû l'éteindre par erreur.

— Et quelqu'un a fait tomber le téléphone de son socle, constata Callie en le remettant en place. Ah, c'est la merde.

— Sans blague.

Il se rendait bien compte qu'il n'avait pas dit merci à Sierra, qu'il ne l'avait même pas embrassée, mais il en était incapable. Le fait que Leif ait été blessé et qu'il n'ait pas été disponible le rendait malade. Quel genre de père était-il ? Le gamin avait peut-être raison de lui préférer Sierra.

— Ce sera tout ? Il faut que je retourne travailler. J'étais chez mon comptable, c'est pour ça que je ne suis pas passée ici avant d'aller le chercher à l'école, si tu te poses la question. Oh, et ton fils est exclu pour deux semaines et tu as un rendez-vous avec les familles des deux autres garçons et le principal adjoint. J'ai tout noté.

Elle sortit un bout de papier de son sac à main et le lui lança.

— Je suis désolée que tu aies eu l'impression que je t'avais caché des choses, mais tu seras gentil de ne pas me crier dessus parce que je t'aide. Leif avait peur, Austin, et je ne savais pas quoi faire d'autre.

Mince. Il se sentait si bête.

— Sierra...

— Non, arrête. Il faut que je retourne travailler, et ce soir, je rentre chez moi. J'ai besoin de souffler. Franchement, ça fait si longtemps que je n'ai pas dormi dans mon lit que je ne sais même pas s'il est encore là.

La panique le submergea et il fit un pas vers elle. Elle leva la main pour l'arrêter.

— Juste une nuit, Austin, dit-elle d'une voix tremblante. Dis à Leif que je le verrai demain.

Elle s'éloigna et Austin vacilla en arrière.

— Rattrape-la, idiot, aboya Callie.

— Je ne peux pas. Elle vient juste de me repousser. Je me rattraperai demain. Je sais que je suis un idiot. Je ne vais pas la perdre.

— C'est peut-être déjà trop tard, commenta Callie tristement avant de s'éloigner.

Austin pensait la même chose, mais il refusait d'y croire. Il n'allait pas la perdre, même s'il avait merdé.

À fond.

Sur ce, il passa chez Hailey pour voir le fils qui ne voulait pas de lui. Il ne comptait renoncer à aucun des deux.

Mais ce ne serait pas facile.

CHAPITRE VINGT-DEUX

L'ESTOMAC de Sierra se retourna à nouveau et elle se força à ne pas paniquer. Elle n'avait pas réellement mis un vent à Austin la veille, mais ça y ressemblait suffisamment pour que ses paumes deviennent moites rien qu'en y pensant. Le travail l'attendait. Le sourire qu'elle plaqua sur son visage ne trompait pas Becky, mais les clients ne semblèrent pas remarquer qu'elle était au bord de la dépression nerveuse.

C'était déjà ça.

Plus que quelques heures et elle pourrait rentrer chez elle. Quel chez-elle ? Eh bien, elle ne l'avait pas encore décidé.

Quand elle avait reçu le coup de fil de l'école de Leif, elle avait tout laissé tomber, abandonnant son comptable qui lui avait jeté un regard compréhensif. Heureusement, tout était presque fini et elle n'avait pas manqué grand-chose, mais elle avait quand même fait passer Leif avant ses autres responsabilités et ses rêves.

Ou en tout cas, l'aspect financier de ses rêves.

Elle aurait recommencé s'il l'avait fallu.

Le fait qu'elle se soit autant attachée à Leif, si vite, rendait les choses plus compliquées pour elle et Austin. Elle le savait, mais elle devait faire avec. L'expression sur le visage du petit garçon lorsqu'elle était entrée dans ce bureau serait gravée dans son esprit à jamais.

Au début, il avait eu l'air si... *déçu*. Ça ne l'avait pas blessée, mais elle avait l'impression de ne pas être la personne qu'il voulait. Même s'il ne savait pas comment l'exprimer, Leif aurait voulu que son père soit là. Et parce que les circonstances semblaient conspirer contre eux, Austin était absent.

Leif n'avait paru déçu qu'un instant avant que son soulagement se manifeste. Au moins, il était heureux de la voir. L'œil au beurre noir l'avait choquée, mais elle avait continué et avait exigé d'entendre ce qui s'était passé et quelle décision avait été prise par rapport aux autres garçons. Le harcèlement n'était pas toléré dans cette école. La violence non plus.

Leif avait appris une leçon, et elle comptait bien que les deux autres garçons en apprennent une aussi. L'équipe pédagogique était de son côté, mais ils avaient besoin de voir Austin également. Il serait là pour l'entretien, elle en était certaine. Ce n'étaient pas des téléphones défectueux ni des circonstances contraires qui allaient le séparer de son fils.

Mais d'elle ? Ça, en revanche, c'était tout autre chose.

Son regard quand elle lui avait annoncé qu'elle y était allée à sa place.

Seigneur, elle n'était pas sûre de pouvoir se sortir un jour cette image de la tête.

Ce n'était pas rationnel de sa part d'être jaloux du fait que Leif se soit si vite senti à l'aise avec elle, mais ce n'en était pas moins une réaction légitime. Elle savait que quelque chose lui posait problème et elle n'avait pas été capable de le résoudre.

Tout comme il avait été en colère contre elle et contre la situation, elle aussi s'était fâchée. Elle avait craqué et elle était partie, déterminée à ne pas laisser Austin la pousser dans ses retranchements comme il savait le faire. Il avait peut-être reconsidéré et regretté la façon dont il l'avait traitée, mais elle avait besoin de passer une nuit seule.

Bon sang, ça avait été dur.

Cela faisait un mois qu'elle n'avait pas dormi sans lui, et le lit était froid de son côté. L'appartement semblait exigu et dépouillé, vide sans sa présence. Vide sans la chaleur et l'affection qui caractérisaient Austin.

Même si elle lui avait dit que ce n'était que pour une nuit, elle avait peur que ce soit plus long. Ils ne s'étaient pas quittés en bons termes et elle ne savait pas comment il réagirait quand il la reverrait. Pour être honnête, elle ne savait pas comment elle, elle réagirait en le revoyant.

Ils s'étaient pris le bec avant, bien sûr. Ils avaient tous les deux les idées bien arrêtées, et forcément, cela finissait par exploser, mais cette dispute-là... C'était du sérieux. Ce n'était pas quelque chose que l'on pouvait pousser sous le tapis et oublier. À vrai dire, elle ne savait même pas comment en parler. Rajoutez un enfant caché à n'importe quelle situation, et tout devenait beaucoup plus complexe. Elle se sentait désemparée à la perspective des difficultés qui les attendaient. Ils devaient trouver une façon de vivre avec Leif, et une façon pour Austin et Sierra d'avoir un avenir.

Ils avaient accueilli Leif sans se poser de questions, mais maintenant ils allaient devoir trouver une solution pour incorporer ce nouvel élément dans leurs vies. Austin n'avait jamais souhaité le laisser aux bons soins de l'État, et elle non plus, mais son intégration à la famille en même temps que Sierra, c'était compliqué.

Il fallait qu'ils aient une discussion.

Si ce n'était pas l'euphémisme de l'année !

— Mademoiselle ? Mademoiselle ? Vous auriez ça en violet ?

Sierra cligna des yeux et secoua la tête pour recouvrer ses

esprits. Sa cliente le prit comme une réponse négative et elle pinça les lèvres.

— Eh bien, si vous n'avez pas la couleur que je veux, je n'ai plus qu'à aller ailleurs. Vous avez toutes les couleurs imaginables sauf celle-ci.

— Oh, je suis désolée, oui, je crois qu'on a du violet en réserve. Quelqu'un a dû acheter l'article en rayon ce matin.

— Alors pourquoi avez-vous secoué la tête ? demanda la femme.

Le sang de Sierra commença à cogner avec violence derrière ses tempes.

— Je m'éclaircissais les pensées, désolée. Je vais aller vous chercher ça.

— Elle me dit que c'est vous la propriétaire, reprit la cliente en pointant le doigt vers Becky. Si vous passez vos journées assise à rêvasser, je crois que vous allez devoir vous trouver un autre travail.

Apparemment, cette femme n'avait aucun scrupule à faire connaître ses opinions et à frapper un adversaire déjà à terre.

— Je suis vraiment désolée. Laissez-moi vous chercher cette écharpe. Je reviens tout de suite.

La femme se renfrogna d'autant plus.

— Faites donc. On verra si je la veux. J'ai des choses importantes à faire aujourd'hui, ma petite, alors dépêchez.

Seigneur, cette femme lui rappelait tellement Marsha que c'en était perturbant. Sierra n'avait jamais été assez bien, assez jolie, assez rapide, assez classe pour le précieux petit chéri de Marsha.

Et Sierra ne pourrait jamais payer suffisamment cher pour cela.

Ouah. D'où est-ce que ça sortait, ça ? Elle avait fait de son mieux pour ne pas trop penser aux parents de son ex, sachant qu'il n'y avait rien qu'elle puisse faire jusqu'à la prochaine action légale de leur part. Cependant, ils étaient toujours présents dans un coin de son esprit, ils la hantaient comme le fantôme de leur fils. D'après son expérience, le mieux à faire, c'était de donner ce qu'elle voulait à cette femme pour qu'elle parte le plus vite possible. On ne pouvait pas plaire à tout le monde et elle n'allait pas se rendre malade pour cette inconnue revêche.

Sierra trouva rapidement le foulard et le donna à la femme qui fronça le nez en partant vers Becky, son achat à la main. Apparemment, elle avait plus envie de régler et de s'en aller que de rester à humilier la propriétaire. Eh bien, c'était déjà ça pour son compte en banque.

Dès que la femme fut sortie, Becky se précipita aux côtés de Sierra.

— Seigneur, c'était quelque chose.

Elle secoua la tête et s'assura qu'il n'y avait personne dans la boutique. C'était calme, juste avant la fermeture, mais il valait mieux vérifier.

— « Quelque chose », c'est poli, finit-elle par dire en passant derrière le comptoir pour commencer à fermer.

— J'aurais pu dire pire, mais j'avais peur qu'elle m'entende à travers la vitrine. On ne sait jamais avec ce genre de personnes.

Sierra hocha la tête, l'esprit accaparé par ce qu'elle faisait pour ne pas s'autoriser à penser à la suite des événements : aller chez Austin ou rester seule.

Le planter là et ne pas l'appeler pendant toute une journée n'était pas la réaction la plus mature, elle le savait, mais elle n'avait pas été capable de plus. L'expression sur le visage d'Austin quand il avait entendu toute l'histoire avait suffi à la briser de nouveau. Elle n'avait pas envie de la revoir. Qu'il s'excuse et dise qu'il allait s'améliorer ne suffirait pas. Il fallait que les choses changent, mais en même temps, ce n'était pas faute d'essayer. C'était une situation difficile et pénible qui allait prendre du temps avant de se tasser. Mais ça ne voulait pas dire que Sierra avait envie de jouer les punching-balls émotionnels en cas de coup dur.

Ça aussi, il fallait que ça change.

Elle était déjà l'échappatoire à la douleur, la peine et la rage de Marsha et de Todd. Elle ne pouvait pas être celle d'Austin quand il avait des problèmes de communication avec son fils.

— Eh, qu'est-ce qui ne va pas, ma belle ? demanda Becky en retournant la pancarte pour indiquer « Fermé ».

— Rien, je suis un peu fatiguée.

— Oui, eh bien, tu as ouvert aujourd'hui et ensuite tu as refusé de partir. Alors vas-y, maintenant. Je peux m'occuper de fermer la boutique et tout ce qu'il y a à faire. Tu aurais dû partir il y a des heures déjà, mais tu semblais avoir besoin de t'occuper.

Sierra sentit avec horreur ses yeux se remplir de larmes et elle battit rapidement des cils.

— Chérie, dis-moi ce qui ne va pas.

Elle secoua la tête.

— Rien.

— Tu mens, mais si tu ne veux pas en parler pour le moment, je comprends. Sache que je suis là si besoin. Va voir Hailey si tu veux parler à quelqu'un et que je ne suis pas la bonne personne pour ça. Je t'aurais bien dit d'aller voir Austin, mais vu la tête que tu fais et étant donné que tu n'es pas allée déjeuner avec lui ce midi, c'est peut-être bien lui le centre de tes problèmes.

Sierra s'essuya les yeux et hocha la tête.

— Merci, Becky. Je vais rentrer et me reposer. Je crois que je suis juste fatiguée.

— Je peux m'occuper d'Eden, Sierra. C'est pour ça que tu me payes. Je ne laisserai pas ton bébé tomber en ruines. Je vais peut-être organiser une *rave* géante ici ce soir, mais c'est une autre histoire.

Sierra éclata de rire, ce qui devait être l'intention de Becky, puis elle alla récupérer son sac à main. Cela faisait douze heures qu'elle restait debout et elle le ressentait au moindre pas, maintenant qu'elle s'autorisait à écouter son corps.

— Bonne nuit, ma belle, lui souhaita Becky.

Sierra lui fit un signe de la main et partit vers sa voiture garée derrière Montgomery Ink. Elle prit garde de ne pas regarder à l'intérieur au cas où Austin s'y trouverait. Ou Maya. Ou Sloane. Ou Callie. Quelqu'un qui l'aurait vue partir du studio la veille ou qui serait au courant de la dispute.

Le temps qu'elle monte dans sa voiture et arrive sur le périphérique, elle savait ce qu'elle devait faire. La maison d'Austin était plus loin que la sienne, mais c'était là qu'elle devait être. La nuit précédente, elle n'avait pas été capable de dormir sans lui, et elle n'avait pas envie de recommencer. S'enfuir pour échapper à ses problèmes n'était pas la solution et elle comptait les affronter le menton fièrement dressé.

Elle se gara dans l'allée devant chez Austin et sortit de la voiture, les mains tremblantes. Austin lui avait donné une clé dès que Leif avait emménagé avec lui, la signification de ce geste amoindrie par le fait qu'elle s'occupait de son fils.

Elle posa son sac sur l'étagère dans le vestibule et prit une grande inspiration. Il n'y avait personne. Le silence dans la maison était assourdissant. Rien n'avait changé depuis sa dernière visite. En fait, c'était comme si elle n'était jamais partie, mais... quelque chose clochait. Elle n'avait plus vraiment l'impression d'être à sa place. Les chaussures de Leif étaient à côté de la cheminée, jetées de travers près d'une pile de livres qu'il devait lire. Le bracelet en cuir d'Austin, qu'il remplaçait par une chaîne en métal de temps en temps, était posé sur la table basse à côté de sa tablette, son bloc à dessin et ses crayons. Il y avait de la vaisselle sale dans l'évier et des miettes sur le plan de travail.

Ce matin, cela avait été la première fois qu'Austin avait dû préparer Leif pour aller à l'école sans elle. Elle s'en voulait de ne pas avoir été là pour accompagner le garçon au lendemain de sa bagarre. Elle l'avait laissé tomber à cause de ses problèmes personnels. Elle le *savait*. Elle n'avait même pas pris la peine de lui dire au revoir parce que, si elle était restée le temps de faire ça, elle n'aurait pas été capable de partir.

Elle était faible et elle le savait.

— Sierra...

Elle fit volte-face et plaqua sa main sur son cœur.

— Austin, hoqueta-t-elle.

Il se tenait dans le vestibule, à côté de la porte du garage, ses clés à la main et le regard empreint de douleur. Il la fixa pendant ce qui sembla durer une éternité avant de se racler la gorge.

— Salut Gambettes, fit-il d'une voix faussement calme. Je passais juste prendre un sac avant de partir chez toi.

Elle s'humecta les lèvres.

— Chez moi ?

Austin posa les clés sur l'étagère et la rejoignit en deux pas décidés. Il enfouit les mains dans ses cheveux et tira sa tête en arrière pour qu'elle le regarde dans les yeux.

— Je suis tellement désolé, Sierra. Je n'aurais pas dû réagir comme ça. Je n'aurais pas dû passer ma frustration sur toi.

— Non, tu n'aurais pas dû.

Il était peut-être sexy avec sa barbe et ce regard intense, mais elle ne pouvait pas faire comme si de rien n'était. Pas complètement. Ça ne les aiderait ni l'un ni l'autre.

— Je n'arrive pas à croire que j'ai été jaloux de toi et Leif. Pourtant, c'est ce que c'était. De la jalousie mesquine parce que mon fils préfère aller vers toi que moi.

Elle secoua la tête.

— Tu n'as pas vu son visage quand je suis arrivée, Austin. Il voulait que tu sois là. Il ne m'a pas choisie au lieu de toi. Seulement, il ne sait pas comment te dire qu'il te veut dans sa vie. Tout comme tu ne sais pas le lui dire à lui.

Ses paroles semblèrent lui faire l'effet d'une gifle, mais il hocha la tête.

— Je... je ne sais pas quoi faire, mais je sais que je te veux à mes côtés quand je le ferai.

Le cœur de Sierra se serra.

— Tu es à moi, tu sais ? J'ai été un abruti, j'avais peur pour Leif et j'ai foiré. Tu étais tout à fait légitime de partir du studio et de me laisser me démerder avec mes problèmes, mais dormir sans toi la nuit dernière ? Chérie, c'était horrible. Je n'ai pas envie de recommencer. Tu comprends ?

— Je comprends, murmura-t-elle. Mais ça ne s'arrête pas là. Tu me comprends, *moi* ?

Austin soupira et se rapprocha pour poser ses lèvres sur son front. Ils n'avaient peut-être pas encore tout réglé, et ils n'avaient pas dit tout ce qu'il fallait dire, mais elle était dans ses bras et c'était déjà un pas dans la bonne direction.

— Où est Leif ? demanda-t-elle au bout d'un moment de silence.

— Chez Meghan. Il voulait voir ses cousins... et moi, je voulais passer du temps avec toi. Te parler. Qu'on soit tous les deux.

Elle recula légèrement pour pouvoir le regarder dans les yeux.

— Je suis heureuse que tu sois là. Je... j'ai besoin de toi.

Elle ne pouvait pas exprimer ses sentiments profonds à voix haute, pas pour l'instant. Pas alors qu'elle était prête à lui confier son corps, mais que son cœur était encore inquiet de ce qui se passait dans sa tête.

Il prit sa gorge d'une main et elle retint sa respiration, son corps tremblant d'anticipation.

— J'ai envie de t'avoir dans mon lit, mais le but de ce soir, ce n'est pas le sexe, c'est que toi et moi puissions parler et être nous, tout simplement.

Elle hocha la tête, même si elle se sentit anéantie de déception à l'idée de ne pas l'avoir en elle. Elle avait envie d'entendre sa voix, de sentir sa barbe dans son cou tandis qu'il l'étreignait avec force. Il la tint contre lui, la souleva et la serra contre sa poitrine. Ils s'allongèrent sur le lit tout habillés, les jambes entremêlées tandis qu'ils parlaient de leurs journées en commençant par les petites anecdotes et qu'ils s'écoutaient l'un l'autre.

Les grandes décisions viendraient, tout comme les défis engendrés par la vie avec un père, et son fils qu'il n'avait jamais rencontré avant que leurs chemins ne se croisent. Pour l'instant, elle avait fait part de ses appréhensions et elle pouvait respirer à nouveau. Ce ne serait pas simple, mais elle avait la voix d'Austin, ses caresses et son corps.

Il ne lui manquait que son cœur.

CHAPITRE VINGT-TROIS

SHEA FAISAIT les cent pas dans le salon de Griffin en se passant les mains dans les cheveux. Ils quittaient Denver dans trois jours pour rentrer chez eux, et pourtant elle avait l'impression de ne pas être prête. À vrai dire, elle avait l'impression que les choses avaient empiré – en elle, non en ce qui concernait la raison de leur venue dans le nord.

L'oncle de Shep s'en sortait. Ce n'était pas génial et il n'était pas encore tiré d'affaire, mais il était bien vivant. Ce qui n'était pas rien quand on parlait de cancer. Elle avait rencontré la famille et les amis de Shep et ils l'avaient accueillie à bras ouverts.

D'une certaine façon, ça rendait les choses encore pires pour elle.

Elle avait maintenant un exemple clair de ce qu'une famille était *censée* être, plutôt que la caricature qu'elle avait connue. Sa mère l'avait agressée et abusée émotionnellement toute sa vie tandis que son père la trompait et avait ignoré Shea depuis qu'elle était bébé.

Bébé.

Bon sang. Il ne fallait pas qu'elle pense à ça. Elle ne pouvait pas penser à ce qui se passait en elle alors qu'il y avait des choses plus importantes. Elle se montrait idiote et pourtant elle ne pouvait pas s'en empêcher. Shep se faisait plus distant jour après jour parce qu'elle refusait de lui dire ce qui se passait dans sa tête et son corps, mais elle n'arrivait pas à trouver le courage de tout lui avouer.

Une fois qu'ils seraient rentrés à La Nouvelle-Orléans, peut-être que tout irait bien et qu'elle reviendrait à la normale. Il le faudrait, parce que pour le moment, elle était incapable de réfléchir à la situation. Elle n'arrivait pas à prendre de décision et ça ne lui ressemblait vraiment pas. Elle avait passé toute sa vie à faire ce que l'on attendait d'elle et à suivre un chemin que les autres avaient établi à sa place avant de s'aventurer sur le sien de sa propre initiative. D'abord en ce qui concernait son travail, puis en quittant son ex – un homme que sa mère avait choisi pour elle. Ensuite, Shea avait voulu un tatouage et elle avait rencontré Shep.

Tout devait être beau, « et ils vécurent heureux jusqu'à la fin de leur vie », des roses et des arcs-en-ciel.

Il ne devait pas y avoir de douleur, de peines de cœur et de nervosité.

— Shea ?

Elle fit immédiatement volte-face et faillit tomber dans sa hâte. Shep tendit la main et l'aida à retrouver l'équilibre. Il y avait dans son regard cette inquiétude constante qui le suivait désormais.

— Tu m'as fait sursauter.

Elle était incapable de le regarder et de continuer à garder son secret.

— Je vois ça. Dis-moi ce qui ne va pas, Shea. Je suis en train de devenir dingue. Qu'est-ce que j'ai fait de mal ? Comment je peux réparer ça ? Je t'aime tellement, et tu es en train de te détacher de moi. Je t'en prie. Je t'en prie, dis-moi ce qui ne va pas.

Oh Seigneur, elle faisait tout de travers. Elle était en train de gâcher une relation parfaite parce qu'elle avait peur. Peur de tout gâcher, justement.

— Je... Je...

Il prit son visage entre ses mains et l'embrassa tendrement. Elle s'appuya contre lui et savoura le baiser. Cet homme était son ancre. Il était son premier amour, son seul amour, et il fallait qu'elle soit franche et ouverte. Elle n'aurait pas dû avoir peur de lui ; elle n'avait pas peur de lui.

Non, elle avait peur d'elle-même.

— Dis-moi, Shea.

— On va avoir un bébé, laissa-t-elle échapper en tremblant de tout son corps.

Le soulagement qui aurait dû la submerger après lui avoir dit ce qu'elle gardait secret depuis si longtemps ne vint pas. Au lieu de ça, elle fut prise d'une envie de vomir, et cette réaction n'avait rien à voir avec ses nausées matinales.

Shep ouvrit la bouche deux ou trois fois, comme un poisson hors de l'eau, puis il afficha un grand sourire.

— Un bébé ?

Il la souleva et la fit tournoyer. Elle s'accrocha à ses épaules avec l'envie de s'enfuir plutôt que de se livrer à une introspection.

— On va avoir un bébé ! Oh mon Dieu, Shea. Je suis tellement heureux. Tout ce temps, tu étais inquiète parce qu'on va avoir un bébé ? C'est ça ?

Il écarquilla les yeux.

— Est-ce que quelque chose ne va pas ? Est-ce qu'il faut voir un médecin ? Laisse-moi prendre mes clés.

Il la reposa comme si elle était en sucre, puis il tapota ses poches de poitrine à la recherche de ses clés.

— Est-ce qu'il ne vaudrait pas mieux que tu t'assoies ? Tu veux de l'eau ? Ou des biscuits salés ? Comment te sens-tu ?

Son comportement aurait dû être mignon. Au lieu de ça, elle

entendait la voix de sa mère dans sa tête. Sa mère qui lui avait dit qu'elle n'arriverait jamais à rien dans la vie. Qui l'avait rabaissée et lui avait donné envie de s'enfuir ou de trouver une autre solution, plus radicale, pour mettre fin à son calvaire.

Shep lui avait sauvé la vie et elle ne savait pas comment sortir de ce schéma comportemental.

Comment arrêter les tourments qui l'avaient assaillie pendant des décennies.

Shep reprit son visage en coupe alors qu'elle clignait des yeux pour faire disparaître ses larmes.

— Qu'est-ce qui ne va pas, Shea ? Tu ne parles pas et tu as l'air d'avoir peur. Tu es toute pâle, ma puce. Dis-moi ce qui ne va pas, que je puisse le régler.

Un sanglot lui échappa et elle recula.

— Tu ne peux pas régler ça, Shep. Je vais avoir un enfant. Un bébé.

Il fronça les sourcils.

— Je sais, Shea. Tu viens de me le dire.

Il se renfrogna aussitôt avant d'ajouter :

— Tu ne veux pas de cet enfant ?

L'idée de ne pas avoir ce bébé lui donna l'impression de se transformer en statue de glace. Ce que ses mots sous-entendaient la força à dire ce qu'elle pensait, plutôt que de tourner autour du pot.

— Je... Je veux ce bébé. J'ai toujours voulu avoir *notre* bébé, Shep. Mais... mais tu ne comprends pas.

— Je ne comprendrai pas tant que tu ne me le diras pas, Shea. Je ne sais pas pourquoi tu m'as caché ça jusqu'à maintenant, pourquoi tu avais si peur de me l'annoncer.

— Si je te l'avais dit, alors ce serait devenu réel, murmura-t-elle.

— Et en quoi est-ce un problème ? On s'aime, et on a dit qu'on voulait des enfants.

Elle se rappelait cette conversation, mais quand ils en avaient parlé, c'était encore un rêve. Maintenant, c'était la réalité. Une réalité à laquelle elle n'était pas préparée. Elle n'avait pas l'expérience nécessaire pour être une bonne mère. Elle voyait la façon dont Meghan, la cousine de Shep, s'occupait de ses enfants, comment Marie s'occupait des siens même maintenant qu'ils étaient adultes.

Shea n'avait jamais connu ça.

Comment pouvait-elle être sûre qu'elle ne finirait pas comme sa mère ?

— On est allés si vite, Shep.

Le visage de son mari se fit de marbre.

— Oui. C'est vrai. Nous avons *tous les deux* décidé de nous marier vite, sans grande cérémonie. Nous avons *tous les deux* décidé de ne pas utiliser de préservatifs et de gérer les conséquences si la pilule ne suffisait pas. Maintenant, dis-moi de quoi tu as si peur, parce qu'il faut que tu sois claire.

— Je ne veux pas devenir comme ma mère.

Le visage de Shep s'adoucit et il fit un pas vers elle. Elle recula, mais il ne la laissa pas s'éloigner. Au lieu de ça, il l'attira à lui et l'écrasa contre son torse. Il prit son visage dans ses mains et l'embrassa avec passion.

— Espèce d'idiote trop attentionnée. Qu'est-ce que je t'aime, bon sang.

L'agacement le disputa à la colère dans ses veines.

— Ne qualifie pas mes peurs d'idiotes, Shep. Tu ne comprends pas. Toi, tu as cette famille parfaite. Qu'est-ce que j'ai, moi ?

— Tu m'as moi.

Son cœur se mit à tambouriner et elle soupira.

— Shep...

— Non. Maintenant, tu vas m'écouter. Tu as peur de finir comme ta mère ? C'est n'importe quoi. Tu as dû lui tenir tête bien avant que j'arrive dans ta vie. Tu as vu les dégâts qu'elle a faits et tu sais que ce n'est pas comme ça qu'on élève une famille. Putain, tu as ma famille pour te montrer comment faire. Je ne dis pas que nous sommes parfaits, parce que Dieu sait que certains jours, c'est du grand n'importe quoi, mais nous ne sommes pas cruels. Tu seras une maman merveilleuse.

Des larmes dégoulinèrent sur ses joues et elle se laissa aller contre lui. Elle savait peut-être que, rationnellement, il avait raison, mais du point de vue de ses émotions, c'était autre chose.

— Je suis à tes côtés. Je ne vais pas me transformer en ton père, je serai avec toi à chaque nouvelle étape. Je vais regarder ton ventre s'arrondir et puis je vais te regarder changer des couches et aider notre enfant à faire ses premiers pas. Je serai là pour dire à notre enfant que, peu importe ses choix, nous serons toujours à ses côtés. Il n'aura pas besoin de se modeler à nos attentes, mais au contraire, de trouver qui il est par lui-même. Maintenant, embrasse-moi, Shea. Embrasse-moi et dis-moi que tu m'aimes.

Elle l'embrassa doucement, les yeux fermés, et son corps se détendit enfin.

— Je t'aime, murmura-t-elle. Je suis une idiote.

— Eh bien, oui, mais une idiote adorable.

Elle lui donna un coup de poing dans l'épaule. Plutôt fort.

— Ça va, le paternalisme ?

— Tu m'aimes. Bon, je sais qu'on est au milieu d'autre chose en ce moment, au niveau du voyage et de notre vie, mais j'ai besoin de te dire que je suis très heureux de la venue de cet enfant. Si c'est une fille, il faudra peut-être qu'on l'enferme pour l'éloigner des garçons jusqu'à ce qu'elle ait soixante ans, mais ça, c'est parce que je sais comment sont les garçons. Si c'est un garçon, bon, il faudra peut-être qu'on l'enferme aussi parce que je connais mes frères.

Elle renifla et entoura sa taille de ses bras. Elle lui avait caché cette information à propos de leur bébé pendant un mois, car elle avait craint sa réaction à elle, pas la sienne. C'était égoïste et horrible, mais elle ne pouvait pas retourner en arrière pour arranger cela.

Elle avait encore sept mois pour lui prouver qu'elle était capable de le faire. Pour se le prouver à elle-même. Avec Shep à ses côtés, elle pouvait y arriver. Il n'y avait pas d'autre option.

— Tu réfléchis trop, dit-il en lui frottant le dos.

Sa main descendit plus bas jusqu'à ce qu'elle étouffe un petit cri.

— Je suis désolée de ne pas te l'avoir dit.

— Je suis désolé que tu aies eu l'impression de devoir gérer ça toute seule. Mais ce n'est plus important.

— Qu'est-ce qui est important ? demanda-t-elle d'une voix entrecoupée, alors qu'il l'embrassait dans le cou.

— L'important, c'est que nous allons avoir un bébé... et que Griffin ne sera pas là avant des heures.

Elle se balança contre lui, fermant les yeux tandis qu'il prenait son visage entre ses mains magiques.

— Qu'est-ce qu'on va bien pouvoir faire ?

Shep recula en souriant.

— Oh, je pense qu'on va trouver.

Shea se dressa sur la pointe des pieds et l'embrassa sur le menton.

— Montre-moi.

— Toujours, Shea. Toujours.

CHAPITRE VINGT-QUATRE

— SI TU CONTINUES à fixer ce clou plutôt que de taper dessus, tu vas y passer des heures, mon vieux, dit Austin en pouffant de rire.

Decker grogna et poussa un juron quand il tapa sur son pouce avec le marteau.

— Sérieux, mec ? Tu me distrais alors que je suis en train de réparer ce foutu trou dans ton mur ?

— Tu me parles bien pendant que je fais des tatouages, alors je ne vois pas quel est le problème, répondit Austin avec décontraction tandis qu'il retournait sur son tabouret.

Griffin était assis dans le fauteuil, un grand sourire aux lèvres.

— Ne le distrais pas trop, quand même, demanda-t-il. Il fait mumuse avec une aiguille sur ma peau, hein.

— Tu t'inquiéterais moins si c'était moi qui le faisais, dit Maya en les rejoignant.

Decker se mit à rire devant cette récrimination familière. Maya et Austin se montraient territoriaux quand il s'agissait des tatouages de la famille. À vrai dire, ils faisaient ça aussi pour ses tatouages à lui.

C'était plutôt sympa.

— Tu as un côté, Maya, dit Griffin d'une voix calme alors même qu'Austin travaillait sur sa manche, sur les ombres qui faisaient parfois un mal de chien. Austin a l'autre. Arrête de râler parce que c'est son tour.

Maya leva les yeux au ciel, mais elle souriait.

— Oh la ferme.

— Toi d'abord.

Ah, les frères et sœurs. Il était fils unique et il en était heureux. Même s'il avait été en partie élevé avec les Montgomery, quand il retournait là où il était né, il était seul.

Sa vie avait toujours été ainsi, et maintenant qu'il était plus vieux, c'était toujours aussi vrai. Il n'était pas un Montgomery, et cela ne changerait pas en fonction de ses souhaits ni de la quantité de tatouages qu'il exécutait.

Il se racla la gorge et secoua la tête avant de se remettre au travail. Il fallait qu'il reste concentré sur sa tâche au lieu de penser au futur et à ce qui ne changerait jamais. Le fait qu'il en ait l'estomac retourné ne lui facilitait pas les choses, mais il s'y adapterait.

Il le fallait.

Decker se remit au travail dans l'idée de finir afin de pouvoir rentrer tout seul chez lui. Il était revenu à Denver, mais il ne savait pas s'il serait capable d'affronter *à nouveau* tous les Montgomery à la fois.

La porte s'ouvrit et il soupira. Avec un peu de chance, ce serait un client plutôt qu'un autre Montgomery. Il ne pourrait pas en supporter davantage.

— Salut, la famille, lança Miranda Montgomery en rentrant.

Il se tourna aussitôt et fut saisi par son sourire et le clin d'œil qu'elle adressa à son frère.

Decker se figea, tendu comme un ressort, et il retint un juron. Son sexe gonflé appuya contre sa fermeture éclair et il eut envie de s'enfuir.

Il ne pouvait pas se mettre à bander pour la petite sœur de Griffin.

Certainement pas.

C'était Miranda. La petite Miranda avec qui il jouait au loup dans la cour.

Elle n'était pas censée le faire bander.

L'objet de son excitation et de sa mortification se tourna vers lui et lui sourit. Son pénis n'en fut que plus ragaillardi.

Le traître.

— Salut, toi. Je ne savais pas que tu serais là.

Il cligna des yeux et se racla la gorge.

— Non, enfin je ne suis pas là, je veux dire.

Bien joué, Decker. Vraiment bien joué.

Elle renifla alors que le reste de la famille éclatait de rire.

— Heu, Decker, mon chéri. Tu *es* là.

Il secoua la tête pour s'éclaircir les idées. Ou du moins, il essaya.

— Je voulais dire que je suis sur le point de partir.

Austin se leva et fronça les sourcils.

— Tu n'as pas encore fini. Qu'est-ce qui se passe, Deck ?

Decker rassembla ses affaires en hâte.

— Je reviendrai demain pour finir. Il faut que ça sèche et je suis loin d'avoir apporté tous les outils qu'il me faut.

Le regard qu'Austin lui décocha lui indiqua qu'il ne le croyait pas, mais il devait déguerpir. Et vite.

— Bon, comme tu veux. Merci d'être venu et d'en avoir au moins fait une partie.

Decker hocha la tête et il prit son matériel avant de s'enfuir, le menton levé tandis qu'il se précipitait vers la porte, sa caisse à outils plaquée contre son entrejambe. Il n'avait pas besoin que les grands frères de Miranda voient son érection. Il avait déjà perçu le regard surpris de la jeune femme quand il était parti et il n'avait pas envie d'y réfléchir.

Putain. C'était la petite sœur de son meilleur ami.

Elle était intouchable.

Il avait juste besoin de tirer son coup. Tout en rangeant son matériel dans son véhicule, il sortit son téléphone. Quand la personne à l'autre bout du fil décrocha, il se raidit et essaya de chasser de ses pensées la Montgomery qu'il n'aurait pas dû vouloir et ne pourrait jamais avoir.

— Salut Colleen, dis, tu es libre ce soir ?

Colleen n'était pas dangereuse. Elle était jolie. Et elle n'était pas Miranda Montgomery.

Pile ce qu'il lui fallait.

Sierra ferma Eden à clé et partit vers sa voiture. La journée avait été longue, avec des clients qui ne savaient pas ce qu'ils voulaient et qui essayaient de les en accuser, elle et ses vendeuses. Les clients de l'enfer ne se privaient pas pour faire connaître leurs opinions. De façon répétitive.

Tout ce qu'elle voulait, c'était rentrer à la maison – chez Austin – et se détendre. Elle ne savait pas depuis quand exactement la maison d'Austin était chez elle, plutôt que son petit appartement d'Edgewater, mais ça lui allait. Les choses se passaient bien pour eux. Vraiment. La communication passait bien avec Austin et Leif. Ils étaient heureux et elle était prête à lui dire ce qu'elle ressentait.

Elle l'aimait plus que tout au monde et elle voulait un futur avec lui.

Un futur qu'elle n'aurait jamais pensé pouvoir envisager de nouveau.

Dans un coin de son esprit restait la menace des parents de son ex, mais cette fois, elle ne serait pas seule pour leur faire face.

Son téléphone sonna alors qu'elle prenait l'autoroute et elle répondit en utilisant le Bluetooth de sa voiture.

— Allô ?

— Sierra, c'est Rodney.

Quand on parle du loup.

Elle crispa les mains sur le volant et déglutit avec difficulté.

— Bonjour Rodney. Qu'est-ce qui se passe ?

Elle emprunta la prochaine sortie et se gara sur le bas-côté. Elle était partie vers le nord pour se rendre chez Austin et la route longeait un champ, mais il valait mieux qu'elle arrête de conduire pendant cet appel.

— Leur dossier a été rejeté, Sierra. C'est fini. Pour de bon cette fois. Marsha et Todd n'ont plus aucune légitimité.

Elle cligna des yeux et coupa le moteur, mais laissa le contact allumé pour que son téléphone continue à fonctionner.

— Quoi ?

Elle n'arrivait pas à le croire. Elle avait dû entendre de travers.

— Sierra. C'est terminé. Le dossier a été rejeté et cette décision a force de chose jugée. C'était leur dernière chance. Ils ne pourront plus s'en prendre à toi. Tu es libre de vivre ta vie comme tu l'entends sans avoir à surveiller tes arrières.

— Vraiment ? fit-elle d'une voix rauque.

Après toutes ces années, c'était fini ?

— Vraiment. Rentre chez toi, va retrouver Austin et fais la fête. Tu peux oublier cette ombre dans laquelle tu vivais.

Des larmes balayèrent ses joues et elle inclina la tête.

— Merci, oh, merci mille fois. Mon Dieu.

— De rien, Sierra. Va vivre ta vie.

Il raccrocha après lui avoir dit au revoir et elle resta assise là, tremblante de tout son corps.

Elle était libre. Les parents de Jason ne pouvaient plus lui faire de mal. Elle était libre d'aimer Austin sans s'inquiéter de procès ni d'un passé qui refusait de la laisser échapper à ses serres.

Elle était libre.

Des phares l'aveuglèrent du côté conducteur et elle tourna la tête juste à temps pour voir une voiture foncer sur elle. Elle tendit les mains et sa bouche s'ouvrit dans un cri avant qu'un fracas de tôle cassée emplisse ses oreilles. L'obscurité l'emporta sur une dernière pensée pour Austin.

AUSTIN SE PASSA les mains dans les cheveux et soupira.

— Je déteste les maths, quelquefois, marmonna-t-il tandis que Leif ricanait à ses côtés. Ne ris pas. Ce sont tes devoirs à toi, après tout.

— Les maths, c'est nul, acquiesça son fils.

Il grimaça. Sierra n'aurait pas voulu qu'il apprenne à Leif à détester certaines matières. Le fait qu'il pense constamment à elle en tant que parent lui fichait un peu la trouille, mais il travaillait là-dessus. Bon sang, le fait d'être un parent lui-même lui fichait la trouille.

— Ce n'est pas nul. Parfois, ce n'est pas le truc le plus distrayant, c'est tout.

Leif haussa un sourcil dans une mimique si ressemblante à celles d'Austin qu'il cligna des yeux. Bon sang, ce gamin correspondait en tout point au fils qu'il s'imaginait avoir un jour. Il y avait peut-être eu besoin de test ADN pour le tribunal, mais aucun Montgomery n'avait eu à y réfléchir à deux fois avant de l'accueillir en leur sein.

Il ressemblait parfaitement à l'un des leurs.

— C'est ça, Austin. Si tu le dis.

Il se sentit blessé que Leif l'appelle toujours par son prénom plutôt que Papa, mais on ne choisissait pas toujours. Cela ne faisait pas longtemps qu'ils se connaissaient, après tout.

Son téléphone sonna et il décrocha. C'était un numéro inconnu.

— Allô ?

— Austin Montgomery ?

Un frisson parcourut sa colonne vertébrale et il agrippa la table.

— Oui, c'est moi.

— C'est l'hôpital de Denver. Nous avons admis une certaine Sierra Elder.

Le sol s'effondra sous ses pieds et il se tassa sur sa chaise. Il sentit de petites mains autour de son bras et il se tourna pour voir Leif à ses côtés, les yeux écarquillés.

— Que s'est-il passé ? Est-ce qu'elle va bien ? Où êtes-vous ? J'arrive.

— Monsieur Montgomery, respirez. Je ne peux rien vous dire sur son état de santé ni sur les circonstances au téléphone, car vous ne faites pas partie de sa famille, mais elle a demandé que nous vous appelions. Vous pouvez venir ici.

Son interlocutrice lui donna l'adresse et Austin l'écrivit sur le haut de la feuille de devoir de Leif, le seul bout de papier à portée de main.

— J'arrive. Dites-lui...

Que je l'aime.

— Dites-lui que j'arrive tout de suite.

Il raccrocha et se dressa sur ses jambes chancelantes.

— Qu'est-ce qui se passe ? demanda Leif dont les yeux s'emplissaient de larmes.

Bon sang. Qu'allait-il dire au gamin ? Est-ce qu'il pouvait appeler sa famille pour qu'ils viennent le garder ?

— Sierra est à l'hôpital.

Voilà. Il était honnête.

La lèvre inférieure de Leif tremblota.

— Qu'est-ce qui s'est passé ?

— Je ne sais pas. Ils ne voulaient pas me le dire. Je vais aller la voir.

Il reprit le téléphone.

— Je vais appeler Meghan pour qu'elle vienne te chercher, ou bien je te dépose chez elle.

— Non. Je veux voir Sierra moi aussi. Ne me laisse pas.

Austin prit une courte inspiration et tapota maladroitement l'épaule de Leif.

— Bon d'accord. Allons-y ensemble.

Il n'y avait pas moyen qu'il passe un coup de fil dans la voiture si Leif était assis à l'arrière, même en mains libres. Il tremblait déjà assez comme ça.

— Prends ce dont tu as besoin et allons-y.

Leif décolla de sa chaise et courut à l'arrière de la maison pendant qu'Austin se passait les mains dans les cheveux. Le médecin ou l'infirmière, il n'en savait rien, avait refusé de lui dire ce qu'il se passait. Il comprenait cela d'un point de vue légal, mais bon sang, elle n'aurait pas pu au moins lui donner un indice ?

Il attrapa son portefeuille et son téléphone et envoya rapidement un sms à Wes pour lui demander de le rejoindre avec le reste de la famille à l'hôpital. C'était plus simple que de téléphoner et de devoir parler aux gens. Il termina son message par « n'appelle pas », vu qu'il serait au volant.

Wes répondit immédiatement pour dire qu'il arrivait avec tout le monde.

C'était ça, les Montgomery. Ils répondaient toujours présents, peu importe les circonstances.

Leif revint en courant avec un Kindle dans les mains et des chaussures aux pieds.

— C'est pour quoi ce Kindle ? demanda Austin alors qu'il passait dans le garage, Leif à sa suite.

— C'est celui de Sierra. Elle lisait dessus et elle l'a laissé là hier soir.

Austin déglutit et hocha la tête. Ce gamin adorait Sierra, c'était clair. Seigneur, faites qu'elle s'en sorte. Il le fallait.

Il conduisit aussi vite que possible sans mettre en danger son petit passager et il se gara sur le parking de l'hôpital, avant de courir vers les urgences en tenant la main de Leif pour ne pas le perdre. Sa vie avait tellement changé depuis que Sierra était entrée pour la première fois dans le studio. Il ne pouvait pas la perdre comme ça, d'un coup.

Quand il arriva à l'accueil, il tremblait avec Leif.

— Je cherche Sierra Elder.

La femme derrière le bureau hocha la tête, puis elle haussa un sourcil.

— Vous êtes de la famille ?

— Sierra est ma famille, répondit-il aussitôt.

C'était vrai, pas d'un point de vue légal, mais sur tous les autres plans.

— Je suis Austin Montgomery. Vous m'avez appelé.

Elle hocha à nouveau la tête et commença à pianoter sur son ordinateur.

— Vous êtes autorisé à y aller.

Elle baissa les yeux vers Leif.

— Mais j'ai peur que lui non.

Il savait qu'elle ne faisait que son travail, mais bon Dieu, il avait envie de passer outre.

— C'est mon fils. Il vient avec moi. Dites-moi où se trouve Sierra.

— Ne prenez pas ce ton, jeune homme. Je ne fais que suivre la loi.

— Judy, je vais m'en occuper, dit alors un homme en blouse blanche qui arrivait vers eux.

La femme souffla et retourna à son ordinateur.

— Où est Sierra ?

— Je suis le docteur Michaels, le médecin de Sierra.

Il tendit la main et Austin la lui serra avec impatience.

— Elle nous a donné l'autorisation de vous parler de son état en personne, et puisque c'est votre fils, vous pouvez tous les deux venir avec moi.

Austin fusilla Judy du regard en suivant le docteur Michaels. Leif serrait sa main très fort et il l'attira plus près de lui.

— Que s'est-il passé ?

— Elle a été victime d'un accident avec délit de fuite. L'autre voiture a percuté la sienne du côté conducteur, mais à l'arrière plutôt qu'à l'avant. L'impact l'a secouée et elle a quelques coupures, des hématomes et un traumatisme crânien mineur. Cependant, comme elle n'était pas en mouvement et que l'autre voiture n'allait pas très vite, l'airbag a suffi à lui éviter des dommages sérieux.

Austin se figea et serra le poing.

— Elle va s'en sortir ?

Le médecin hocha la tête.

— Oui. Elle a eu beaucoup de chance.

— Et vous dites qu'il y a eu délit de fuite ? Est-ce qu'ils ont retrouvé l'enfoiré qui a fait ça ?

Il hocha la tête.

— Oui. C'était une femme. Apparemment, il s'agit de la mère de l'ancien fiancé de Sierra. C'est tout ce que je sais. Vous allez pouvoir lui parler directement. Elle est un peu fatiguée, mais à part ça, elle s'en sort bien.

Marsha avait fait le coup ? Et où était Todd, au juste ? Décidément, cette famille était tarée.

— Elle est ici, Monsieur Montgomery.

Austin hocha la tête machinalement alors que le docteur Michaels s'éloignait.

— C'est vrai qu'elle va bien ? demanda Leif d'une petite voix.

Austin prit une grande inspiration et baissa les yeux vers son fils.

— C'est ce que dit le docteur. Allons voir.

Tout son univers était là, accroché à sa main et dans cette chambre. Il en était conscient. C'était comme un choc. Il ne savait pas ce qu'il ferait sans elle. Seigneur, il l'aimait tellement que ça lui fichait la trouille. Il n'était pas censé aimer quelqu'un autant que ça. Il ne savait pas s'il pourrait supporter de la perdre. Entre son fils et son père, deux grands changements dans son existence, récemment, il avait eu l'esprit bien accaparé, et maintenant l'amour de sa vie se trouvait sur un lit d'hôpital.

C'était trop !

Il entra dans la pièce et se figea. Sierra était allongée sur le lit, ses cheveux emmêlés autour d'elle. Elle avait les yeux ouverts, mais ils étaient tournés dans l'autre direction. Elle présentait des entailles et des hématomes sur le visage et les bras, et sûrement à d'autres endroits de son corps, dissimulés par la blouse d'hôpital.

— Sierra, dit Leif à travers ses larmes avant de courir vers elle.

Il s'arrêta au bord du lit, la main tendue, sans s'approcher davantage comme s'il avait peur de la toucher. Elle se tourna vers lui, un petit sourire sur le visage.

— Salut, mon grand.

— Est-ce que tu vas bien ? demanda Leif doucement.

— Oui, juste un peu secouée. J'aurai le droit de rentrer à la maison demain. N'aie pas peur, d'accord, chéri ?

Leif se mit à pleurer en penchant la tête vers le côté du lit.

— D'accord, murmura-t-il à travers ses larmes.

Austin ravala ses propres sanglots. Il n'avait pas bougé du seuil, il ne savait pas s'il était capable de se rapprocher. L'amour de sa vie gisait, impuissante, dans ce lit et pourtant il n'arrêtait pas de penser à ce qui aurait pu se passer si l'autre voiture avait roulé plus vite ou si elle l'avait percutée selon un angle différent.

Il avait failli perdre l'une des choses les plus précieuses au monde et il n'avait pas été présent.

Quel genre d'homme était-il ?

Sierra passa la main dans le dos de Leif en lui murmurant quelque chose. Elle croisa alors le regard d'Austin et ce qu'il y décela l'épouvanta.

Il n'y avait pas d'amour dans ses yeux.

Non, il n'y avait rien.

Ils étaient vides.

— Austin.

Il pivota sur ses talons et vit Maya et Jake sur le seuil. Maya avait les yeux écarquillés.

— Je suis là. On a dû se faufiler en douce, mais on est là.

Elle posa le regard sur Sierra.

— Eh, salut. Comment ça va ?

Sierra avait l'air interloquée et il ne savait pas quoi faire.

— Ça va, grinça l'amour de sa vie. Vous pourriez emmener Leif un moment ? Il faut que je parle à Austin.

Maya lui jeta un regard et emmena le garçon tout reniflant vers la porte. Avant qu'il sorte complètement, Austin passa une main dans les cheveux de son fils et puis soupira en se retrouvant seul dans la chambre avec Sierra.

— Ma puce, je suis tellement désolé que ce soit arrivé.

Elle leva le menton et ses yeux se remplirent de larmes.

— Moi aussi. Mais Marsha ne peut plus me faire de mal désormais.

— Ce n'est pas la question. Tu as failli mourir et je n'étais pas là.

— Non, c'est vrai. Mais tu n'étais pas censé y être.

Quelque chose lui lacéra le cœur et il avança vers elle. Il avait besoin de son contact.

Elle tendit la main pour l'arrêter.

— Toi et Leif, vous auriez très bien pu être dans cette voiture.

Mon passé aurait pu vous tuer. Je ne peux pas laisser une telle chose arriver. Marsha est peut-être en prison, mais Todd est toujours là. Je ne peux pas vous mettre en danger. C'est trop et je n'en suis plus capable. Je n'aurais pas dû prendre ce risque parce que ça fait mal. Ça fait trop mal, Austin. Va-t'en maintenant. S'il te plaît. Sors d'ici. Je ne sais pas quoi faire, et t'avoir dans cette pièce avec moi... ça me fout en l'air. Je t'aime, Austin, mais je ne peux pas.

C'était la première fois qu'elle lui disait qu'elle l'aimait, et c'était pour le repousser. Elle lui demandait de partir et il ne protestait pas.

Comment expliquer cette absence de réaction ?

— Sierra.

— Va-t'en, Austin. S'il te plaît.

— Je ne vais pas partir.

— Si. Si, tu dois partir. Nous ne sommes pas faits l'un pour l'autre et tu le sais. Il faut que tu sois aux côtés de ton père et de ton fils, et je ne peux pas gérer tout ça. C'est dangereux et ça ne suffit pas. Laisse-moi seule, d'accord ?

Il hocha la tête et se tourna, la laissant brisée et blessée dans sa chambre. Pourquoi ne restait-il pas ? Pourquoi ne disait-il rien ? Il savait qu'il était tombé amoureux trop vite, trop fort, mais bon Dieu, pourquoi partait-il ?

Il était un lâche et il se laissait rejeter. Il rejoignit la salle d'attente où Maya et Jake étaient assis avec Leif. Sa sœur haussa un sourcil et il secoua la tête. Il ne pouvait pas répondre à ses questions pour le moment. Son monde s'écroulait autour de lui et il ne réagissait pas. Il avait besoin de recul, de réfléchir. Il ne pouvait pas faire ça avec tous ces gens autour.

— On rentre. Sierra a besoin de repos.

Ses mots étaient creux et les questions dans le regard de Maya lui donnèrent envie de hurler.

— Pourquoi on ne peut pas rester ? demanda Leif.

— Parce qu'il faut y aller, dit Austin en se passant une main sur le visage.

— On pourra revenir demain ?

— Je ne pense pas, mon grand.

Maya étouffa un cri et Austin retint un juron.

— Pourquoi ça ?

— Il faut rentrer, c'est tout.

Il aurait bien élevé la voix, mais il n'avait pas l'énergie.

— Austin, murmura Maya.

— Pas maintenant, d'accord ?

Il prit la main de Leif et laissa sa copine à l'hôpital. Elle l'avait supplié, mais il n'avait pas suffisamment lutté.

Pourquoi ?

C'était tout ce qui lui venait.

Pourquoi ?

CHAPITRE VINGT-CINQ

AUSTIN AVAIT besoin d'un verre. Ça faisait moins de deux jours qu'il avait commis la plus grosse erreur de sa vie et qu'il avait abandonné Sierra dans une chambre d'hôpital. Elle lui avait demandé de partir et il l'avait écoutée. Depuis quand est-ce qu'il faisait exactement ce qu'elle lui demandait ?

C'était censé être le contraire. Du moins au lit. Il était son Maître. Son soutien. Et pourtant, il l'avait trahie. Oh, Seigneur, ce qu'il l'avait trahie !

Il l'avait laissée établir les règles et n'avait pas pris soin d'elle comme il l'aurait dû. Quel genre d'homme cela faisait-il de lui ?

Elle avait peur. Elle était terrifiée. Tout comme lui. Et il était parti. Il aurait beau ramper, ça ne rattraperait jamais rien, mais il fallait qu'il trouve un moyen.

— Papa ?

Austin se figea et se tourna vers Leif qui se tenait derrière lui, les sourcils froncés. Il avait envie de sauter et de serrer son fils dans ses bras pour avoir entendu le mot « papa » franchir ses lèvres, mais il se contint. Il ne fallait pas qu'il en fasse toute une histoire, il valait mieux que Leif pense que c'était normal, que ce n'était pas un souci, plutôt que de hurler sur les toits comme il en avait envie.

— Oui, Leif ?

— Quand est-ce qu'on va chercher Sierra ?

Austin s'accroupit pour être au niveau de son regard.

— Tu veux que j'aille la chercher ?

Leif leva les yeux au ciel.

— Bien sûr que oui. Elle fait partie de la famille. Je sais que maman ne reviendra pas, mais tu es mon père. Tu es ma famille. Et comme vous vous aimez, vous devriez être ensemble. Je ne sais pas si je l'appellerai Maman un jour, mais elle s'occupe de moi. Tu sais ? Elle m'aime et je l'aime. Je ne veux pas qu'elle parte. Je veux être sûr qu'elle aille bien. Est-ce que tu peux faire ça ? Est-ce que tu peux lui dire qu'elle peut venir à la maison ? Règle ça, d'accord ?

La vérité sort de la bouche des enfants, dit-on.

Austin prit la tête de son fils entre ses mains.

— Je vais la ramener, Leif. Est-ce que tu veux qu'elle reste ici pour toujours ? C'est ce que tu as en tête ?

Leif et lui formaient une équipe désormais. Il ne pouvait pas prendre de décision aussi importante sans lui.

— Marie-toi avec elle. D'accord ? Je l'aime beaucoup. Elle est jolie et elle sent bon.

— C'est vrai.

Le mariage ? Oui ? Il était prêt pour ça. Il l'était déjà avant, mais il n'avait pas su voir au-delà de ses propres soucis pour s'en apercevoir.

— J'espère qu'elle voudra bien de moi.

Leif posa la main sur sa barbe.

— Bien sûr. Elle t'aime. Les vieux ont juste peur de le dire, des fois. Ce n'est pas grave. Je vais t'aider.

Austin laissa passer le commentaire sur les vieux et déglutit avec difficulté.

— Je t'aime, Leif. Tu es mon fils et je suis tellement heureux que tu fasses partie de ma vie.

Le garçon sourit.

— Je t'aime aussi, papa. Maintenant, va chercher Sierra.

Austin serra Leif contre lui de toutes ses forces et inspira son odeur de petit garçon. Même s'il n'était plus si petit que ça.

— Je vais te laisser chez Maya. Elle et Jake se font un tournoi de Xbox.

— Ça me va. Mes affaires sont déjà prêtes.

Il rougit et Austin haussa un sourcil.

— Tante Maya m'attend. Elle a dit quelques gros mots comme quoi il fallait que tu te bouges les fesses.

Il pouffa de rire et ébouriffa les cheveux de son fils.

— Ta tante Maya devrait surveiller son langage quand tu es là.

— C'est ce qu'elle dit à propos de toi.

— Ce n'est pas faux. Bien, allons-y.

— Comme ça, tu peux ramener Sierra.

— J'espère.

Le temps qu'il accompagne Leif chez Maya, l'obscurité était tombée sur les montagnes. Il était assis dans sa voiture devant l'appartement de Sierra. Il n'aurait jamais dû la laisser obtenir ce qu'elle voulait. Il aurait dû lutter davantage.

Bon Dieu. Il ne savait pas quoi dire, mais rester dans sa voiture pendant que les passants le regardaient bizarrement ne le mènerait à rien. Il sortit, alla jusqu'à sa porte et frappa doucement. Il entendit des pas, puis elle ouvrit.

Elle se tenait là, ses cheveux dans une queue de cheval, les yeux pleins de tristesse. Des hématomes coloraient ses bras et ses jambes et Austin en eut le souffle coupé.

— Oh, ma puce, je suis tellement désolé que tu sois blessé.

Sierra recula et il entra. Elle referma la porte derrière lui et il mit ses mains dans ses poches. Il avait envie de la serrer fort et de ne jamais la lâcher. Pour l'instant, il ne pensait pas que c'était la meilleure chose à faire. Il fallait qu'ils parlent d'abord.

— Qu'est-ce que tu fais là, Austin ? demanda Sierra d'une voix circonspecte.

— Je t'aime. Je t'aime plus que l'air que je respire. J'ai besoin de t'avoir dans ma vie. Je n'aurais jamais dû te laisser me repousser. J'ai eu tellement peur que tu sois blessée, et puis je me suis retrouvé plus préoccupé par les changements dans ma vie que par ce qui se passait juste devant moi. Je n'aurais jamais dû partir. Tu es tout pour moi. Je veux que tu fasses partie de ma vie, Sierra. Je veux te voir vieillir avec moi. Que tu m'aides à élever Leif. Je veux t'épouser et que tu prennes mon nom. Je veux avoir des bébés avec toi et les regarder grandir. Je veux te voir faire partie de ma famille et t'avoir à mes côtés pendant la maladie de mon père. Tu es mon futur et j'aurais dû le discerner plus clairement. Ne me quitte pas. Ne me laisse pas partir. Ne me force pas à t'abandonner. Je t'aime. Je t'en prie. Je t'en prie, laisse-moi rester.

Les joues de Sierra étaient baignées de larmes alors qu'elle secouait la tête. Austin avait l'impression de s'être heurté à un mur. Il fit deux pas vers elle, prit son visage entre ses mains et effleura ses lèvres des siennes.

— Je t'aime, Sierra. Peu importe ce qui se passe avec Todd à l'avenir, je serai à tes côtés. Tu n'as pas à avoir peur pour moi. Tu n'as pas à avoir peur pour Leif. On ne va pas te laisser partir.

Sierra fut prise d'un sanglot.

— Ils ont trouvé Todd. Il s'est suicidé, Austin. C'est fini.

Choqué, Austin cligna des yeux.

— Tu es en sécurité ?

Elle hocha la tête en sanglotant contre lui.

— En sécurité, mais abîmée. Je n'aurais pas dû te repousser, mais j'avais tellement peur.

— J'avais peur aussi. Tellement peur que je t'ai laissé me repousser. Plus jamais ça, Sierra. Maintenant, c'est du sérieux. Je veux que tu m'épouses. Je veux que tu fasses partie de ma vie et je veux que tu sois mienne au lit. Je veux que tu me confies ton cœur, ton corps et ton âme. Je ne veux plus jamais avoir à te demander de t'agenouiller pour moi parce que je veux que tu le fasses de toi-même. Je veux que tu me fasses confiance de toutes les fibres de ton corps, que tu saches que je prendrai soin de toi et que notre relation répondra à toutes ses promesses.

— Oh, Austin.

— Épouse-moi, Sierra.

— Oui. Oui, je veux t'épouser.

Il prit sa bouche d'assaut, conscient que c'était l'avant-goût de leur bonheur éternel. Lorsqu'il empoigna ses cheveux, elle grimaça.

— Désolé, tu es trop blessée pour ce que j'ai envie de te faire, ma puce.

Il étrécit les yeux.

— J'ai envie de les tuer pour ce qu'ils t'ont fait, Gambettes.

Elle prit son visage entre ses mains et il se laissa aller contre elle.

— C'est fini, Austin. Bien sûr, ce soir on ne sera peut-être pas capables d'aller au bout de certaines choses, mais on peut quand même faire l'amour. Doucement.

Il appuya son érection contre son ventre et grogna.

— Doucement, répéta-t-il dans un murmure.

Elle le conduisit dans la chambre et il la déshabilla lentement, embrassant chaque ecchymose et chaque coupure au fur et à mesure. Il suçota ses tétons, les laissant durcir sur sa langue, avant de l'embrasser du ventre jusqu'au sexe. Quand il l'étendit sur le lit, elle enfouit ses doigts dans ses cheveux pour qu'il la goûte.

Sa saveur unique explosa sur sa langue tandis qu'il la léchait, se délectant de son excitation. Elle gémit en oscillant contre son visage.

— Reste immobile, ordonna-t-il.

Elle se figea.

Le fait qu'elle obéisse sans se plaindre lui donna envie de s'enfoncer en elle, de la pénétrer d'un coup.

Mais pas avant qu'elle ait joui.

— Austin, hoqueta-t-elle alors qu'il enfonçait deux doigts en elle.

Son corps se crispa autour de lui et il donna une pichenette à son clitoris. Sa tête cogna le lit au moment où l'orgasme déferlait et il continua à la lécher jusqu'à ce qu'elle redescende.

Enfin, il se retira et se déshabilla rapidement avant de se placer au-dessus d'elle.

— Tu es prête pour moi, Gambettes ?

— Bien sûr, dit-elle d'une voix suave comme du miel. Je suis toujours prête pour toi.

— Bien, répondit-il en la pénétrant lentement sans jamais la quitter du regard.

Il lui fit l'amour lentement, il ne voulait pas la blesser. La douce torture de son corps autour du sien alors qu'il allait et venait lui donnait envie de hurler son prénom aux cieux. Ils jouirent ensemble, leurs corps humides de sueur, et il roula sur le côté en la gardant contre lui, son sexe toujours en elle.

— Je t'aime, Sierra Elder.

— Je t'aime aussi, Austin Montgomery.

Il eut un soupir béat. Il avait trouvé son avenir, sa vie, sa femme. Peu importe ce qu'il adviendrait, il savait qu'il pourrait l'affronter avec Sierra à ses côtés. C'était un sacré veinard et il serait reconnaissant de la chance qu'il avait jusqu'à la fin de ses jours.

Sierra Elder était sienne.

Enfin.

SIERRA GRIMAÇA TANDIS qu'Austin essuyait la zone sur son flanc. Le bourdonnement incessant de l'aiguille était stressant. Apparemment, elle ne trouvait la manœuvre sexy que lorsque l'aiguille tatouait quelqu'un d'autre. Les marguerites qu'Austin était en train de dessiner sur ses côtes faisaient un mal de chien. Enfin, pas les marguerites, mais cette foutue aiguille qui lui perçait la peau.

Bien sûr, elle ne comptait pas le lui dire. S'il la voyait sur le point de pleurer, il risquait d'arrêter et il faudrait qu'elle revienne pour une autre session.

Bon, ce n'était pas la mort, mais comme il devait sans cesse tirer sur le tissu cicatriciel pour dégager les zones à dessiner, c'était une expérience assez désagréable.

— C'est fini, Gambettes, déclara Austin en serrant sa cuisse. Tu t'en es bien sortie.

Elle lui adressa un sourire tendu et essaya de se redresser.

— Attends, ma puce. D'abord, je vais te monter ton tatouage, puis tu vas pouvoir te reposer un peu. Je sais que c'était très douloureux.

Il se rapprocha pour qu'elle seule puisse l'entendre.

— Je sais que tu aimes la douleur, mais seulement avec ma main ou un fouet. C'est normal.

Elle grimaça et ferma les yeux pour l'embrasser.

— Ce n'était pas si terrible. Et puis, il faudra que je fasse un autre tatouage.

Austin arqua un sourcil, puis il eut un grand sourire.

— Tu vas te faire l'Iris de Montgomery ?

— Je vais devenir une Montgomery, non ? C'est la tradition.

Austin lui donna une tape sur les fesses et sourit encore plus largement.

— Oh oui, tu vas devenir une Montgomery. J'ai tellement hâte.

— Moi aussi.

Il finit de nettoyer la zone et il lui exposa la liste des soins à effectuer. Elle avait la chance de vivre avec son tatoueur, alors il serait là pour l'aider. Elle devait avouer que les marguerites qui tombaient en cascade autour de ses cicatrices étaient incroyables. Certes, elle avait dégusté, mais c'était elle qui avait voulu marquer le coup avec ce tatouage et elle ne pouvait s'en prendre qu'à elle-même.

Austin prit son visage entre ses mains et soupira.

— Je suis tellement heureux que tu sois entrée dans le studio ce matin-là.

— Tu as été un parfait abruti ce jour-là, mais je t'aime quand même.

— Seigneur, vous allez arrêter avec la guimauve, renifla Maya dans son coin.

Elle souriait malgré tout.

— Oh, on t'aime aussi, Maya, plaisanta Sierra.

Austin pouffa à côté d'elle et elle s'humecta les lèvres.

— Alors, heu, combien de temps avant qu'on puisse tester correctement ma souplesse avec ce tatouage ? murmura-t-elle.

Les pupilles d'Austin se dilatèrent.

— Bientôt, Gambettes. Bientôt.

Il gémit.

— Tu te rends compte que j'ai un client qui arrive dans, quoi, une demi-heure ? Je ne peux pas faire de tatouage alors que je bande.

Elle lui caressa le visage.

— Oh, mon pauvre chéri. Je vais repartir à Eden et te laisser te débrouiller. Leif devrait sortir de l'école d'ici deux heures, on pourra dîner ensemble.

Ils avaient l'air normaux. Une vraie famille.

Cette idée donna à Sierra l'impression qu'elle avait fait le bon choix, qu'elle était la femme la plus chanceuse au monde.

À vrai dire, c'était le cas.

Elle était rentrée dans le studio Montgomery Ink il y avait des mois de cela pour un tatouage et elle en était ressortie non seulement avec un superbe dessin, mais aussi un fils, un futur, et l'homme avec qui elle allait passer le reste de sa vie.

Oui, c'était bien de la chance.

Prochainement:
À dessein prémédité

Pour plus d'informations, abonnez-vous à la LISTE DE DIFFUSION de Carrie Ann Ryan.
Pour communiquer avec Carrie Ann Ryan, vous pouvez vous inscrire à son FAN CLUB.

DE LA MÊME AUTRICE

Pour plus d'informations, abonnez-vous à la LISTE DE DIFFU-SION de Carrie Ann Ryan.

À PROPOS DE L'AUTEUR

Carrie Ann Ryan n'avait jamais pensé devenir écrivaine. C'est seulement quand elle est tombée sur un roman sentimental alors qu'elle était adolescente qu'elle s'est intéressée à cette activité. Lorsqu'un autre romancier lui a suggéré d'utiliser la petite voix dans sa tête à bon escient, la saga *Redwood* ainsi que ses autres histoires ont vu le jour. Carrie Ann a publié plus d'une vingtaine de romans et son esprit foisonne d'idées, alors elle n'a guère l'intention de renoncer à son rêve de sitôt.

www.ingramcontent.com/pod-product-compliance
Lightning Source LLC
Chambersburg PA
CBHW071231190726
48292CB00007B/2233